中國語言文字研究輯刊

十五編

許鋖輝 主編

第9冊

論近代零聲母的形成與演化
——以官化區的明清語料及現代方言爲主

劉曉葶 著

花木蘭文化事業有限公司

國家圖書館出版品預行編目資料

論近代零聲母的形成與演化——以官化區的明清語料及現代
方言為主／劉曉葶 著 -- 初版 -- 新北市：花木蘭文化事業有
限公司，2018〔民 107〕
目 6+270 面；21×29.7 公分
（中國語言文字研究輯刊 十五編；第 9 冊）
ISBN 978-986-485-456-1（精裝）
1. 漢語 2. 聲韻學
802.08   107011328

ISBN-978-986-485-456-1

9 789864 854561

中國語言文字研究輯刊
十五編　　第 九 冊　　　　　ISBN：978-986-485-456-1

論近代零聲母的形成與演化
——以官化區的明清語料及現代方言爲主

作　　者　劉曉葶
主　　編　許錟輝
總 編 輯　杜潔祥
副總編輯　楊嘉樂
編　　輯　許郁翎、王　筑　美術編輯　陳逸婷
出　　版　花木蘭文化事業有限公司
發 行 人　高小娟
聯絡地址　235 新北市中和區中安街七二號十三樓
　　　　　電話：02-2923-1455／傳眞：02-2923-1452
網　　址　http://www.huamulan.tw 信箱 hml810518@gmail.com
印　　刷　普羅文化出版廣告事業
初　　版　2018 年 9 月
全書字數　162660 字
定　　價　十五編 11 冊（精裝）　台幣 28,000 元

論近代零聲母的形成與演化
——以官化區的明清語料及現代方言爲主

劉曉葶 著

作者簡介

劉曉葶，政治大學中國文學研究所畢業。對學習新語言，以及探索古代語言的語音、來源與詞彙充滿興趣，希望透過對語言的理解，進而理解人類大腦思維的邏輯。

提　要

　　本文以《論近代零聲母的形成與演化——以官話區的明清語料及現代方言爲主》爲題，研究近代至現代零聲母的語音演變現象。我們所討論的議題集中在音韻（phonology）方面，綜觀各韻書、韻圖，在不同的時間點將同質性的語音現象比較觀察，並且分別從共時的、歷時的面向切入，比較現代官話方言的音韻表現，進而追尋語音發展的軌跡。以下列出本文的章節安排，並約略說明每一章所討論的核心問題。

　　第一章序論：本章介紹研究動機、材料、目的與方法。針對本文所採用的 15 本明清語料，分別辨明其年代、反映音系與方音背景。

　　第二章至第五章：論文逐章針對零聲母的中古來源來做探討，分別是「影、云、以三母」、「疑母」、「微母」和「日母」，每個章節先討論零聲母在明清語料中的擬音及演變的現象，之後再分析現代官話各方言中零聲母的今讀類型，最後在各章小結試圖呈現出零聲母歷時音變和共時地理分佈的現象。

　　第六章：以不成系統性的其他零聲母來源爲主，另立一章來討論現代官話中非系統性的零聲母，並且與「現代國語」非系統性的零聲母例字稍作比對，探討這類零聲母字異常演變的原因。

　　第七章、結論：總結全文，說明零聲母從明清至現代官話語流音變的特點，並提出後續研究之展望。

目

次

圖目錄

第一章　緒　論

第一節　研究動機與目的

　　語音史的研究即是以某種語言的語音發展歷史爲研究對象，探討和研究
語音內部發展的規律及發展變化的特殊方式。個人對於語音現象的演變，以
及暗藏於現象背後的演變規律極具興趣，希望能夠以漢語音韻的演變作爲研
究對象，探索語音變化的規律，並且爲漢語音韻學的研究貢獻個人的棉薄之
力。

　　選擇明清兩代的零聲母現象作爲本文的研究主題，一是因爲零聲母的擴
大是漢語聲母演變中重要的類型之一，而明代至清代末年將近五百五十年的
時光，正好是上承中古音，下開現代音的階段，是漢語音韻演化的重要關鍵。
若能對此時期的零聲母現象作一全面的分析與釐清，則能夠對零聲母從中古
到現代的轉變與規律有詳盡的理解。

　　再者，就近代音的研究而言，臺灣近幾十年來多以「單一語料」的開發
爲主，較少將「語音現象」作爲探討的主題。「單一語料開發」指的是以音系
爲主題的研究，以反應某一語料的語音爲對象，進行窮盡式的剖析與探索。
而「語音現象研究」是一種歷時音變的研究，必須綜觀各韻書、韻圖，以宏
觀的角度，從不同的時間點將同質性的語音現象比較觀察，進而追尋語音發

展的軌跡。漢語音韻學的研究，必須要結合斷代的共時平面音系，及通貫的語音演變現象兩項成果，才能進而推演出語音歷時演化的規律，因此「單一語料開發」與「語音現象研究」兩者應該相輔相成，缺一不可。

除了對近代音中的零聲母現象作研究，統觀全局彙整各種音韻語料之外，亦不能忽略現代漢語方言的材料，我們可以藉由現代方言的現象，得知中古音到現代方言演化的訊息。透過近代的韻書、韻圖，以及現漢語方言等語料的分析，我們可以知道現代漢語中零聲母音韻的來源和形成的脈絡。因此，個人認爲如果能夠雙管齊下，一面深入剖析明清階段零聲母的演化，也一面觀察現代方言零聲母字的分佈，我們將能夠對零聲母擴大的現象做更爲深入的探究。

明清兩代的韻書和韻圖十分豐富多元，並且數量也相當龐大，因此在本文研究的選材上，主要以能夠表現當時活語言的語料爲主，然而其中仍然包含官話區、吳語、閩語等留存至現代的語料。若要將所有的語音材料都納入本文的研究範圍，未免討論容易流於表面，亦不是碩士學位論文可以處理的課題，因此我們再將視角由所有表現當時活語言的語料，縮小範圍後聚焦於明清兩代官話區的語音材料，將吳語和閩語的語料暫時擱置，先處理官話區的零聲母問題。

觀察明清兩代的文獻語料之外，我們也必須注重現代方言官話區的語言資料，結合文獻與現代方言的研究是必要的，因爲現代方言是近代音自然演化的結果，對探討近代語音演變亦提供了許多珍貴的線索。方言研究中除了靜態研究之外，亦即分析某一方言在其發展中相對靜止的歷史橫斷面，我們也必須重視動態的方言研究，無論是縱向地探求方言的歷史演變規律，還是橫向地對同時代各方言的特點比較，都是極爲重要且能夠更深入了解方言的方式。而結合明清文獻語料與現代方言的研究方法，就是能夠對方言做動態研究的方式之一，文獻材料與現代方言並不是兩個獨立的個體，而是應該綜合討論分析比較的兩種語料，他們之間的語音現象有所相承，有所轉變，對比之下即能更全面了解音變的規律與演化的類型。

本文期待能夠詳細剖析明清兩代官話區的韻書、韻圖，並以現代官話區方言作爲佐證，試圖透過語音、音史、音變的角度，對漢語零聲母字有全面且深入的了解，以描繪出漢語官話區零聲母字的歷時演變現象，同時也具備共時性的現代方言觀察。本文希冀綜合語言學、方言學以及歷史音變的知識，

爲此份研究取得以下的成果：

一、透過歷時貫通的考察，梳理零聲母字的歷時音變現象。前人對於零聲母的時代考察多有探討，本文希冀能夠運用更大量的語料，除了驗證前人的說法之外，能夠有更細緻或不同的發現。

二、探究零聲母字在現代官話各分區的音值與分佈，並對零聲母在不同地區中的演變類型作一討論，比較各地的異同以探究造成差異的因素，期待能藉此豐富方言學的研究成果。

三、透過明清語料和現代方言兩種材料，對文獻和活語言之間的關係有深入的認識。探究兩種材料之間具有何種相承關係，而他們又是如何對話互動，現代方言好比是古代語言的活化石，從兩者的比較中探討漢語演變的規律方向。

四、了解零聲母化在漢語語音演變史上的角色與地位。零聲母對於漢語的聲母來說，是一種特殊的存在，前人對其性質與定位多有探討，本文希望藉由零聲母在明清材料與現代方言的語料與例證，能夠更突顯零聲母之於漢語的地位。

第二節　研究材料與範圍

一、明清語料的選材範圍

明清等韻語料種類豐富，情況也很複雜，現代音韻學家在面對等韻材料時，必須先將他們依不同的語音性質分門別類，以方便研究。趙蔭棠《等韻源流》一書，以聲母濁音清化爲標準，將等韻語料分爲「存濁系統」與「化濁入清系統」，前者簡稱南派；後者簡稱北派。趙氏認爲北派系統源自《中原音韻》，是現代國語的前身〔註1〕。而李新魁先生依古今音之別，將明清語料分爲六大類，再進一步分成各小類，其中對表現「活語言」的分類較爲仔細〔註2〕。王松木《明代等韻圖之類型及其開展》一文同樣以「活語言」的材料爲主，將明代語料分爲「讀書音」、「口語標準音」、「方音」、「綜合性質」四大類，分類框架與李新魁先生大致相同〔註3〕。耿振生先生則認爲，韻書最重要

〔註1〕趙蔭棠：《等韻源流》（臺北：文史哲出版社，1985年）。

〔註2〕詳見李新魁：《漢語等韻學》（北京：中華書局，1983年）。

〔註3〕詳見王松木：《明代等韻圖之類型及其開展》，中正大學博士論文，2000年。

的是自身所表現出來的音系系統，因此根據語音性質將語料分爲三類：「反映時音」、「反映古音」、「混合型音系」，其中對於反應時音的語料，耿先生又加以標示各語料音系所反映的語音地點〔註4〕。

　　本文綜合趙、李、耿三家的分類，再依據以下的選材標準，選出明清兩代中的 15 本韻書，依成書時間排序，製作表格如〔表一〕：

1. 時間以明代至清代，西元 1442 年至 1912 年爲範圍。
2. 以明清官話區的語音作爲研究的焦點。
3. 以韻圖作爲主要的材料。
4. 以記錄「活語言」的時音語料爲主，其中也納入綜合性質的韻書做討論，但是必須要能夠反映當時的語音，才能一併列入作爲研究的主要材料。

〔表 1〕本文明清語料的書名、作者、年代、音系分類表

書　名	作　者	成書年代	耿氏分類〔註5〕	李氏分類〔註6〕
《韻略易通》	蘭茂	（明）西元 1442	普通音 現所知的明代最早官話系統韻書	無
《青郊雜著》	桑紹良	（明）西元 1543～1581	混合（取消全濁聲母）以時音爲主，反映河南方言特徵	口語標準音
《書文音義便考私編》	李登	（明）西元 1587	江淮方言	口語標準音
《重訂司馬溫公等韻圖經》	徐孝	（明）西元 1602	北京	北方方音
《交泰韻》	呂坤	（明）西元 1603	河南	口語標準音
《元韻譜》	喬中和	（明）西元 1611	河北及天津	口語標準音
《西儒耳目資》	金尼閣	（明）西元 1626	江淮方言	北方方音
《韻略匯通》	畢拱辰	（明）西元 1642	山東	無

〔註4〕詳見耿振生：《明清等韻學通論》（北京：語文出版社，1988 年）。

〔註5〕參見耿振生：《明清等韻學通論》（北京：語文出版社，1998 年），頁 173～255。

〔註6〕參見李新魁：《漢語等韻學》（北京：中華書局，1983 年），頁 227～411。

《五方元音》	樊騰鳳	（清）西元 1654～1673	河北及天津	口語標準音
《黃鍾通韻》	都四德	（清）西元 1744	東北	口語標準音
《五聲反切正韻》	吳烺	（清）西元 1763	江淮方言	南方音
《等韻精要》	賈存仁	（清）西元 1775	普通音	綜合 顯示語音骨架
《音韻逢源》	裕恩	（清）西元 1840	北京	綜合 顯示語音骨架
《等韻學》	許惠	（清）西元 1878	江淮方言	口語標準音
《韻籟》	華長忠	（清）西元 1889	河北及天津	口語標準音

二、現代方言的語料範圍

本文現代方言的主要語料來源爲《漢語官話方言研究》〔註7〕，若仍有不足之處則多參考《普通話基礎方言基本詞彙集・語音卷》〔註8〕、《漢語方音字匯》〔註9〕中的方言材料。錢曾怡主編的《漢語官話方言研究》是針對官話地區所做的統整性研究，其中對將官話區分爲八大區，並從各個方言區中選取共 42 片（每片列出一方言點），整理出 1026 個基礎字字音方言點對照表。

陳章太與李健行共同主編的《普通話基礎方言基本詞彙集・語音卷》共分爲上、下兩冊，總共調查了 93 個北方方言點的音系。爲補充《漢語官話方言研究》方言點可能之不足，本論文亦將參考此書的方言相關資料。另外，北京大學中國語言文學系所出版的《漢語方音字匯》，全書收入 3000 個字目，總共有 20 個漢語方言點的字音材料，其中揚州、合肥、成都 3 個方言點是《漢語官話方言研究》中所沒有錄及的，我們也會列入本論文中以參酌比較。

三本書中的方言點雖然在地理上多有重覆，然而調查的時間點卻有所不同，因此可以互相參照補充，若遇相同方言點則以《漢語官話方言研究》爲主要材料，其餘爲輔。

〔註7〕錢曾怡主編：《漢語官話方言研究》（濟南：齊魯書社，2010 年）。

〔註8〕陳章太、李健行主編：《普通話基礎方言基本詞彙集・語音卷》（北京：語文出版社，1996 年）。

〔註9〕北京大學中國語言文學系語言學教研室編：《漢語方音字匯》（第二版）（北京：語文出版社，2003 年）。

〔表2〕《漢語官話方言研究》各方言點的分布情況

方言分區	總點數	官話內部分區	方　言　點
官話大區	42	北京官話5點	北京、興城、瀋陽、長春、巴彥
		膠遼官話3點	牟平、諸城、丹東
		冀魯官話4點	高陽、濟南、河間、利津
		中原官話9點	西安、敦煌、天水、吐魯番、運城、徐州、鄭州、曲阜、信陽
		蘭銀官話4點	靈武、永登、張掖、吉木薩爾
		西南官話6點	大方、都江堰、喜德、昆明、武漢、荔浦
		江淮官話3點	南京、泰州、紅安
		晉語8點	太原、嵐縣、長治、忻州、大同、呼和浩特、獲嘉、志丹

〔表3〕《普通話基礎方言基本詞彙集·語音卷》各方言點的分布情況

〔註10〕

方言分區	總點數	官話內部分區	方　言　點
官話大區	93	北京官話12點	北京、承德、赤峰、海拉爾、黑河、齊齊哈爾、哈爾濱、佳木斯、白城、長春、瀋陽、錦洲
		膠遼官話7點	通化、丹東、大連、烟台、青島、利津、諸城、
		冀魯官話6點	天津、唐山、保定、滄州、石家莊、濟南
		中原官話13點	臨汾、商丘、原陽、鄭州、信陽、白河、漢中、西安、寶雞、天水、西寧、阜陽、徐州
		蘭銀官話5點	銀川、蘭州、敦煌、哈密、烏魯木齊
		西南官話23點	成都、南充、達縣、漢源、西昌、自貢、重慶、昭通、大理、昆明、蒙自、尊義、畢節、貴陽、黎平、柳州、桂林、吉首、常德、宜昌、襄樊、天門、武漢
		下江官話10點	紅安、安慶、蕪湖、合肥、歙縣、連雲港、漣水、揚州、南京、南通

〔註10〕　《普通話基礎方言基本詞彙集·語音卷》一書只列出各方言點之音系，未予以分區，此處按《漢語官話方言研究》的分區原則分列，以方便本論文對照比較之用。

		晉語 12 點	邯鄲、平山、張家口、陽原、大同、忻州、離石、太原、長治、呼和浩特、二連浩特、綏德
		未確定其歸屬 5 點	靈寶、林縣、濟寧、集寧、臨河

〔表4〕《漢語方音字匯》官話區各方言點的分布情況

方言分區	總點數	官話內部分區與方言點
官話	8	北京官話 1 點（北京） 下江官話 2 點（揚州、合肥） 西南官話 2 點（武漢、成都） 冀魯官話 1 點（濟南） 中原官話 1 點（西安） 晉語 1 點（太原）

第三節　研究方法及步驟

一、研究方法

（一）歷史串連法

利用「歷史串聯法」，可以鑑別韻書音類的取材來源，同時也能夠考證古今音的流變，用此方法「結合歷史上不同時期的材料來考察等韻音系，往上與中古時代的韻書、韻圖相互比較，往下與現代漢語的語音（包括普通話和方言）相互對照比較。」〔註11〕，如此即能透過書面材料所提供的訊息，觀察語言演變的軌跡。這是本文主要運用的方法，以明清兩代零聲母的擴大與演化為主題，分別蒐羅明代與清代的韻書和韻圖，以及現代漢語方言的材料，互相比較分析，考察零聲母從明清到現代演變的細節與規律。例如：比對《中原音韻》和《合併集韻》中同是《廣韻》的疑母字，其中「囓」字《中原音韻》歸為泥母，但在《合併集韻》卻兩見於泥母和影母，從中可探討零聲母的演變經過。

〔註11〕耿振生：《明清等韻學通論》（北京：語文出版社，1988 年），頁 133。

（二）共時參證法

　　所謂「共時參證法」就是「把一個等韻音系與另外一些時代相同或相近的音韻資料（如韻圖、韻書及其他）相互比較，從其相關程度來考察那個音系的性質。」〔註12〕其中「共時」此一概念的界限可以較爲寬鬆，相差一百年以內的音韻資料也可以視作「共時」。如：從本文列舉的明代語料中，選取語音地點相近、成書年代相去不遠的材料，找出其中關於微母的演變問題，比較各個材料中微母零聲母化的情形，論證微母零聲母化的時間。將同是江淮方言爲基準，又相差一百年以內的《書文音義便考私編》（1587）與《西儒耳目資》（1626）比較，發現前者中「微」字聲母音值是〔v〕，而後者的「微」同時存有 vi、ui 兩種拼音，可知《西儒耳目資》的「微」字同時有零聲母化和未零聲母化的情形。

（三）靜態描寫

　　對方言語料作具體的描寫是方言研究的基礎工作，經過窮盡式的描寫之後，才能夠以此爲基礎，進而更細密地來分析語料，並且得到全面又可靠的結論。本文對於所選取的 18 個方言點的例字，會採用靜態描寫來作詳盡的透視，討論每一方言區的零聲母問題，探究明清零聲母演化到現代漢語方言的情況爲何？比較同方言分區不同方言點的狀況，以及鄰近方言間的接觸影響，試著觀察零聲母問題在方言之間的演化情形。如：「二」在不同方言有不同的讀音，北京讀〔ɚ〕、濟南〔ɚ〕、合肥讀〔a〕、武昌讀〔ɯ〕、西安〔ɚ〕，將其讀音列舉後，就可以對同地區之所以有不同音讀的現象，進行語音演變的比較與討論。

二、研究步驟

（一）明辨明清韻書之主觀成分

　　在串聯各材料觀察語音演變之前，首要的工作是詳細了解各韻書所提供的相關資料，因此對語料的認識和處理都相當重要。首先，必須釐清書面材料的主觀成分，主觀成分指的是作者在編製韻書時所帶有的主觀想法，像是韻書的編排體例、韻書反映的語音音系，以及韻書自創的特殊名詞。例如：《音

〔註12〕耿振生：《明清等韻學通論》（北京：語文出版社，1988 年），頁 134～135。

韻逢源》的作者爲滿族人，審定音系之時，必須要考慮此韻書是否有兼顧滿文的語音情況。又如：《青郊雜著》中自創的新名詞，像是「四科」〔註13〕、「五位」〔註14〕等，我們也必須對其定義有所認識，才能讀懂韻書。如何辨析主觀成分可分爲以下三點：一、對材料中的特殊名詞、符號有相當的認知。二、了解韻書中聲、韻的排列方式位置及代表的含意。三、以前人對書面材料的研究爲基礎，確認前人對材料的詮釋是否論證無誤，之後再依前人所擬的音值爲基礎，作下一步的補充驗證。

（二）考察明清韻書的語音性質

再者，要考察語料的語音性質，參閱前人對語料的研究成果之外，從語料中音類排列的異同，以及例字歸納的改變都可以窺見音變的端倪。針對明清的書面材料作逐一的查閱，檢視各韻書的語音性質及相關的零聲母問題，並且整理他們在語料中的情形。同時檢索中古的語音資料，包含：反切、聲、韻、等第、開合等。熟知中古的聲母來源，便於考察其音韻地位，以及零聲母對其他介音、韻母的關係。確定各語料的語音性質，並從中找出零聲母演變的相關問題，才可能進行語料串連及比較。

（三）明清韻書的比較與串連

從各語料找出零聲母的相關問題後，從音變問題繼續著手，運用「共時參證法」與「歷史串聯法」比較各材料中的音變情形，釐清明清韻書中所透露出來的零聲母演變脈絡。例如：從明清各個語料中找出疑母的相關問題，檢視比較各材料中疑母零聲母化的演變情況，並論證其演化的歷程與時間。經釐清零聲母的在明清兩代各項的演變發展後，再繼續往後進行現代方言的考察。當然，在此過程中，我們也必須注重各韻書所代表的音系，是否可以線性時間軸的方式來對比，或是要考慮到當時不同方言對韻書音系的影響。

（四）考察現代方言的分佈

瞭解明清兩代零聲母的語流音變後，繼續以不同的角度來觀察零聲母的演變，由於語音的歷史發展會投射在現代方言的分佈上，因此現代方言與文

〔註13〕四科表示輕科（開口呼）、重科（合口呼）、極輕科（齊齒呼）、次重科（撮口呼）。
　　　參見李新魁：《漢語等韻學》（北京：中華書局，1983 年），頁 78～80。
〔註14〕五位指的是以宮、徵、角、商、羽分別代表喉、舌、齶、齒、唇五個發音部位。

獻語料是能有所互動的。必須考察零聲母字在現代 18 個方言點的分布,並繪成易於比較的表格,觀察零聲母字在同一方言區不同方言點,以及鄰近方言分區中是如何分佈的,其中是否有密切的關係。再者,運用「歷史串聯法」考察近代到現代的音變脈絡,我們可以藉由往前比較中古時代語音,往下與現代方言對照,從其中的差異來觀察零聲母語音的發展與演變規律,例如:明清個別字聲母的失落,以及失落後聲母的轉化、殘留或甚至是其他的變化。

(五)闡釋音韻演變的動程

最後,必須總結以上的研究成果,結合歷時與共時兩種角度所觀察的零聲母現象,探討零聲母從中古到近代,再進而至現代各個方言的演變規律,就「影、云、以、疑、微、日」六個零聲母與其他零聲母的語音演變情況,以及零聲母的例外演變做綜合整理與歸納,討論聲母與介音、主要元音的搭配和互動,並且試圖利用查找的材料與例證,來詮釋聲母演變的動程,探查造成音變的因素與條件。

第四節　前人研究成果

目前海峽兩岸以近代漢語零聲母做爲全面性研究的學位論文,爲數不多,而且四篇皆爲碩士論文,仍未有以零聲母爲主題的博士論文。單篇性質的文章則較爲豐富,包含討論零聲母的語音演變歷程與時代,從單一韻書來看零聲母的現象,或者從現代國語、方言及對音的角度,觀察零聲母的現象及分佈,另外也有專門研討零聲母性質與定義的論文,以下依研究主題略分爲六點,並提出幾篇代表性文章論述之:

一、近代零聲母語音演變的概況

(一)王力〈漢語史稿〉〔註15〕中論語音的發展

文中論述從中古到現代語音的發展演變,其中「零聲母的來源」一節,提到零聲母字的演化和發展。王力先生將零聲母分爲「i、y、u、a」四類,視其韻頭或全韻來分類。文章探討的現代語音主要以國語爲主,亦旁及其他方言的資料作爲佐證,對於零聲母相關的演變發展有詳細的討論,極具參考價值。

〔註15〕詳見王力《漢語史稿》(北京:中國社會科學出版社,1985 年),頁 129～210。

（二）竺家寧〈近代漢語零聲母的形成〉〔註16〕

文章利用直接宋代《九經直音》中的例證來討論近代零聲母的形成，就中古以後零聲母的演化分為三個階段，第一階段為喻三與喻四的相混，時間約在第十世紀。第二階段時，疑母亦轉變為零聲母，並且影母的喉塞音和疑母的舌根鼻音聲母都失落了。第三階段則是討論微母的發展。由於《九經直音》中「日、微」和「喻、影、疑」三母不相混，因此可以推斷宋代「日、微」尚未變成零聲母，一直到《中元音韻》的時代才成為半母音「w」，最後成為「u」，但在許多方言中，仍保存了早期的讀法。文章主要利用《九經直音》的材料檢視零聲母的形成時間，可作為本文研究之參考，由於材料時代的限制未能繼續討論微母的發展，是日後我們可以接續研究的地方。

（三）《中古影、喻、疑、微諸紐在北京音系裡全面合流的年代》 〔註17〕

此文雖然使用對音材料，但是主要討論零聲母的合流問題，故置於「近代零聲母語音演變」此一分類下。文章考察《四聲通解》、《翻譯老乞大‧朴通事》、《四聲通考》中譯寫漢語字音的諺文材料，論證中古影、喻、疑、微諸紐在北京音系裡全面合流的年代，作者認為至遲不晚於《四聲通解》的成書年代，當在明代中葉之前，其關鍵在於觀察疑、微兩母演變為零聲母的年代。文章透過對音材料，考察疑、微兩母零聲母化的音變，足以提供本文研究之資。

二、從單一語料論零聲母

（一）黃笑山〈《交泰韻》的零聲母和聲母〔v〕〉 〔註18〕

文中以為前人對《交泰韻》的看法仍有值得商榷的地方，李新魁先生認為《交泰韻》比《中原音韻》少了疑母和微母，然而作者以為雖然呂坤自言

〔註16〕竺家寧：〈近代漢語零聲母的形成〉收錄於《中語中文學》第四輯，1982 年，頁125～133。

〔註17〕孫建元：〈中古影、喻、疑、微諸紐在北京音系裡全面合流的年代〉收錄於《廣西師範大學學報》第三期，1990 年，頁 6～14。

〔註18〕黃笑山：〈《交泰韻》的零聲母和聲母〔V〕〉收錄於《廈門大學學報》（哲學社會科學版）第三期，1990 年，頁 120～126。

《交泰韻》反映了中原河洛一代的方言，可是現代方言中，仍存有與中古微母對應的聲母〔v〕。再者，其他與《交泰韻》同時代的韻書都有微母，唯獨《交泰韻》沒有。因此藉由考察《交泰韻》的零聲母字，發現微母並未與影、云、以、疑母相混，可以知道微母在當時仍然是獨立的聲母〔v〕，校正了前人說法上的不足。文中對零聲母的詳細分析，與校正前人說法的精神，值得我們學習。

（二）吉田久美子〈《合併字學集韻》的疑母〉〔註19〕

近代北方官話成立過程中，古音疑母〔ŋ〕大部分都已和影、雲、以母合併，《合併字學集韻》的疑母也已經全部消失了。作者從韻部的歸字與反切注音兩方面來比對《中原音韻》和《合併集韻》，發現同是《廣韻》的疑母字，在兩本韻書中有些許出入，像是中古疑母字在《中原音韻》歸微泥母，但在《合併集韻》卻兩見於泥母和影母，作者認爲此點能夠表明零聲母的演變經過。文中在韻書材料的比對方法上，可作爲我們日後研究的參考。

（三）竺家寧〈《韻籟》的零聲母和顎化現象〉〔註20〕

此文對《韻籟》聲母的現象進行全面而細微的分析，主要以零聲母和顎化現象爲主。觀察韻書中「額、葉、渥、月」四組零聲母的韻字，考察《廣韻》以明他們中古的來源。對於「額」母爲何需要區分爲四、五兩章，各家持有不同看法，竺家寧師提出了自己的意見，認爲「額、葉、渥、月」應該代表了介音的不同，乃是「開、齊、合、撮」四組零聲母字。並且，在分析四組零聲母字之後，發現國語零聲母的六個中古來源「微、影、疑、喻、爲、日」，在《韻籟》的時代都已經轉爲零聲母了。文中除了詳細分析各個零聲母的韻字之外，亦重視零聲母與介音的搭配問題，其對語音系統性的觀察，是我們日後研究應該學習之處。

三、現代共同語的零聲母研究

（一）楊徵祥〈現代國語異常演變的零聲母之研究〉〔註21〕

〔註19〕吉田久美子：〈《合併字學集韻》的疑母〉收錄於《漢字文化》第二期，1999 年。

〔註20〕竺家寧：〈《韻籟》的零聲母和顎化現象〉收錄於《語言文字學研究》（北京：中國社會科學出版社，2005 年），頁 194～209。

　　文章將《國語辭典》中不是從「影喻為疑日微」等六個聲母演變而來的
47 個零聲母字解析歸納，發現他們異常演變為零聲母字的原因是「受其得聲
偏旁音讀影響」、「聲母於演變過程中失落」及「字形訛誤或其他原因」等等，
並歸結現代國語異常變化而來的零聲母字，多為受其得聲偏旁或其衍生之形
聲字相互影響之下，造成錯誤的類推變化所致，且其大部分皆自喉、牙音聲
母演化而來。文中對零聲母字的異常演變分析詳盡，足供本文研究之資。

（二）楊憶慈〈現代國語中零聲母的異常演變〉〔註22〕

　　此文將《國語辭典》中來源是中古「影喻微為」四母，應該按語音演變
規律變為零聲母，卻沒有演變的 36 個例字做研究，歸納異常演變的現象有「得
聲偏旁本有其音」、「受同一得聲偏旁字的影響」、「不規則的變化」及「證據
不足，無法解釋」四類，並認為中國文字以形聲字居多，容易造成「有邊讀
邊」的現象，是造成類化的主因。文章探討應為零聲母字卻為有聲母字的演
變，並視材料做出合理判斷，可視為本文研究的參考。

（三）宋雨娟〈現代國語零聲母字研究〉〔註23〕

　　此篇論文主要從諧聲關係著手，依據沈兼士《廣韻聲系》主諧字與諧聲
字的關係，檢索《國音標準彙編》中總共 1288 個國語零聲母字，將現代國語
零聲母字與其中古音主諧字列表並排，探究兩者的諧聲關係，討論主諧字與
零聲母諧聲字二者語音演化的情形。另外，將現代國語異常演變的零聲母字、
中古為主諧字且無國語零聲母為其諧聲字者、非形聲字且亦無衍生形聲字
者、感歎詞暨特製新字及化學元素零聲母字，另外統整於一章中說明。此文
對現代國語零聲母字的研究，可說是十分全面且詳盡，可以做為我們日後研
究的參考。

〔註21〕楊徵祥：〈現代國語異常演變的零聲母之研究〉收錄於《雲漢學刊》第五期，1998
　　　　年，頁 1～14。

〔註22〕楊憶慈：〈現代國語中零聲母的異常演變〉收錄於《南榮學報》第五期，2001 年，
　　　　頁 245。

〔註23〕宋雨娟：〈現代國語零聲母字研究〉高雄：國立中山大學中國文學系碩士論文，2007
　　　　年。

（四）王芬〈普通話零聲母 w 音 v 讀地域分佈規律及形成原因〉

〔註 24〕

文中對普通話零聲母 w 音 v 讀的現象做統計調查，得出北方方言區有 38% 左右的人 w 音 v 讀，其他方言區則爲 10% 左右，可知北方方言區 w 音 v 讀現象比較普遍。作者認爲唇齒擦音 v 是半母音 w 的一種變體，它的形成受前後音素不同音位上的口形變化的影響，也與個人的發音習慣及發音的不穩定性密不可分。北方方言區發音時口腔和面部運動較強，所以 v 讀現象普遍，而其他方言區口腔運動相對較弱，於是減少了 v 讀現象的出現。作者提出由於南北方發音習慣與方式的不同，造成 w 音 v 讀在各地普遍的程度也有所相異，此論點可做爲日後研究的參考。

四、方言角度的零聲母問題

（一）宋韻珊〈古日母字在冀、魯、豫的類型初探〉〔註 25〕

此文分別考察了古日母字在冀、魯、豫的今讀類型，得知來自中古止攝開口字讀〔ø〕、〔ɿ〕二類，止攝以外則讀〔ʐ〕、〔ɿ〕、〔ø〕三類。冀、魯、豫三省日母字的今讀是受到條件音變的結果，當〔ʐ〕與圓唇〔u〕母音相遇時容易變成〔ɿ〕，而與〔i〕、〔y〕細音相接時則會變成〔ø〕。同時，文中也討論到日母字相關的捲舌音化的問題，並非零聲母範圍，故在此不多述。文章考求古日母字在方言中的今讀類型，功夫細膩，並且探討音變背後的規律，皆可做爲我們日後研究的參考。

（二）譚志滿〈鶴峰方言舌根音聲母／ŋ／及其丟失原因〉〔註 26〕

文章對湖北的鶴峰方言（西南官話常鶴片）中多有／ŋ／作聲母的現象，進行具體描述，並分類舉例說明。在搜集語料的過程中，作者發現當地的老年人和常住居民發音中多保留聲母／ŋ／，但二十歲以下且普通話水準高的青少年，

〔註 24〕王芬：〈普通話零聲母 w 音 v 讀地域分布規律及形成原因〉收錄於《中南大學學報》第四期，2007 年，頁 484～490。

〔註 25〕宋韻珊：〈古日母字在冀、魯、豫的類型初探〉收錄於《興大中文學報》第十七期，2005 年，頁 231～240。

〔註 26〕譚志滿：〈鶴峰方言舌根音聲母／ŋ／及其丟失原因〉收錄於《湖北民族學院學報》（哲學社會科學版）第六期，2005 年，頁 6～8。

聲母／ŋ／出現的頻率便大爲減少，正呈現逐漸丢失的趨勢，作者認爲多種方言的頻繁接觸是鶴峰方言聲母／ŋ／丢失的重要因素。另外，董巖〈大連話日母字聲母讀音變異及原因探析〉〔註27〕此文，是對當前大連話中的 50 個日母字讀音進行考察，發現除了止攝開口三等字仍讀〔ɚ〕外，其他日母字的零聲母〔ø〕和〔l〕聲母有被〔z̩〕聲母取代的趨勢。文中以爲這是普通話影響下的語言變異，因爲在年輕人、文化程度高的人群和隨便語體中，日母字讀音改變的現象更爲明顯。兩篇文章對現代芳言語音失落的現象，皆以爲是受方言接觸頻繁的影響，足供本文研究之資。

（三）張世方《北京話古微母字聲母的逆向音變》〔註28〕

文中提及微母〔v〕和疑母〔ŋ〕在北京話中都曾完成向喻母或影母的合流而改讀零聲母，但合流後的部分喻微母字或影疑母字，在當代或早些時候出現了向〔v〕或〔ŋ〕聲母的逆向音變。作者對此現象提出其見解，以爲零聲母不純是虛空的，而多帶有摩擦的成分，然而其性質與輔音不同，所以語音系統往往爲了提高音系的「協合度」而要求零聲母發生變異，導致音系中協合度低的語音單位較不穩定，故有變異現象在所難免。文章從零聲母的性質出發，解釋其爲何音變的原因，足供本文研究之資。

（四）英亞娟《零聲母音節演變成輔音聲母音節研究》〔註29〕

文章試圖從漢語河北方言，及漢語借入其他民族語言的材料兩個方面，觀察零聲母音節演變成輔音聲母音節的現象，歸納出其演變形式可分爲增音式和音轉式兩種類型。增音式像是增加舌根鼻音 ŋ、舌根濁擦音 ɣ、舌尖後濁擦音 z̩ 等幾種類型；音轉式演變又分爲零聲母轉化爲舌面前濁擦音 ʑ、舌葉濁擦音 ʒ 等幾種類型。作者認爲零聲母的演變跟韻母中的母音有很大關係，同時也受到該語言原有的聲母系統的制約。此篇論文將零聲母的演變類型分爲增音式和音

〔註27〕董巖：〈大連話日母字聲母讀音變異及原因探析〉收錄於《大連民族學院學報》第四期，2007 年，頁 47～49。

〔註28〕張世方：〈北京話古微母字聲母的逆向音變〉收錄於《語文研究》第二期，2008 年，頁 42～46。

〔註29〕英亞娟：《零聲母音節演變成輔音聲母音節研究》，河北：河北師範大學碩士論文，2007 年。

轉式，值得做爲本文研究的參考，不過其中只討論河北方言的材料，關於其他方言的零聲母現象，是我們可以接續討論的地方。

（五）楊慧君《漢語方言零聲母問題研究》〔註30〕

本文運用北京語言大學語言研究所《漢語方言地圖集》中 930 個調查點的材料，歸納零聲母的中古來源，並認爲零聲母的兩種基本演變模式即是「聲母從有到零」與「聲母從零到有」。文中透過方言特徵地圖，展示上述兩種音變的類型及其地理分佈，並認爲零聲母的音變跟聲母的生理特徵有關，也受音節中的韻母和音系結構的影響，另外不同的音變類型在地域上的分佈，還受社會、歷史等非語言因素的影響。此篇論文透過最新的方言材料，並且運用語言地理學的角度，試圖掌握零聲母在各方言中的演變類型與分布，值得我們學習與參考。而其中對零聲母演變模式的分類，是否可以有不同的理解，祈於本文研究中再作討論。

（六）劉曉娟《臨沂方言零聲母研究》〔註31〕

文章首先詳細調查臨沂各區縣方言中的零聲母字讀音，以表格顯現零聲母在地域上和年齡上的分佈特點，並且從變調、輕聲和兒化三個方面分析零聲母的音變特徵。再根據目前漢語音韻學家們的研究結果，梳理了漢語零聲母的演變過程，並分析臨沂方言零聲母演變的特殊規律，認爲有「保留古音」、「逆向音變」、「語流音變」三種現象。最後，作者也指出在推廣普通話的影響下，臨沂方言零聲母典型的語言特徵正在逐漸消失。文章對零聲母的研究，包含了共時與歷時兩種角度，另外也對零聲母的演變規律有所探討，皆是本文值得學習的地方。

五、從對音材料來看零聲母

（一）金基石〈朝鮮對音文獻中的微母字〉〔註32〕

文中以五本朝鮮文獻中的諺文對音爲根據，探討中古微母字在近代的演

〔註30〕楊慧君：《漢語方言零聲母問題研究》，北京：北京語言大學碩士學位論文，2009 年。

〔註31〕劉曉娟：《臨沂方言零聲母研究》，山東：山東師範大學碩士學位論文，2011 年。

〔註32〕金基石：〈朝鮮對音文獻中的微母字〉收錄於《語言研究》第二期，2000 年，頁 30～38。

變過程和年代。首先作者對前賢的研究做了一番梳理，認為其中仍有可商榷之處。《四聲通解》中的例證並無顯示微喻已經合流，只是兩者音值相當接近而已，文中以為《洪武正韻譯訓》到《四聲通解》的時期應該是微母從半母音向零聲母演變的過渡期。文章運用對音資料，糾正前人以為微喻合流至遲不過《四聲通解》成書年代的說法，其對比文獻之詳細與對微母演變的說法，足供本文研究之資。

（二）金基石〈中古日母字的演變與朝鮮韻書的諺文注音〉〔註33〕

文章考察了從 15 世紀至 19 世紀的十本朝鮮韻書的諺文注音資料，如：《洪武正韻譯訓》、《譯語類解》、《老乞大諺解》等，為探索明清時期日母字的演變過程及演變條件提供了新的參證。文中以兒系列字的語音演變來做說明，一直到《朴通事諺解》（1677）時期成為零聲母，對照於《西儒耳目資》、《等韻圖經》，其音變時間是相吻合的。作者對於諺文注音音值的考訂，以及比對注音資料的功夫，皆是值得我們學習的地方。

六、零聲母的界定問題

（一）李兆同《關於普通話零聲母的分析問題》〔註34〕

文中考察現代漢語的實際發音情況，認為零聲母音節的字並非以純元音起頭，而具有其伴隨音。作者不認同將零聲母視為一個音位，以為把零聲母音節開頭可能出現的輔音放到韻母中去分析，就無需涉及零聲母是否為音位的問題。文中認為零聲母之所以是一種和輔音聲母相對立的聲母，是因為它在語音上沒有任何表現形式，它是以「無」為信息的。另外，張秋娥〈普通話零聲母的音位分析〉〔註35〕文中也認為將現代漢語的零聲母設為一個音位不妥當，應該將零聲母開頭所出現的摩擦語音成份，視為主元音的變體，放到相應的元音音位中來分析。零聲母的性質關係到我們如何分析它的語音特性，因此這方面

〔註33〕金基石：〈中古日母字的演變與朝鮮韻書的諺文注音〉收錄於《延邊大學學報》（社會科學版）第二期，1998 年。

〔註34〕李兆同：〈關於普通話零聲母的分析問題〉收錄於《語文研究》第四期，1985 年，頁 25～29。

〔註35〕張秋娥：〈普通話零聲母的音位分析〉收錄於《殷都學刊》第二期，1995 年。

的研究成果亦是日後研究必須要參考的部分。

（二）湯幼梅〈現代漢語「零聲母」的本質特性及理論定位〉〔註36〕

　　文中認為現代漢語語音理論中對零聲母的認識仍極為分歧，這種分歧會影響到現代基本漢語語音概念的理解及定位，所以試圖分析零聲母的發展情況，以及古今零聲母的本質特性，尋求對現代漢語零聲母更切實明瞭的理論定位。作者認為，現代漢語零聲母音節就是沒有聲母的音節，而且零聲母不是普通話聲母，其判別標準在於是否具備辨義作用，以及是否有明確的外在標識。

　　以上為海峽兩岸學界對於近代漢語零聲母的主要研究篇章，從其中可以看出兩岸研究的重點有所異同。兩岸對於零聲母的合流時代及語音演變現象皆有論述，不只分析明清韻書中的語料現象，也利用朝鮮文獻中的諺文對音來判定零聲母的時代問題。台灣學界對現代國語的零聲母問題討論較為豐富，大陸學界除了關注普通話的零聲母現象，對現代方言中的零聲母類型及發展的討論亦十分熱烈，並且對於零聲母的本質與定位也較有研究。

　　兩岸相較之下，台灣學界對於零聲母的研究似乎較為缺乏，而且以零聲母作為學位論文主題的僅只一篇，亦仍未有同時從共時與歷時角度觀察零聲母演變與發展的論文，而從官話區的現代方言來全面考察零聲母演變類型的文章，也仍不多見。因此，本文研究試圖結合歷時與共時兩個角度，首先由明清韻書材料中，觀察零聲母的語流音變現象，再者考察官話區現代方言零聲母的分佈，並討論其發展與類型。順著零聲母從中古音到近代音，再演變至現代方言的音變中，觀察零聲母特性在語音演變中所扮演的角色，同時注重零聲母與介音、主要元音的搭配性，從中探求音韻演變的條件及其規律方向。

第五節　明清語料的相關背景

　　本論文總共參考了明清兩代的 15 本韻書、韻圖，在此先介紹諸本語料的作者、年代、相關背景，最重要的是明辨各本語料所反映的音系，以及識明作者受出生或仕宦之處所影響的方言點，但要特別注意語料所反映的音系不

〔註36〕湯幼梅：〈現代漢語「零聲母」的本質特性及理論定位〉收錄於《華南師範大學學報》第二期，2003 年，頁 142～144。

一定單純，若反映官話系統又受方音影響，則所能探討的面相亦更爲複雜。詳細知曉每本語料的重要訊息，在如此基礎上才能更進一步將各語料的語音現象與方言音系比較參照，而爲語音的演變歷程得出較爲準確的判斷。

一、明代語料的背景及其所反映的音系

對於本文將探討的明代八本韻書韻圖，我們必須先對各本語料所反映的音系，或者有可能影響到方音反映的相關訊息進行判斷，比如作者出生之地或仕宦之處等，以下將針對各本語料做初步的討論：

（一）《韻略易通》（1442 年）

《韻略易通》（1442）是官話區韻圖韻書的前驅，並且具有重要性的代表作品，其作者是蘭茂，雲南嵩明人，字廷秀，號止庵。《韻略易通》特殊且值得注意的地方即在於，蘭茂率先放棄了三十六字母，而改用早梅詩表示聲類。蘭茂《韻略易通》記錄的確實是當時的北方官話，但這個官話音系帶有較濃的個人審定成份。作者力求做到既不違於古，又無礙於時，所以這個系統不是單純的北方官話音系〔註37〕。從以上可知《韻略易通》反映了當時的北方官話，是一本重要的官話系韻書，《四庫提要》認爲此書「盡變古法，以就方音」，其中的方音指的便是明代的雲南嵩明方言〔註38〕。張玉來 P20 有論證音系

（二）《青郊雜著》（1543～1581 年）

《青郊雜著》是明朝桑紹良所作，桑氏字遂叔（又作子遂），又字號青郊逸叟，生活於明嘉靖萬曆年間，詳細生卒年已不能具考。耿振生先生因對《四庫全書總目提要》所說桑氏之籍貫地有疑，故曾親赴湖南零陵和河南濮陽等地考察，考定桑紹良應爲濮州人。《青郊雜著》書中的〈青郊韻說〉（1543 年）是最早作成的一篇，〈聲韻雜著引〉（1581 年）則是最晚著成的一篇。如此可以推得《青郊雜著》的刊刻時間大約是萬曆二十一年至二十七年。本書是一

〔註37〕參見張玉來：《韻略易通音系研究》（天津：天津古籍出版社，1999 年），頁 20。

〔註38〕《漢語官話方言研究》中指出將《韻略易通》的聲母系統與《雲南方言調查報告》（楊時逢 1969：306）的嵩明話聲母對照後，發現除了不分尖團之外，兩套聲母系統幾乎完全相同。從明朝到現代嵩名話聲母的唯一變化就是精見兩組在今細音韻母前都不分尖團。錢曾怡主編：《漢語官話方言研究》（濟南：齊魯書社，2010 年），頁 241～242。

本具有複合性質的著作，耿振生先生在《明清等韻學通論》中將此書歸入「混合性等韻音系」中，我們必須注意它的音系是以當時的河南濮州方言爲基礎，參用了一些上古音的複合性音系，此因桑氏受到父親古音學的影響。﹝註 39﹞河南濮州爲今范縣濮陽鎮，《漢語官話方言研究》將其歸入中原官話的鄭曹片，因此可將《青郊雜著》與前述音系互相對照觀察。

（三）《書文音義便考私編》（1587 年）

《書文音義便考私編》爲明朝李登所作，李氏字士龍，一字舜庸，別號如眞，上元人（今江蘇江寧），其生卒年不詳，此書著成時約於李登中年後期。此書刊刻於明萬曆十五年（1587 年）。從作者的籍貫地來推論，可能受到當時江寧方音的影響，又《書文音義便考私編》保有入聲，與江淮地區的語音特點符合，從以上兩方面可推知，此韻書應是以江淮官話爲基礎方言的韻書，並且可以與作者的家鄉話互做對照，又江寧與南京的地理位置接近且方言內部大體一致﹝註 40﹞，故可參酌南京方言，亦即江淮官話的洪巢片。﹝註 41﹞

（四）《重訂司馬溫公等韻圖經》（1606 年）

《重訂司馬溫公等韻圖經》是《合併字學篇韻便覽》一書的韻圖，是明末的徐孝所著，張元善校刊，初刊於萬曆三十四（1606）年。《合併字學篇韻便覽》總共包括四部分：一、《合併字學集篇》，二、《合併字學集韻》，三、《四聲領率譜》，四、《重訂司馬溫公等韻圖經》。《合併字學集篇》是以部首序目的字書，《合併字學集韻》是韻書，《四聲領率譜》則是反切總匯，而《等韻圖經》是韻圖。本韻圖反映了明末北京話的情況﹝註 42﹞。

﹝註39﹞ 參考李秀珍：《青郊雜著》（台北：文化大學中國文學研究所碩士論文，1996），頁 1～11。

﹝註40﹞ 《江蘇省和上海市方言概況》將南京、江寧等劃爲第一區，由於內部大體一致，南京市轄區含四個點：即南京、江甯、江浦、六合，其中以南京爲代表中心。江蘇省上海市方言調查指導組編：《江蘇省和上海市方言概況》（江蘇：江蘇人民出版社，1960）。

﹝註41﹞ 參考權淑榮：《書文音義便考私編音系研究》（台北：國立臺灣大學中國文學研究所碩士論文，1998），頁 162～163。

﹝註42﹞ 錢曾怡主編：《漢語官話方言研究》（濟南：齊魯書社，2010 年），頁 91～92。

（五）《交泰韻》（1603 年）

《交泰韻》的作者呂坤，字叔簡，號新吾，生於 1536 年，卒於 1618 年。呂坤於萬曆三十一年（1603 年）傳寫《交泰韻》凡例、總目并序，其書最大的特點在於捨棄傳統的老舊反切，書中的切語全是呂坤根據自己的口與所新造的。

楊秀芳先生（1987：330）以方音材料作爲佐證，表示「就年譜中可考知的材料來看，呂坤幼時並未長期遠離家鄉，他的方音應該便是以寧陵爲主體的。」《交泰韻》雖不能排除其他方言或讀書音的影響，但是呂坤方音的核心部分可以說是寧陵方言，《漢語官話方言研究》中將寧陵方言劃爲中原官話中的鄭曹片〔註43〕，河南省寧陵縣爲商丘市下的轄區，兩者地緣密切又同屬鄭曹片，因此可以商丘作爲《交泰韻》參酌對照方言點。

（六）《元韻譜》（1611 年）

《元韻譜》是明萬曆喬中和所撰，喬氏字還一，河北省內丘人。作者的生卒年代未詳，但從其著作中的材料來推測，大約是生存在明代萬曆、崇禎年間之人。書前有自序，作於萬曆三十九年（1611 年）。《元韻譜》是一部同時擁有韻書，又畫有韻圖的等韻化韻書，以實際語音作爲成書的基礎，展現了當時活語言的面貌。韻書所反映的是明代北方官話音系的韻書，受河北方言影響〔註44〕，河北省內丘於《漢語官話方言研究》中歸於冀魯官話石濟片的邢衡小片。

（七）《西儒耳目資》

《西儒耳目資》的作者爲耶穌會士金尼閣（Louis Pfister 1833～1891），字表四，比利時人，爲耶穌會的傳教士，於 1610 年入華傳教。金尼閣沿用同會教士利瑪竇、郭居靜、龐迪我等人所擬定的標音符號，且經過中國學者等人的幫助，於明天啓六年（1626 年）編撰而成，是一部以羅馬字母標記漢語語

〔註43〕趙恩廷將《交泰韻》與河南方言比對，經查《河南方言研究》後得知寧陵方言屬於河南方言的鄭汴片，而因此可與同屬鄭汴片的商丘方言音系做比較。趙恩梃：《呂坤交泰韻研究》（台北：國立臺灣師範大學國文研究所碩士論文，1998 年），頁 209。

〔註44〕林協成分析《元韻譜》聲母系統後發現「喬氏編纂《元韻譜》時受方音影響，而使疑母字獨自存在」，此處所言方音爲河北方言。林協成：《元韻譜音論研究》（台北：中國文化大學中國文學研究所碩士論文，2002），頁 168。

音的韻學專書。王松木（1994：146）研究指出西儒所學習的官話與南京話有極密切之關聯，因此《西儒耳目資》可能是以南京話爲基礎音系，亦即江淮官話。

（八）《韻略匯通》（1642 年）

《韻略匯通》（1642 年）由明朝畢拱辰所傳，畢氏字星伯，山東萊州掖縣人，生年不詳。《韻略匯通》在體例上沿襲《韻略易通》的架構，依照等韻圖的格局而寫，是一部值得我們關注的反映北方官話的韻書，此書反映了北方官話 ŋ-與 v-存留與消失的中間狀態，並且《韻略匯通》的語音系統被認爲是作者母語音系（膠東方言）的反映〔註45〕，然而張玉來（1999：20）以爲從單方面的方音或普通官話來看待《韻略匯通》的音系都是不周全的，此本韻書記錄的確實爲當時的北方官話，但帶有較濃的個人審定成分，兼有存古與記錄時音兩項成分，所以並非完全單純的北方官話音系，其性質接近「存雅求正的官話」。

二、清代語料的背景與所反映的音系

我們於清代時期，共挑選了七本韻書韻圖，而在進行語料的研究之前，我們必須先梳理各本語料的作者、年代，以及相關背景所反映的音系，以下將針對各本語料做初步的討論：

（一）《五方元音》（1654～1673 年）

《五方元音》是清朝樊騰鳳所撰。作者樊騰鳳，字凌虛，河北堯山人。本書的成書時間，根據年希堯增修本於康熙庚寅年（1710 年）的序文推測，此書至遲作於康熙年間。趙蔭棠於〈康熙字典字母切韻要法考證〉一文中，進一步考訂《五方元音》成書時代是在順治十一年（1654 年）至康熙十二年（1673 年）之間〔註46〕。《五方元音》的語音系統反映了 17 世紀中葉的北方官話，樊氏有意建立五方通用的類似標準音。

（二）《黃鍾通韻》（1744 年成書、1753 年補充）

《黃鍾通韻》爲清朝都四德所撰，作者都四德，字乾文，號秋莊，滿洲

〔註45〕錢曾怡主編：《漢語官話方言研究》（濟南：齊魯書社，2010 年），頁 123。

〔註46〕趙蔭棠：《等韻源流》（台北市：文史哲，1985 年），頁 117。

鑲紅旗人，生卒年未詳。根據書中序跋所記，書約初成於乾隆九年（1744），而後於乾隆十八年（1753）又有所補充，故可知書成於清乾隆年間。

　　關於都四德籍貫地的確實位置，史集文獻皆未有記載，目前大致是從《黃鍾通韻》卷首都四德自署「長白都四德乾文式纂述」與韻圖所反映的語音特徵來推測，其籍貫約為今東北地區。然此事尚有可探討之處，郭繼文（2009）認為長白無法作為都四德真正的籍貫地，試著從滿族姓氏推測都姓來源的方法來探究都四德籍貫地，並推得都四德得滿族姓氏可推知他的籍貫約是今吉林省和黑龍江省〔註47〕。耿振生（1992）認為《黃鍾通韻》與現代東北方言相近，另外陳雪竹《黃鍾通韻》音系研究（1999）指出該韻書的基礎音系不是清代北京音，而是當時的東北方言，但由於作者是滿族人，所以音系上帶有一些滿音的特點。因此我們可將《黃鍾通韻》視為反映東北方言的韻書，並將其與吉林省和黑龍江省的方言相互對照參看。

（三）《五聲反切正韻》（1763 年）

　　《五聲反切正韻》為清朝吳烺所作，作者吳烺，號杉亭，據《安徽通志》和《全椒縣志》的記載，得知吳氏為安徽省全椒縣人。根據《五聲反切正韻》書前的序文，可知此書的成書年代為「乾隆朝陽協洽且月」，也就是乾隆二十八年（1763 年）六月。《五聲反切正韻》是藉助友人的捲款而得以出版，並非官方印製的韻書。張淑萍先生考查吳烺與吳敬梓父子的寓居生活後，認為從出生到仕途的過程中可以考查出《五聲反切正韻》所受到的方音影響為何，並認為應是反映了江淮官話中洪巢片的音系〔註48〕。

〔註47〕郭繼文依《欽定八旗通志》所記，滿族「都佳」氏有兩支系，其居住地分別為今吉林省和黑龍江省，故根據都四德得滿族姓氏可推知他的籍貫約是今吉林省和黑龍江省。郭繼文：《黃鍾通韻音系研究》（雲林：雲林科技大學漢學資料整理研究所碩士論文，2009 年），頁 24。

〔註48〕張淑萍先生指出「吳烺與吳敬梓為父子關係，故吳烺的寓居生活與父親應該也有密切的關係，吳敬梓曾經從安徽全椒移居到南京，也曾在揚州生活過，最後卒於揚州。而吳烺本人則是出生於安徽省全椒縣，後隨父親移居南京，亦曾至山西當官。經由以上可以考察《五聲反切正韻》所反映的地方音系。」張淑萍：《五聲反切正韻研究》（嘉義：國立中正大學中國文學系碩士論文 2003），頁 10～12。

（四）《等韻精要》（1775 年）

《等韻精要》爲清人賈存仁所作，賈氏字木齋，浮山縣人。其自序後表明寫作年代爲「乾隆四十年歲次二月既望」，由此可以確定此書成於西元一七七五年。宋民映（1993）經過判定後認爲《等韻精要》所反映的是十八世紀初到中葉的北方官話音系，而《等韻精要》中與北方官話不符之處，則判定爲是存古成分。〔註 49〕賈存仁的籍貫地爲今江西省浮山縣，《漢語官話方言研究》將其方言點歸於中原官話汾河片的平陽小片，可將方音作爲參照之用。

（五）《韻籟》（刊於 1889 年）

《韻籟》的作者爲華長忠，華氏爲河北天津人，其書的刊刻年代根據松竹齋刻本所見爲清光緒十五年（1889 年），然此非成書年代。鄭錦全（1980：79）認爲《韻籟》是「記錄北方音系最晚的」一部等韻著作。作者華氏的籍貫地爲天津，《漢語官話方言研究》將天津話歸於冀魯官話保堂片中的「天津小片」，另外黃凱筠（2004）曾將《韻籟》與現代天津方言比對，以見《韻籟》音系至現代天津話之間的異同與轉變〔註 50〕。

（六）《音韻逢源》（1839 年）

《音韻逢源》是清代滿族人裕恩所撰定的韻圖，裕恩號容齋，滿州正藍旗人，生年未詳，卒年道光二十五年（1845 年），生活於乾隆末年至道光末年。《音韻逢源》於道光十九年（1839 年）已經完成，本語料只有韻圖，而無韻書及其他艱深的音理韻法，故比明清一般韻圖更爲簡略，亦更爲實用。從滿清入關以來，正藍旗皆以北京內城的南方爲居住地，如此可以確定裕恩成長與爲官之地也是在北京一處，當時他所說的口語應該可謂是道地的京話〔註 51〕。

（七）《等韻學》（1878 年）

《等韻學》爲清代許惠所作，許氏字慧軒，安徽桐城人。《等韻學》之序

〔註 49〕宋民映《等韻精要音系研究》（台南：國立成功大學歷史語言研究所碩士論文，1993）。

〔註 50〕黃凱筠《韻籟的音韻探討》（高雄：國立中山大學中國語文學系研究所碩士論文，2004），頁 30、40～43。

〔註 51〕鄭永玉：《音韻逢源音系字研究》（台北：東吳大學中國文學系碩士論文，1996 年），頁 6。

作於「光緒四年戊寅」，即西元 1878 年。因此可知《等韻學》的成書年代不會晚於光緒四年（1878 年）。《安徽江淮官話語音研究》頁 155，耿振生先生（1998：360）認爲《等韻學》的基礎方言在安徽桐城，孫宜志先生則認爲《等韻學》所反映的基礎音系是安徽樅陽，其依據證據有二，其一許惠實爲樅陽人，而非桐城人，其二樅陽方音比起桐城方音更能解釋《等韻學》中的音系演變〔註52〕。桐城與樅陽於《漢語官話方言研究》中皆分入江淮官話的黃孝片，我們亦可不單著於一個方言點，而將黃孝片的語音現象作爲比較觀察的對象。

〔註52〕孫宜志：《安徽江淮官話語音研究》（合肥：黃山書社，2006），頁 155～159。

第二章 明清影、云、以母字的演變及其現代方言分佈

　　《切韻》系統中的聲母，只有喻四一個零聲母，而在現代國語中卻有不少零聲母，來源包括了中古的喻母、疑母、影母，以及微母、日母等。關於近代零聲母的形成，據王力《漢語史稿》，約經歷三次的擴大。

　　（一）中古後期三十六字母時代，喻三起頭輔音失落，和喻四成為一類，變為零聲母，約在第十世紀。

　　（二）十四世紀《中原音韻》時，疑母也轉為零聲母，影母的上、去聲也失去起頭的輔音〈喻三、喻四、疑影母的合流〉。竺家寧〈近代漢語零聲母的形成〉[註1]一文則以為，早在宋代《九經直音》時即有此現象，影、喻、疑三母在《九經直音》中已有互相混用的情形，表示此階段影母的喉塞音聲母和疑母的舌根鼻音聲母已經有失落的現象。

　　（三）近代零聲母除了喻三、喻四、疑、影之外，還包括微、日二母，是中古以後零聲母的第三次擴大。

　　承上所述，我們知道喻三、喻四早在第十世紀就已經合併為零聲母，而

〔註1〕竺家寧：〈近代漢語零聲母的形成〉，收錄於《近代音論集》（台灣學生書局，1994年），頁 125～137。

影母也已經在宋代《九經直音》之時，併入了零聲母的行列。往後元、明、清時期的韻書、語料中的零聲母也皆包含了中古來源的喻三、喻四、影母，與零聲母的演變情形完全符合。因此，本章的重點不在討論明、清時期語料中的零聲母現象，故於明代、清代兩節筆者不細加討論，只考察零聲母的中古來源範圍，觀察零聲母是如何逐漸擴大自己的隊伍，而細節的部分則留待各章探討疑、微、日母時再做論述。本章重點在於考察現代官話中影、云、以三母的演變情形，從現代官話方言的語料來了解中古影、云、以三母今日的音讀類型，進而了解影、云、以三母從古至今的演變歷史。

第一節　明代影、云、以母（零聲母）的擴展

一、明代語料中的影、云、以母（零聲母）的現象

　　首先，爲了瞭解「影、云、以」母在明代的韻書韻圖中所呈現的情形，筆者試著先觀察「影、云、以」母所收例字的中古來源爲何，接著列出其中古來源的範圍，由於「影、云、以」母早在明代之前就已經是零聲母，因此我們從零聲母所含的聲母範圍著手，更能夠突顯零聲母擴大的腳步是如何逐漸演變而成。筆者盡力考察了明代的等韻語料，共八部韻書韻圖，同時參考了前人研究的成果，將「影、云、以」母的中古來源範圍列出簡單的表格，並描述語料所記錄的零聲母擴大的情況：

〔表 5〕明代語料中零聲母擴大的範圍

	書　　名	作　者	成書年代	零聲母的中古來源
1	《韻略易通》	蘭茂	西元 1442	影、云、以、疑〔註2〕
2	《青郊雜著》	桑紹良	西元 1543～1581	影、云、以、疑〔註3〕
3	《書文音義便考私編》	李登	西元 1587	影、云、以、疑（少數）〔註4〕

〔註2〕張玉來：《韻略易通音系研究》（天津：天津古籍出版社，1999 年）。

〔註3〕李秀珍：《青郊雜著》台北：文化大學中國文學研究所碩士論文，1996 年）。

〔註4〕權淑榮：《書文音義便考私編》音系研究（台北：國立臺灣大學中國文學研究所碩士論文，1998 年）。

4	《重訂司馬溫公等韻圖經》	徐孝	西元 1602	影、云、以、疑、微、日〔註5〕
5	《交泰韻》	呂坤	西元 1603	影、云、以、疑〔註6〕
6	《元韻譜》	喬中和	西元 1611	影、云、以〔註7〕
7	《西儒耳目資》	金尼閣	西元 1626	影、云、以、疑（部分）、微（少數）、日〔註8〕
8	《韻略匯通》	畢拱辰	西元 1642	影、云、以、疑〔註9〕

二、零聲母來源為影、喻二母的明代語料

　　《元韻譜》中的喉音有兩組，分別為：「翁喻恩影」、「懷訓寒曉」。喉音兩組聲類中的「翁喻恩影」一類來自於中古的「影、喻、為」三母，之所以不以一字母代稱，是因為明清時代四呼觀念相當盛行，那時的作者會因介音的異同來將字母再細作分類，《元韻譜》亦是如此。「翁喻恩影」聲類中的例字分別可與剛律（開之開呼）、剛呂（開之合呼）、柔律（合之開呼）、柔呂（合之合呼）四呼互相配合。

　　我們從下表中影母的例字，觀察他們的中古來源，可以發現中古影、喻、為母已經合流於「翁喻恩影」之中，因此也就是說《元韻譜》的零聲母已經包含了中古的影、云、以三母，但是還沒有擴及到疑母、微母，以及止攝開口日母字。

〔註5〕劉英璉：《重訂司馬溫公等韻圖經研究》高雄：國立高雄師範大學中國文學研究所碩士論文，1987 年）。

〔註6〕趙恩梃：呂坤《交泰韻》研究（台北：國立臺灣師範大學國文研究所碩士論文，1998 年）。

〔註7〕廉載雄：喬中和《元韻譜》研究（台北：國立政治大學中國文學系碩士論文，2000 年）。

〔註8〕張玉來：《韻略匯通》音系研究（山東：山東教育出版社，1995 年）。

〔註9〕王松木：《西儒耳目資》所反映的明末官話音系（嘉義：國立中正大學中國文學研究所碩士論文，1994 年）。

〔表6〕《元韻譜》影母之例字〔註10〕

韻目	字母	聲調	例　　字	《廣韻》來源
英韻	翁	上平	翁、螉、鶲、嗡、泓	影
盈韻		下平	弘	影
影韻		上	聬、嗡、蓊、翁	影
映韻		去	翁、甕	影
英韻	喻	上平	雍、廱、邕、雝、廱、灉、維	影
盈韻		下平	容、榕、鎔、頌、庸、墉、融	喻
			榮、嶸、蝶	喻
影韻		上	勇、甬、涌、溶	喻
			雍、廱	影
映韻		去	用、甬	喻
			雍、廱	影
			泳、詠	爲
英韻	恩	上平		影
影韻		上	哽	影
映韻		去	瀴、嫈	影
英韻	影	上平	英、瑛、嬰	影
盈韻		下平	盈、楹、嬴、瀛、瑩	影
影韻		上	影、璟、癭	影
			穎、頴、郢、涅	喻
映韻		去	映、英、嬰、纓、應、賸	影
			繩、媵、孕	喻

三、零聲母來源爲影、喻、疑三母的明代語料

（一）《韻略易通》及《韻略匯通》

《韻略易通》中以早梅詩代表聲母系統的20個字母，「東風破早梅，向暖一支開，冰雪無人見，春從天上來」中的「一」母，來源包含了中古的疑、影、喻母，音值可擬爲零聲母 ∅。

〔註10〕林協成：《元韻譜音論研究》（台北：中國文化大學中國文學研究所碩士論文，2002年），頁100。

再者，《韻略匯通》承襲《韻略易通》的架構，在聲母系統上也沒有不同，「一」母來源主要亦是《切韻》系統的影、喻、疑母。張玉來《韻略易通音系研究》指出「一」母可定為零聲母一類，但從一母例字所用的反切上字繫連後的結果，可分析為三組，按照三組介音搭配的條件來看，可劃分為三類：齊、撮口呼字聲母讀 j、合口呼字聲母讀 w、開口呼字聲母讀 ø，而 j、w、ø 則可視為是零聲母的三種變體。因此，張玉來也不排斥，《韻略匯通》的作者是基於「存雅求正」，而將疑母仍存有讀音 ŋ 的現象都歸入零聲母〔註11〕。

根據上述所言，我們知道《韻略易通》和《韻略匯通》共同使用早梅詩二十字來表示聲類，就聲母系統來看兩書的「一」母皆包含了中古來源的影、喻、疑三母，即讀作零聲母 ø。

（二）《青郊雜著》

桑紹良《青郊雜著》的二十個聲母以「盛世詩」代之，詩為「國開王向德，天乃貴禎昌，仁壽增千歲，苞磐民弗忘」，共有二十個字。詩中的每一字代表一個聲母，本書聲母系統可歸納為二十個聲母：見、溪、影、曉、端、透、泥、來、知、徹、日、審、精、清、心、幫、滂、明、非、微。此聲母系統與明代蘭茂《韻略易通》（1442）中的「早梅詩」二十母相等。

零聲母在漢語語言史的發展，由於因素逐漸消失而不斷擴大其範圍。《青郊雜著》的宮音（見、溪、影、曉）包括中古見、溪、群、疑、影、喻、曉、匣母字，宮音中的影母已包含了中古的影、喻、疑三母字，中古疑母在此音系中已完全消失，合流於影母。〔註12〕到了《青郊雜著》之時，零聲母已經包括中古的影、喻、疑三母。

（三）《書文音義便考私編》

《書文音義便考私編》作者為李登，李氏將三十六字母刪併之後，而訂定了當時的聲母系統，共為二十一聲類：見、溪、疑、曉、影、奉、微、邦、平、明、端、透、尼、來、照、穿、審、日、精、清、心。其中喉音包含「見、溪、疑、曉、影」五母，在喉音的「影」母之下，收有一四八組的來源於中古的影、

〔註11〕張玉來：《韻略匯通研究》（山東：山東教育出版社，1995 年），頁 7。

〔註12〕參看李秀珍：《青郊雜著》（台北：文化大學中國文學研究所碩士論文，1996 年），頁 52。

云、以母字，還有七組的中古疑母字。雖然中古疑母演變至明代《書文音義便考私編》時，讀為影母的比率為數甚少，只有七組，但是不排除疑母已經開始合流於影母〔註13〕。《書文音義便考私編》的「影」母音值擬作零聲母 ø。

（四）《交泰韻》

《交泰韻》聲母系統共有二十個聲類，分別是幫滂、明、非、微、端、透、泥、精、清、心、照、穿、審、見、溪、影、曉、來、日。對於二十聲類中的「影」母，李新魁、何九盈、楊秀芳、耿振生四家都將其擬為零聲母 ø。

根據《交泰韻》「相承的平上去入韻字聲母相同」的原則，我們可以比較韻書例字聲母與《廣韻》聲類的異同，來觀察聲母是否有合流現象，即可知悉零聲母「影、疑、為、喻」的演化情形。影、疑、為、喻母的合流情形共有六種：一、影喻母合流。二、影為母合流。三、影疑母合流。四、喻為母合流。五、喻疑母合流。六、影喻疑母合流。我們將以上六種合流中與疑母零聲母化相關的字例，列於下方〔註14〕，第三、五、六類請見本文討論疑母的章節，在此不重複列出：

第一類、影、喻母合流

1.《交泰韻》韻目：一東

《交泰韻》字例	雍	勇	用	欲
《廣韻》聲母	影	喻	喻	喻

2.《交泰韻》韻目：二真

《交泰韻》字例	寅	引	印	逸
《廣韻》聲母	喻	喻	影	喻

3.《交泰韻》韻目：十二魚

《交泰韻》字例	迁	與	豫
《廣韻》聲母	影	喻	喻

〔註13〕參看權淑榮：《書文音義便考私編音系研究》（台北：國立臺灣大學中國文學研究所碩士論文，1998），頁69～71。

〔註14〕轉引自趙恩挺：呂坤《交泰韻》研究（台北：國立臺灣師範大學國文研究所碩士論文，1998年），頁105～107。

第二類、影、為母合流

1.《交泰韻》韻目：六先

《交泰韻》字例	淵	遠	怨	日
《廣韻》聲母	影	爲	影	爲

2.《交泰韻》韻目：七陽

《交泰韻》字例	王	枉	旺	臒
《廣韻》聲母	爲	影	爲	影

3.《交泰韻》韻目：十五灰

《交泰韻》字例	爲	委	慰
《廣韻》聲母	爲	影	影

由上表可知，在同韻目之中可見，中古來源爲影、疑、爲、喻母的字例，已經有相混的情況，這顯示了影、疑、爲、喻四母已經合流，而發生了零聲母化。

四、零聲母來源爲影、喻、疑、微、日五母的明代語料

（一）《重訂司馬溫公等韻圖經》

《重訂司馬溫公等韻圖經》（以下簡稱《等韻圖經》）先分爲十三攝，之後各攝皆分爲開合二圖，總共二十五圖。每一圖內，橫排列二十二聲母：見、溪、端、透、泥、幫、滂、明、精、清、㝂、心、影、曉、來、非、敷、微、照、穿、稔、審。《等韻圖經》的影母涵蓋了中古影、疑、喻三、喻四、微、日六母字，讀成零聲母。《四聲領率譜》是《等韻圖經》的反切總譜，它爲《等韻圖經》的所有音節（包括有形的和無形的）都設立了反切。我們可以觀察《四聲領率譜》中影母的反切例證，則可得知中古疑母、微母、日母止攝開口字，已經多與影母合流讀爲零聲母，試舉以下字例釋之：

〔表7〕《等韻圖經》之《四聲領率譜》的疑、微、日母例字對照表 〔註15〕

例字	《四聲領率譜》		《廣韻》	
	反切	聲母／韻部	反切	聲母／韻部
魚	原局	（影／局）	語居	（疑／魚）
吾	王模	（影／獨）	五乎	（疑／模）
文	桅門	（影／渾）	無分	（微／文）
問	午悶	（影／混）	亡運	（微／問）
而	敖慈	（影／慈）	如之	（日／之）
二	哀自	（影／次）	而至	（日／至）

如上表所示，中古疑母多數字在《等韻圖經》中已經變成零聲母 ø，歸入影母之下。微母字沒有歸入微母中，卻歸入了零聲母的影母，可知《等韻圖經》微母乃是虛設，不含實際歸字。日紐的止攝字，在十七世紀時出現了零聲母化的情形，日母的止攝開口三等字沒有變成舌尖後濁擦音，反而併入了零聲母的行列。

（二）《西儒耳目資》

《西儒耳目資》中金尼閣將聲母稱爲「同鳴字父」，於書中列出共 20 個「同鳴字父」：則、測、者、撦、格、克、百、魄、德、忒、日、物、弗、額、勒、麥、搦、色、石、黑，再加上 1 個「自鳴」的零聲母 ø，變構成了《西儒耳目資》完整的聲母系統。「自鳴」的零聲母 ø，其來源包括中古影母、云母、以母、疑母、微母的「微、尾、未」三字，還有日母止攝開口三等的「而、耳、二」三字 〔註16〕。王松木針對《西儒耳目資》的零聲母中古來源「影母、疑母、微母、日母」作出聲母分化演變的分析 〔註17〕：

R1 影 → ø → 額 g／__開口呼低元音

＼自鳴ø／__齊齒、合口、撮口及開口中、高元音

〔註15〕 參見王曉萍：《四聲領率譜音系研究》（台北：國立中正大學中國文學系碩士論文，1999 年），頁 39～40。

〔註16〕 曾曉渝：《語音歷史探索——曾曉渝自選集》（天津：南開大學出版社，2004 年）。

〔註17〕 王松木：《西儒耳目資》所反映的明末官話音系（嘉義：國立中正大學中國文學研究所碩士論文，1994 年），頁 80。

R2　疑　→　額 g /＿開口呼

　　　　＼　自鳴 ø /＿齊齒、合口、撮口呼

R3　明　→　微 /＿三等合口　→　物

　　　　　　　＼　自鳴 ø

R4　日　→　ø /＿止攝開口

從上述所言，我們知道《西儒耳目資》時代的零聲母範圍，除了中古來源的影母、云母、以母之外，已經擴大到疑母、微母的「微、尾、未」三字，還有日母部分的止攝開口字了。

綜上所述，本節觀察了明代八本韻書韻圖，試圖從中尋找零聲母演變的蹤跡，影、云、以早在明代以前，就已經是零聲母，讀作 ø。因此不需要再去討論他們的音值，而是將重點放在零聲母的範圍包含了哪些聲母。觀察完各韻書韻圖之後，我們可以發現明代零聲母的擴大範圍，是否已經含括所有的疑母、微母、日母，其中尚存在著爭議，這也是接下來我們會在各章繼續探討的問題，因此在這不多贅述。

第二節　清代影、云、以母（零聲母）的擴展

一、清代語料中的影、云、以母（零聲母）的現象

首先，為了瞭解「影、云、以」母在清代的韻書韻圖中所呈現的情形，筆者試著先觀察「影、云、以」母所收例字的中古來源為何，接著列出其中古來源的範圍，觀察零聲母中古來源的聲母範圍，則可以了解零聲母擴大的腳步是如何逐漸演變而成。筆者盡力考察了清代的等韻語料，共七部韻書韻圖，同時參考了前人研究的成果，將「影、云、以」母的中古來源範圍列出簡單的表格，並描述語料所記錄的零聲母擴大的情況：

〔表 8〕清代語料中零聲母擴大的範圍

	書　　　名	作者	成書年代	零聲母的中古來源
1	《五方元音》	樊騰鳳	西元 1654～1673	影、云、以、疑、微 [註18]

[註18] 石俊浩：《五方元音研究》（台北：文化大學中國文學研究所碩士論文，1992 年）。

2	《黃鍾通韻》	都四德	西元 1744	影、云、以、疑、微、日 [註19]
3	《五聲反切正韻》	吳烺	西元 1763	影、云、以、疑、微 [註20]
4	《等韻精要》	賈存仁	西元 1775	影、云、以 [註21]
5	《音韻逢源》	裕恩	西元 1840	影、云、以、疑、微 [註22]
6	《等韻學》	許惠	西元 1878	影、云、以、疑、微 [註23]
7	《韻籟》	華長忠	西元 1889	影、云、以、疑、微 [註24]

二、零聲母來源爲影、喻二母的清代語料

《等韻精要》韻圖將聲母分爲二十一母：餩、黑、祓、刻、牙豈、勒、得、忒、蝨、日、式、汁、尺、思、咨、雌、勿、夫、不、普、木，其中喉音爲：餩、黑、祓、刻、曀。《等韻精要》裡所收的零聲母共有一百二十三個字，餩母的中古來源有中古影、喻三、喻四，極少數來自中古疑、日、曉、邪母。《等韻精要》中古微母和疑母皆仍然獨立，但是相較於同時期北方話語料所顯示的證據，《等韻精要音系研究》指出這應該是由於作者的語言觀念所致的產物，當時北方話中疑母應該已經消失 [註25]。

三、零聲母來源爲影、喻、疑三母的清代語料

（一）《五方元音》

《五方元音》聲母有二十字母，與《韻略匯通》相較之下，少了「無」

〔註19〕郭繼文：《黃鍾通韻音系研究》（雲林：雲林科技大學漢學資料整理研究所碩士論文，2009 年）。

〔註20〕張淑萍：《五聲反切正韻研究》（嘉義：國立中正大學中國文學系碩士論文，2003 年）。

〔註21〕宋珉映《等韻精要音系研究》（台南：國立成功大學歷史語言研究所碩士論文，1993 年）。

〔註22〕鄭永玉《音韻逢源音系字研究》（台北：東吳大學中國文學系碩士論文，1996 年）。

〔註23〕王麗雅：《許惠等韻學研究》（嘉義：國立嘉義大學中國文學系研究所碩士論文，2007 年）。

〔註24〕黃凱筠《韻籟的音韻探討》（高雄：國立中山大學中國語文學系研究所碩士論文，2004 年）。

〔註25〕宋珉映《等韻精要音系研究》（台南：國立成功大學歷史語言研究所碩士論文，1993 年），頁聲母 31。

母，但將原本的「一」母分為「雲」、「蛙」二母。李新魁認為《五方元音》實際上只有十九個聲母，只是為湊齊二十之數，所以分立一母。《五方元音》有「雲」、「蛙」兩個零聲母，是因「開合歸之於蛙，齊撮歸之於雲」，只是因洪細而分立，並非聲母實際上有所差別〔註26〕。蛙母來源主要為中古的影母、喻母、疑母以及微母字。《五方元音》的時候，中古影、喻、為、疑、微母已經完全合流，現代漢語零聲母之範圍已經有了基本的定論。

（二）《五聲反切正韻》

《五聲反切正韻》一書特地強調正韻二字，書中亦強調「一本天籟」的精神。作者吳烺將三十六字母歸併成十九母，並且捨棄了「字母」的觀念，改用「縱音」的觀念來取代字母。《五聲反切正韻》的縱音第三位，包含了中古來源的「影、以、疑、云、微」等零聲母。從韻圖歸字來看，中古聲母為影母的「翁、雍、盎」、中古聲母為云母的「王、羽、旺」、中古聲母為以母的「用、容、勇」、中古聲母為微母的「萬、未、務」、中古聲母為疑母的「宜、昂、魚」，都放在縱字第三中，藉此來判斷，縱音第三聲母的音值即為零聲母。由此可知，影、以、疑、云、為母已經合流而零聲母化，《五聲反切正韻》中疑母已經失落為零聲母了。〔註27〕

（三）《音韻逢源》

《音韻逢源》共分為二十一聲母，以下討論「氐、胃、畢」各母所收的例字來源。《音韻逢源》中的零聲母為「胃」母，中古來源為「影、喻、為」三個聲母，以及少數疑母字，可將音值擬為零聲母 $\emptyset$。另外還有兩個相關的聲母，分別是「氐」母，其下所收例字的來源包括中古疑母，以及少數的影、喻、日母字，照理說中古疑母到《中原音韻》時已轉為零聲母，與喻、影母相混。以及「畢」母，來源包括了中古的微母、以及少數影母字。從以上可見，雖然「氐」母所收例字，可見疑母與影、喻、日母字相混；「畢」母中微母與少數影母字相混，但是《音韻逢源》仍存在著微、疑兩母獨立的情形。

〔註26〕參考石俊浩：《五方元音研究》（台北：文化大學中國文學研究所碩士論文，1992年），頁68～71。

〔註27〕參看張淑萍：《五聲反切正韻研究》（嘉義：國立中正大學中國文學系碩士論文，2003年），頁182。

鄭永玉（1996）認爲《音韻逢源》的聲母系統中存在微、疑兩母獨立，並不合於當時的北京音，並且依據滿文注音認爲「氐、胃、畢」的三項滿文音值沒有對立的，因此作者將三者的讀音都擬爲零聲母 ø〔註28〕。由此可知，《音韻逢源》之時影、喻、爲、微等母，已經合流皆讀成了零聲母。

（四）《等韻學》

《等韻學》聲母系統共有 38 聲母，因爲考量到介音的區別，因此聲母數量較多。考察《等韻學》各個聲母的中古來源，我們可以知道《等韻學》的零聲母包含了中古影、疑、喻、微母等來源。《等韻學》第二十二宮音母，擬音爲[ø]（開口呼）例字的中古來源爲影、疑母。第三十角音母，擬音爲[øi]（齊齒呼），中古來源爲影、疑、喻母。第三十四羽音母，擬音爲[øy]（撮口呼），中古來源爲喻、影、疑母。第三十六羽音母，擬音爲[øu]（合口呼），例字的中古來源爲疑、影、微母。〔註29〕

（五）《韻籟》

《韻籟》的聲類總共分爲五十母，反應了當時語音中零聲母的字同時有開齊合撮四組，分爲額（開口呼）、葉（齊齒呼 yi）、渥（合口呼 wu）、月（撮脣呼 yu），由於介音的區分，因此聲類數量較多。

《韻籟》的零聲母中古來源爲「喻、影、疑、微、爲」母。分別是「額」聲包含了三十六母的影母和疑母；「葉」聲包含喻母、影母、疑母；「渥」聲包含喻母、影母、疑母、微母和爲母；「月」聲包含爲母、喻母、影母和疑母〔註30〕。因此，我們知道《韻籟》的零聲母來源與現代國語幾乎是完全相同。

《韻籟》中的額四共收 149 字，屬於中古影母字，其中影母佔 87 字，疑母 62 字。月母共收有 324 字，屬於中古疑母字，分別收爲母 88 字，喻母 119 字，影母 53 字，疑母 64 字。葉母收 677 字，屬於中古喻母字，所收包含喻

〔註28〕 參考郭繼文：《黃鐘通韻音系研究》（雲林：雲林科技大學漢學資料整理研究所碩士論文，2009 年），頁 82～88。

〔註29〕 參考王麗雅：《許惠等韻學研究》（嘉義：國立嘉義大學中國文學系研究所碩士論文，2007 年），頁 91。

〔註30〕 黃凱筠《韻籟的音韻探討》（高雄：國立中山大學中國語文學系研究所碩士論文，2004 年），頁 77。

母、影母、疑母、爲母、匣母、見母、曉母等。渥母收有 100 字，屬於中古影母字，所收有影母、微母、喻母、疑母、爲母、喻母〔註31〕。由此可見，影、爲、喻、疑、微母已經合流爲零聲母了。

四、零聲母來源爲影、喻、疑、微、日五母的清代語料

《黃鍾通韻》所列聲母共二十二類，歌、柯、呵、喔、得、搦、特、勒、勒、知、痴、詩、日、白、拍、默、佛、倭、皆、O、思、日。

《黃鍾通韻》的「哦」母包含了中古喻、影、疑、微、日六母字，中古日母止攝開口三等字「二、爾、而」三字也歸入哦母底下。歷代學者對「哦」的擬音也持有不同意見，應裕康（1972）和李喬（2000）將「哦」母擬作ʔ，李新魁（1983）擬作ŋ，而竺家寧師（1991）、耿振生（1992）、陳雪竹（2002）、王松木（2003）則將「哦」母擬作零聲母 ø。我們對照「哦」母例字中古聲母的來源，認爲應該可將喉屬「哦」母的音值擬作零聲母 ø。〔註32〕

綜上所述，本節觀察了清代七本韻書韻圖，我們知道影、云、以的音值不需再討論，即是讀作 ø。此節，我們著重在觀察零聲母的範圍包含了哪些聲母。檢視完清代七本語料之後，我們可以發現明代零聲母的擴大範圍已經含括幾乎所有的疑母、微母、日母，少有例外。因此，我們可以說零聲母的擴大到了清代，已經完成了其最後的階段，至於有關疑母、微母、日母如何演變成零聲母的過程，則有待他章再詳細討論之。

第三節 現代官話方言中影、云、以母的發展

根據《漢語方音字彙》、《漢語官話方言研究》、《普通話基礎方言基本詞彙集・語音卷》，我們總共考察了八大官話區中的 67 個方言點，其中以影、云、以母開口一二等字來說，共有23 個方言點今讀零聲母，而以影、云、以母合口字來看，則有35 個方言點今讀零聲母，而其他方言點中，影、云、以母今讀包括有以下的讀音：ŋ、n（n̠）、z、ɣ、ʐ。另外，今影、云、以母合口

〔註31〕黃凱筠《韻籟的音韻探討》（高雄：國立中山大學中國語文學系研究所碩士論文，2004 年），頁 53～62。

〔註32〕參考郭繼文：《黃鍾通韻音系研究》（雲林：雲林科技大學漢學資料整理研究所碩士論文，2009 年），頁 57。

字音讀還包含了讀爲唇齒濁擦音 v 的類型。大多方言分析方法也多將影疑母開口字的今讀類型一併討論，因影疑母已經合併爲零聲母一類，如《漢語官話方言研究》亦將影疑母開口字一併做分析討論。但是，本文的研究採用將影、云、以母和疑母分開觀察的方式，希冀能更細緻的看待二者演變至現今音讀的類型。

由於，影云以母早在中古後期就已經失落了輔音，讀爲零聲母，接著疑母、微母以及部分日母逐漸加入零聲母擴大的行列，中古零聲母演變至現代方言的音讀類型很豐富，背後所牽涉的來源也並不單一。影、云、以母在現代官話中有今讀 ŋ、ɣ 的類型，是受到影母ʔ、云母 ɣj 的古讀而演化而來的，今讀 ŋ 與影母古讀ʔ發音部位相近，聲母 ɣ 與云母古讀顎化舌根濁擦音 ɣj 的發音部位也相近。再者，影、云、以母中有受日母讀音影響，而讀爲 ʐ 的情況，亦有受微母或是元音 u 影響而讀 v 的類型。

中古影、云、以母演變到現代官話中的類型可大致分爲四種：一、零聲母型。二、承影、云母而音變之類型。第二類型可再細分爲 ŋ、n（ȵ）、ʐ、ɣ 各類音讀。三、受日母影響而音變之 ʐ 母型。四、唇齒濁擦音 v 母型。第四類的音變現象，應該是比影喻疑合流爲零聲母後更晚的時間層，受到微母的音讀或是高元音 u 的影響而出現的音變。

一、影、云、以母演變類型在現代官話中的分佈

中古影、云、以母演變到現代官話中的今聲母類型，我們大致分爲四種：一、零聲母型。二、承影、云母而音變之類型。三、受日母影響而音變之 ʐ 母型。四、唇齒濁擦音 v 母型。按今聲母的四種類型，依序列出各類音讀在現代官話方言中的分佈，並輔以地圖，了解聲母音讀與地理分佈的關係。

地圖圖示的設計上，由於本文出發點以零聲母爲主，因此我們特別將今讀類型與零聲母有關的方言點設計爲方型圖示類□，並依照不同的今讀類型現象再有所變化，而現代官話方言的今讀類型與零聲母無關的，則設計爲圓形圖示類○，也會依照今讀類型不同的狀況而有所變化。如此一來，讀者在閱讀地圖的時候，可以清楚了解到與零聲母相關的方言點，在現代官話方言區的地理位置。

（一）零聲母型（以影云以母開口一、二等字為主）

北京官話：北京（幽燕片）、瀋陽（遼沈片）、哈爾濱（哈肇片）、黑河、齊
　　　　　齊哈爾（黑吉片）

膠遼官話：牟平（登連片）、丹東（營通片）

中原官話：徐州（洛徐片）、鄭州、商丘（鄭曹片）

蘭銀官話：靈武、銀川（銀吳片）、永登、蘭州（金城片）

西南官話：昆明（雲南片）、蒙自（雲南片）、喜德（川西片）

江淮官話：南京、揚州、合肥（洪巢片）、秦州（秦如片）

晉　　語：長治（上黨片）、獲嘉（邯新片）

〔圖1〕中古影云以母今聲母「零聲母型」的方言分佈圖

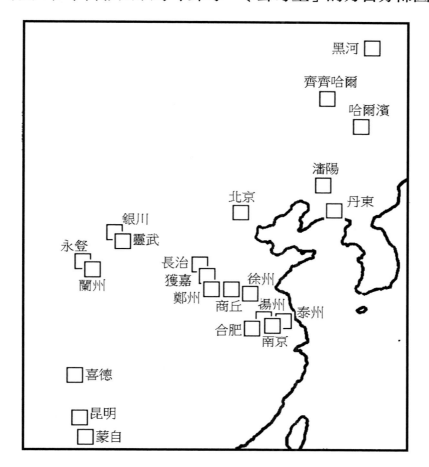

（二）承影ʔ、云 ɣj 母而音變之類型（以影云以母開口一、二等字
　　　為主）

北京官話：興城（錦興片）、巴彥（哈肇片）、長春、白城（黑吉片）

膠遼官話：青島、諸城（青萊片）

冀魯官話：唐山、天津、高陽（保唐片）、滄州、河間（滄惠片）、濟南、
石家莊（石濟片）、利津（章利片）

中原官話：阜陽（鄭曹片）、信陽（信蚌片）、敦煌、西寧、寶雞（秦隴片）、
運城（汾河片）、天水（隴中片）、西安（關中片）、吐魯番（南
疆片）、曲阜（蔡魯片）

蘭銀官話：張掖（河西片）、烏魯木齊、塔密片吉木薩爾（塔密片）

西南官話：大方、成都（川黔片）、都江堰（西蜀片）、喜德（川西片）、大
理（雲南片）、武漢（湖廣片）、荔浦（桂柳片）

江淮官話：紅安、安慶（黃孝片）、南通（秦如片）

晉　　語：嵐縣、離石（呂梁片）、忻州（五台片）、呼和浩特（張呼片）、
大同（大包片）、志丹（志延片）、太原（並州片）、邯鄲（邯新
片）

〔圖2〕中古影云以母今聲母「承影ʔ、云 ɣj 母而音變之類型」的
方言分佈圖

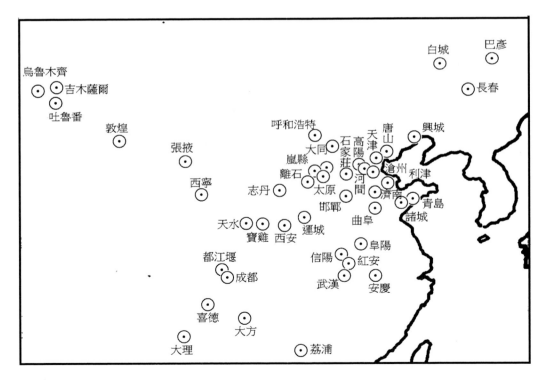

（三）受日母影響而音變之 ʐ 母型（以影云以母合口字為主）

冀魯官話：高陽、天津（保唐片）、河間（滄惠片）

中原官話：曲阜（蔡魯片）、徐州（洛徐片）、鄭州（鄭曹片）、商丘、阜陽
　　　　　（鄭曹片）

西南官話：喜德（川西片）、昆明、大理（雲南片）

江淮官話：紅安（黃孝片）

〔圖3〕中古影云以母今聲母「受日母影響而音變之 ʐ 母型」的方
　　　　言分佈圖

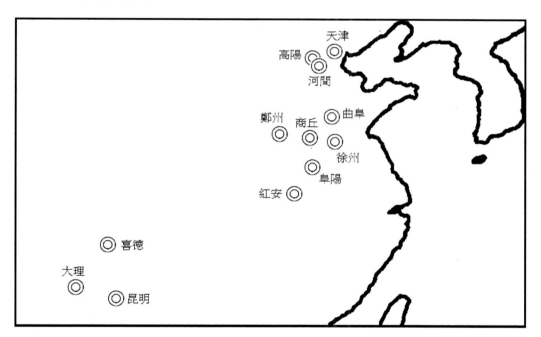

（四）唇齒濁擦音 v 母型（以影云以母合口音字為主）

北京官話：北京（幽燕片）、興城（錦興片）、長春、白城（黑吉片）

膠遼官話：牟平（登連片）、青島（青萊片）、丹東（營通片）

冀魯官話：高陽、唐山、天津（保唐片）、河間、滄州（滄惠片）

中原官話：寶雞（秦隴片）、信陽（信蚌片）、曲阜（蔡魯片）、徐州（洛徐
　　　　　片）、鄭州（鄭曹片）、西安（關中片）、運城（汾河片）

西南官話：大方（川黔片）、都江堰（西蜀片）、喜德（川西片）、武漢（湖
　　　　　廣片）、荔浦（桂柳片）、昆明（雲南片）

江淮官話：南京、揚州、合肥（洪巢片）、紅安、安慶（黃孝片）、南通（秦

　　　　　如片）

晉　　語：嵐縣、離石（呂梁片）、長治（上黨片）、獲嘉（邯新片）

〔圖4〕中古影云以母今聲母「唇齒濁擦音 v 母型」的方言分佈圖

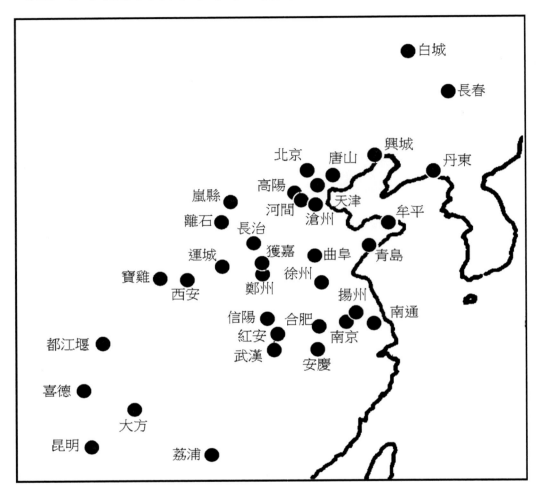

（五）影云以母四類今聲母的分佈對照

　　中古來源爲影、云、以母的零聲母字，今聲母的音讀類型可以分爲四類：零聲母型、承影ʔ、云 ɣj 母而音變之類型、受日母影響而音變之 ʐ 母型、唇齒濁擦音 v 母型。我們將此四類的方言分佈，統合之後在地圖上標上地標，如此一來可以觀察中古來源爲影、云、以母的零聲母字，在八大官話方言區中的分佈情形爲何。地圖上的地標皆以顏色表示，有些標示的方言點同時具備二到四種的今聲母類型，其代表的今聲母讀音說明如下：

□　零聲母型
⊙　承影ʔ云ɣj母而音變型
⊞　零聲母型＋唇齒濁擦音v母型
●　唇齒濁擦音v母型＋承影ʔ云ɣj母而音變型
◐　ʐ母型＋承影ʔ云ɣj母而音變型
◑　ʐ母型＋零聲母型
▣　零聲母型＋v母型＋ʐ母型
⊕　v母型＋ʐ母型＋承影ʔ云ɣj母而音變型
■　零聲母型＋v母型＋
　　ʐ母型＋承影ʔ云ɣj母而音變型

〔圖5〕中古影云以母今聲母四大類型的方言分佈圖

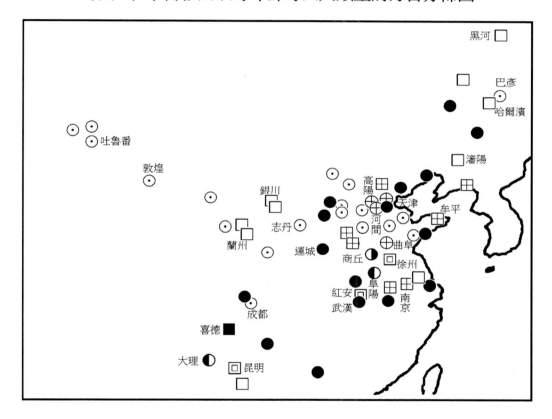

　　按影云以母的現代方言分佈來說，今聲母四大類型的交疊性是很高也很多元的，「零聲母型」和「唇齒濁擦音v母型」的分佈皆是在永登、寶雞一帶變止步，不再向西方擴展。今聲母類型中的「受日母影響而音變之ʐ母型」，除了大多分佈於東岸，向北也止步於天津，東北沒有產生此類的音讀類型。「承影ʔ、云ɣj母而音變之類型」則分佈最為廣泛，八大官話方言區中都有此類的音讀存在。

二、影、云、以母演變類型在現代官話各區的情形

我們在中古的影、云、以三母字中，依《漢語官話方言研究》中所提供的「啞～ㄵ、蛙、烏、雨、愛、挨、矮、蛙、椅、醫、衣、威、袄、妖、歐、優、幼、暗、厭、音、安、烟、碗、彎、冤、淵、印、穩、央、鷹、櫻、英、嬰、翁、擁、容、用、鴨、噎、挖、一、鬱、惡善～、約、藥、益、譯、屋、郁、育、爺、姨、搖、油、演、蠅、五、余、鋭、員、云、王、榮、永、營、雄、悦、域、役」69 字爲準，考察共 67 個方言點之後，見得 23 個方言點中影、云、以母開口一、二等字今讀零聲母，35 個方言點中影、云、以母合口字今讀零聲母。

我們依照影、云、以母字今聲母的演變結果，將影、云、以母字分成三類，之所以分作開口一二等字、開口三四等字、合口字（含四等）三類，是因爲在歸納現代官話各區方言的時候，發現此三類條件的影、云、以母字，今聲母的演變情況有明顯的區別。以下按照現代官話的分區，逐一將各方言區、片、點列出，並附上例字的音讀：

（一）北京官話區

北京官話區中古中影、云、以母的例字，先依條件分爲：開口一二等字、開口三四等字、合口字（含四等）三大類，再分析北京官話區影、云、以母的音變類型。

1. 古影、云、以母開口一、二等字

方言片、點　　　例字		幽燕	錦興	遼沈	哈肇		黑吉			
		北京	興城	瀋陽	巴彦	哈爾濱	長春	白城	齊齊哈爾	黑河
愛	蟹開一代去影	ai	nai	nai	nai	ai	nai	nai	ai	ai
挨	蟹開一皆平影	ai	nai	ai	nai	ai	nai	nai	ai	ai
袄	效開一皓上影	au	nau	au	nau	au	au		au	au
歐	流開一候平影	ou	nou	əu	nəu	əu	nəu	nəu	əu	
暗	咸開一闞去影	an	nan	an	nan	an、又nan	nan	nan	an	an

安	山開一寒平影	an	nan	an	nan	an、又nan	nan	nan	an	an
惡善~	宕開一鐸入影	ɤ	nɤ	ɤ	nɤ	ɤ	nɤ	nɤ	ɤ	ɤ
啞~巴	假開二馬上影	ia	ia	ia	ia	ia	ia	ia	ia	ia
矮	蟹開二蟹上影	ai	nai	ai	nai	ai	nai	nai	ai	ai
櫻	梗開二耕平影	iŋ	iŋ	iŋ	iŋ	iŋ	iŋ	iŋ	iŋ	iŋ
鴨	咸開二洽入影	ia	ia	ia	ia	ia	ia	ia	ia	ia

分析上述表格中的方言例字之後，我們可以得出北京官話影云以母開口一、二等字中，今聲母的讀音共有兩種類型：

（1）聲母讀 ∅

　　幽燕片北京、遼沈片瀋陽、哈肇片哈爾濱、黑吉片齊齊哈爾、黑吉片黑河。遼沈片瀋陽，唯「愛」字讀 n。哈肇片哈爾濱，「暗、安」兩字也可讀作 n。

（2）大部分聲母讀 n，部分聲母讀 ∅

　　錦興片興城、哈肇片巴彥、黑吉片長春、黑吉片白城。

2. 古影、云、以母開口三、四等字

方言片、點 例字		幽燕	錦興	遼沈	哈肇		黑吉			
		北京	興城	瀋陽	巴彥	哈爾濱	長春	白城	齊齊哈爾	黑河
椅	止開三支平以	i	i	i	i	i	i	i	i	i
醫	止開三之平影	i	i	i	i	i	i	i	i	i
衣	止開三微平影	i	i	i	i	i	i	i	i	i
妖	效開三宵平影	iau	iau	iau	iau	iau	iau	iau		iau
優	流開三尤平影	iou	iou	iəu	iəu	iəu	iəu	iəu	iəu	iəu

幼	流開三 幼去影	iou	iou	iəu	iəu	iəu	iəu	iəu	iəu	iəu
厭	咸開三 豔去影	ian	ian	ian	ian	ian	ian	ian		ian
音	深開三 侵平影	in	in	in	in	in	in	in	in	in
印	臻開三 震去影	in	in	in	in	in	in	in	in	in
央	宕開三 陽平影	iaŋ	iaŋ	iaŋ	iaŋ	iaŋ	iaŋ	iaŋ	iaŋ	iaŋ
鷹	曾開三 蒸平影	iŋ	iŋ	iŋ	iŋ	iŋ	iŋ	iŋ	iŋ	iŋ
英	梗開三 庚平影	iŋ	iŋ	iŋ	iŋ	iŋ	iŋ	iŋ	iŋ	iŋ
嬰	梗開三 清平影	iŋ	iŋ	iŋ	iŋ	iŋ	iŋ	iŋ	iŋ	iŋ
一	臻開三 質入影	i	i	i	i	i	i	i		
鬱	臻合三 物入影	y	y	y	y		iau			
約	宕開三 藥入影	iau / ye	iau	iau	iau	iau	iau	iau	iau	iau
藥	宕開三 藥入以	iau	iau	iau	iau	iau	i	i	i	i
益	梗開三 昔入影	i	i	i	i	i	i	i	i	i
譯	梗開三 昔入以	i	i	i	i	i	ian	ian	ian	ian
烟	山開四 先平影	ian	ian	ian	ian	ian	iɛ	ie	ie	ie
噎	山開四 屑入影	ie	iɛ	ie	iɛ	ie	i	i	i	i
爺	假開三 麻平以	ie	iɛ	ie	iɛ	ie	iɛ	ie	ie	ie
姨	止開三 脂平以	i	i	i	i	i	i	i	i	i
搖	效開三 宵平以	iau	iau	iau	iau	iau	iau	iau	iau	iau

油	流開三 尤平以	iou	iou	iəu	iəu	iəu	iəu	iəu	iəu	iəu
演	山開三 獮上以	ian	ian	ian	ian	ian	ian	ian	ian	ian
蠅	曾開三 蒸平以	iŋ	iŋ	iŋ	iŋ	iŋ	iŋ	in	iŋ	iŋ

　　分析上述表格中的方言例字之後，我們可以得出北京官話影云以母開口三、四等字中，今聲母的讀音已經完全失落，全讀爲零聲母，沒有例外。

3. 古影、云、以母合口字（含四等）

方言片、點 例字		幽燕	錦興	遼沈	哈肇		黑吉			
		北京	興城	瀋陽	巴彥	哈爾 濱	長春	白城	齊齊 哈爾	黑河
烏	遇合一 模平影	u	u	u	u	vu	u	u	vu	vu
碗	山合一 緩上影	uan	uan	van	van	van	uan	uan	van	van、 又vuan
穩	臻合一 混上影	uən	uən	vən	vən	vən	uən	uən	vən	vən
翁	通合一 東平影	uəŋ	uŋ	vəŋ	vəŋ	老vəŋ	uŋ	əŋ	vəŋ	uŋ、 又vəŋ
屋	通合一 屋入影	u	u	u	u	vu	u	u	vu	vu
蛙	假合二 麻平影	ua	ua	va	va	va	ua	ua	va	va
蛙	蟹合二 佳平影	ua	ua	va	va	va	ua	ua	va	va
彎	山合二 刪平影	uan	uan	van	van	van	uan	uan	van	van、又 vuan
挖	山合二 黠入影	ua	ua	va	va	va	ua	ua	va	va
雨	遇合三 麌上云	y	y	y	y	y	y	y	y	y
威	止合三 微平影	uei	uei	vei	vei	vei	i	i	i	i
冤	山合三 元平影	yan	yan	yan	yan	yan	uei	uei	vei	vei

拥	通合三腫上影	iuŋ	yŋ	yŋ	iuŋ	yŋ	yan	yan	yan	yan
容	通合三鐘平以	ʑuŋ	ʑuŋ	yŋ	iuŋ	yŋ	yŋ	yŋ	yŋ	yŋ
用	通合三用去以	iuŋ	yŋ	yŋ	iuŋ	yŋ	yŋ	yŋ	yŋ	yŋ
鬱	臻合三物入影	y	y	y	y		yŋ	yŋ	yŋ	yŋ
郁	通合三屋入影	y	y	y	y	y				
育	通合三燭入來	y	y	y	y		y	y		
淵	山合四先平影	yan	yan	yan	yan	yan	y	y		
五	遇合一姥上疑	u	u	u	u	vu	u	u	vu	vu
余	遇合三魚平以	y	y	y	y		y	y		y
銳	蟹合三祭去以	ʐuei	ʐuei	luei	ʐuei	ʐuei	ʐuei / luei	luei	ʐuei	ʐuei
員	山合三仙平云	yan	yan	yan	yan	yan	yan	yan	yan	yan
云	臻合三文平云	yn	yn	yn	yn	yn	yn	yn	yn	
王	宕合三陽平云	uaŋ	uaŋ	vaŋ	vaŋ	vaŋ	uaŋ	uaŋ	vaŋ	vaŋ
榮	梗合三庚平云	ʐuŋ	ʐuŋ	yŋ	ʐuŋ	yŋ	yŋ	yŋ	yŋ	
永	梗合三梗上云	iuŋ	yŋ	yŋ	iuŋ	yŋ	yŋ	yŋ	yŋ	
營	梗合三清平以	iŋ	iŋ	iŋ	iŋ	iŋ	iŋ	in	iŋ	iŋ
雄	通合三東平云	ɕiuŋ	ɕyŋ	ɕyŋ	ɕiuŋ	ɕyŋ	ɕyŋ	ɕyŋ	ɕyŋ	ɕyŋ
悅	山合三薛入以	ye	yE	ye	yɛ	ye	yɛ	ye	ye	ye
域	曾合三職入雲	y	y	y	y	y	y		y	y
役	梗合三昔入以	i	i	i	i	i	i	i	i	i

　　分析上述表格中的方言例字之後，我們可以得出北京官話疑母合口字中，今聲母的讀音共有兩種類型：

（1）聲母讀 ø

　　　幽燕片北京、錦興片興城、黑吉片長春、黑吉片白城

（2）部分聲母讀 ø，部分聲母讀 v

　　　遼沈片瀋陽、哈肇片巴彥、哈肇片哈爾濱、黑吉片齊齊哈爾、黑吉片黑河

　　《漢語官話方言研究》〔註33〕提到有一部分非日母字的聲母在北京官話中和日母字多有糾纏，這類字包括：「榮、永、泳、咏、融、雍、癰、擁、容、蓉、熔、庸、甬、勇、湧、用」，但在本文所觀察的例字「用、擁、容」之中，卻沒有與日母字讀音糾纏的現象。不過，這類讀音的傾向仍值得我們注意。

（二）膠遼官話區

　　膠遼官話區中古中影、云、以母的例字，先依條件分為：開口一二等字、開口三四等字、合口字（含四等）三大類，再分析膠遼官話區影、云、以母的音變類型。

1. 古影、云、以母開口一、二等字

例字	方言片、點	登連 牟平	青萊 諸城	青萊 青島	營通 丹東
愛	蟹開一代去影	ai	ŋɛ	ɣɛ	ai
挨	蟹開一皆平影	iai	iɛ	iɛ	ai
祆	效開一皓上影	ɑo	ŋɔ	ɣɔ	ɑo
歐	流開一候平影	ou	ŋou	ɣou	ou
暗	咸開一闞去影	an	ŋã	ɣã	an
安	山開一寒平影	an	ŋã	ɣã	an
惡善~	宕開一鐸入影	uo	uo	uə	ə
啞~巴	假開二馬上影	iɑ	iɑ		iɑ
矮	蟹開二蟹上影	iai	iɛ	iɛ	ai
櫻	梗開二耕平影	iŋ	iŋ	ioŋ	iŋ
鴨	咸開二洽入影	iɑ	iɑ	ia	iɑ

〔註33〕錢曾怡主編：《漢語官話方言研究》（濟南：齊魯書社，2010 年），頁 77～78。

　　分析上述表格中的方言例字之後，我們必須再將疑母開口字分作一、二等字來說明，膠遼官話疑母開口二等字已經全數失落聲母，讀爲零聲母字。而膠遼官話的疑母開口一等字中，今聲母的讀音則可分爲三種類型：

（1）聲母讀 ø

　　登連牟平、營通片丹東

（2）開口呼聲母讀 ɣ，其他聲母讀 ø

　　青萊片青島。青島方言點的「挨」字讀作 iɛ，是爲齊齒呼。「惡善~」字讀作 uə，是爲合口呼。

（3）開口呼聲母讀 ŋ，其他聲母讀 ø

　　青萊片諸城。青島方言點的「挨」字讀作 iɛ，是爲齊齒呼。「惡善~」字讀作 uo，是爲合口呼。

2. 古影、云、以母開口三、四等字

例字	方言片、點	登連	青萊		營通
		牟平	諸城	青島	丹東
椅	止開三支平以	i	i	i	i
醫	止開三之平影	i	i	i	i
衣	止開三微平影	i	i	i	i
妖	效開三宵平影	iɑo	iɔ	iɔ	iɑo
優	流開三尤平影	iou	iou	iou	iou
幼	流開三幼去影	iou	iou	iou	iou
厭	咸開三豔去影	ian	iã	iã	ian
音	深開三侵平影	in	iə̃		in
印	臻開三震去影	in	iə̃	iẽ	in
央	宕開三陽平影	iɑŋ	iɑŋ	iaŋ	iɑŋ
鷹	曾開三蒸平影	iŋ	iŋ	ioŋ	iŋ
英	梗開三庚平影	iŋ	iŋ	ioŋ	iŋ
嬰	梗開三清平影	iŋ	iŋ	ioŋ	iŋ
一	臻開三質入影	i	i	i	i
約	宕開三藥入影	yə	yə	yə	yə
藥	宕開三藥入以	yuo	yuo	yə	yə / iao
益	梗開三昔入影	i	i	i	i
譯	梗開三昔入以	i	i	i	i

烟	山開四先平影	ian	ian	iã	iã
噎	山開四屑入影	iə	iə	iə	iə
爺	假開三麻平以	iə	iə	iə	iə
姨	止開三脂平以	i	i	i	i
搖	效開三宵平以	iɑo	iɔ	iɔ	iɑo
油	流開三尤平以	iou	iou	iou	iou
演	山開三獮上以	ian	iã	iã	ian
蠅	曾開三蒸平以	iŋ	iŋ	ioŋ	iŋ

　　分析上述表格中的方言例字之後，我們可以得出膠遼官話影云以母開口三、四等字中，今聲母的讀音已經完全失落，全讀爲零聲母，沒有例外。

3. 古影、云、以母合口字（含四等）

例字／方言片、點		登連	青萊		營通
		牟平	諸城	青島	丹東
烏	遇合一模平影	u	u	u	u
碗	山合一緩上影	uan	vã	uã	uan
穩	臻合一混上影	uən	və̃	uẽ	uən
翁	通合一東平影	oŋ	əŋ	oŋ	oŋ
屋	通合一屋入影	u	u	u	u
蛙	假合二麻平影	ua	ua	ua	ua
蛙	蟹合二佳平影	ua	va	ua	ua
彎	山合二刪平影	uan	uã	uã	uan
挖	山合二黠入影	ua	va	ua	ua
雨	遇合三麌上云	y	y	y	y
威	止合三微平影	uei	vei	uei	uei
冤	山合三元平影	yan	yã	yã	yan
擁	通合三腫上影	ioŋ	iŋ	ioŋ	ioŋ
容	通合三鐘平以	ioŋ	iŋ	ioŋ	ioŋ
用	通合三用去以	ioŋ	iŋ	ioŋ	ioŋ
鬱	臻合三物入影	y			y
郁	通合三屋入影	y	y	yə	
育	通合三燭入來	y	y	y	y
淵	山合四先平影	yan	yã	yã	yan
五	遇合一姥上疑	u	u	u	u

余	遇合三魚平以	y	y	y	y
銳	蟹合三祭去以	lei	luei	luei	lei
員	山合三仙平云	yan	yã	yã	yan
云	臻合三文平云	yn	yə̃	yẽ	yn
王	宕合三陽平云	uaŋ	aŋ	uaŋ	uaŋ
榮	梗合三庚平云	ioŋ	iŋ	ioŋ	ioŋ
永	梗合三梗上云	ioŋ	iŋ	ioŋ	ioŋ
營	梗合三清平以	iŋ	iŋ	ioŋ	iŋ
雄	通合三東平云	çioŋ	ʃəŋ	çioŋ	çioŋ
悅	山合三薛入以	yə	yə	yə	yə
域	曾合三職入雲	y	y	y	y
役	梗合三昔入以	i	i	i	i

分析上述表格中的方言例字之後，我們可以得出膠遼官話疑母合口字中，今聲母的讀音共有兩種類型：

（1）聲母讀 ∅

青萊片青島、登連片牟平、營通片丹東

（2）部分聲母讀 ∅，部分聲母讀 v

青萊片諸城。「蛙、威、碗、穩、挖」五字，讀作 v 聲母，其餘聲母讀 ∅。

（三）冀魯官話區

冀魯官話區中古中影、云、以母的例字，先依條件分爲：開口一二等字、開口三四等字、合口字（含四等）三大類，再分析冀魯官話區影、云、以母的音變類型。

1. 古影、云、以母開口一、二等字

方言片、點 例字		保唐			滄惠		石濟		章利
		高陽	唐山	天津	河間	滄州	濟南	石家莊	利津
愛	蟹開一代去影	ŋai	ŋai	ŋai	ŋai	ŋai	ŋɛ	ŋai	ŋɛ
挨	蟹開一皆平影	ŋai	ŋai	ŋai	ŋai	ŋai	iɛ	ŋai	iɛ
袄	效開一皓上影	ŋɑu		ŋau	ŋɑu	ŋau	ŋɔ	ŋau	ŋɔ

歐	流開一候平影	nou	nou	nou	ŋou	nou	ŋou	ŋou	ŋou
暗	咸開一闞去影	ŋan	nan		ŋan	nan	ŋã	ŋan	ŋã
安	山開一寒平影	ŋan	nan	nan	ŋan	nan	ŋã	ŋan	ŋã
惡善~	宕開一鐸入影	ŋɤ	ɤ	ɤ	ŋɤ	ɤ	ŋə	ŋɤ	ŋə
啞~巴	假開二馬上影	ia	ia	ia	ia	ia	ia		ɑ
矮	蟹開二蟹上影	ŋai	nai	nai	ŋai		ɛ	ŋai	ɛ
櫻	梗開二耕平影	iŋ	iŋ	iŋ	iŋ	iŋ	iŋ	iŋ	iŋ
鴨	咸開二洽入影	ia	ia	ia	ia	ia	ia	ia	ɑ

分析上述表格中的方言例字之後，我們必須要再將一、二等字分開說明。冀魯官話影云以母開口二等字中，今聲母的讀音幾乎已經失落為零聲母，唯有少部分字還讀作 n、ŋ、ȵ 聲母。例如「矮」字，保唐片唐山和天津讀作 nai；保唐片高陽、滄惠片河間讀作 ŋai；石濟片石家莊讀作 ŋai。另外，冀魯官話影云以母開口一等字中，今聲母的讀音共有三種類型：

（1）聲母讀 n

　　保唐片唐山、保唐片天津、滄惠片滄州

（2）聲母讀 ŋ

　　石濟片濟南、石濟片石家莊、章利片利津

（3）聲母讀 ȵ

　　保唐片高陽、滄惠片河間

2. 古影、云、以母開口三、四等字

方言片、點　　例字		保唐			滄惠		石濟		章利
		高陽	唐山	天津	河間	滄州	濟南	石家莊	利津
椅	止開三支平以	i	i		i	i	i	i	i
醫	止開三之平影	i	i	i	i	i	i		

衣	止開三微平影	i	i	i	i	i	i	i	i
妖	效開三宵平影	iɑu	iau		iɑu	iau	ɔ	iau	ɔ
優	流開三尤平影	iou	iou	iou	iou	iou	iou	iou	iou
幼	流開三幼去影	iou	iou	iou	iou	iou	iou	iou	iou
厭	咸開三豔去影	ian	ian	ian	ian	ian	iã	ian	iã
音	深開三侵平影	in	in	in	in	in	iẽ	in	iẽ
印	臻開三震去影	in	in	in	in	in	iẽ	in	iẽ
央	宕開三陽平影	iɑŋ	iaŋ	iaŋ	iɑŋ	iaŋ	iaŋ	iaŋ	iɑŋ
鷹	曾開三蒸平影	iŋ	iŋ	iŋ	iŋ	iŋ	iŋ	iŋ	iŋ
英	梗開三庚平影	iŋ	iŋ	iŋ	iŋ	iŋ	iŋ	iŋ	iŋ
嬰	梗開三清平影	iŋ	iŋ	iŋ	iŋ	iŋ	iŋ	iŋ	iŋ
一	臻開三質入影	i	i	i	i		i	i	i
約	宕開三藥入影	iɑu / yɛ			iɑu / yɛ		yə		ɔ
藥	宕開三藥入以	iɑu	iau	ye	iɑu	iau	yə	iau	ɔ
益	梗開三昔入影	i	i	i	i	i	i	i	
譯	梗開三昔入以	i	i	i	i	i	i	i	i
烟	山開四先平影	ian	ian	ian	iã	ian	ian	ian	iã
噎	山開四屑入影	iɛ	iɛ	ie	iɛ	ie	iə	iɛ	iə
爺	假開三麻平以	iɛ	iɛ	ie	iɛ	ie	iə	iɛ	iə

姨	止開三脂平以	i	i	i	i	i	i	i	i
搖	效開三宵平以	iɑu	iau		iɑu	iau	iɔ	iau	
油	流開三尤平以	iou	iou	iou	iou	iou	iou	iou	iou
演	山開三獮上以	ian	ian	ian	ian	ian	iã	ian	iã
蠅	曾開三蒸平以	iŋ	iŋ	iŋ	iŋ	iŋ	iŋ	iŋ	iŋ

　　分析上述表格中的方言例字之後，我們可以得出冀魯官話影云以母開口三、四等字中，今聲母的讀音已經完全失落，全讀爲零聲母，沒有例外。

3. 古影、云、以母合口字（含四等）

例字	方言片、點	保唐			滄惠		石濟		章利
		高陽	唐山	天津	河間	滄州	濟南	石家莊	利津
烏	遇合一模平影	u	u	u	u	u	u	vu	u
碗	山合一緩上影	uan	uan	uan	uan	uan	vã	van	vã
穩	臻合一混上影	uən	uən	uən	uən	uən	vẽ	vən	vẽ
翁	通合一東平影	uəŋ	uŋ		uəŋ	uŋ	vəŋ	vəŋ	vəŋ
屋	通合一屋入影	u	u	u	u	u	u	vu	u
蛙	假合二麻平影	ua	ua		ua	ua	va	va	va
蛙	蟹合二佳平影	ua	ua		ua	ua	va	va	va
彎	山合二刪平影	uan	uan	uan	uan	uan	vã	van	vã
挖	山合二黠入影	ua	ua		ua	ua	va	va	vɑ
雨	遇合三麌上云	y	y	y	y	y	y	y	y
威	止合三微平影	uei		uei	uei	uei	vei	vei	vei

冤	山合三元平影	yan	yan	yan	yan	yan	yã	yan	yã
擁	通合三腫上影	uən	yŋ	ʐuŋ	yŋ	yŋ	yŋ	yŋ	yŋ
容	通合三鐘平以	ʐuŋ	yŋ	ʐuŋ	ʐuŋ	yŋ	luŋ	ʐuŋ	ʐuŋ
用	通合三用去以	yŋ	yŋ	ʐuŋ	yŋ	yŋ	yŋ	yŋ	yŋ
鬱	臻合三物入影	y			y		y		y
郁	通合三屋入影	y	y	y	y	y	y	y	y
育	通合三燭入來	y	y	y	y	y	y	y	y
淵	山合四先平影	yan	yan	yan	yan	yan	yã	yan	yã
五	遇合一姥上疑	u	u	u	u	u	u	vu	u
余	遇合三魚平以	y		y	y	y	y	y	y
銳	蟹合三祭去以	ʐuei	ʐuei		ʐuei	luei	luei	ʐuei	ʐuei
員	山合三仙平云	yan	yan	yan	yan	yan	yã	yan	yã
云	臻合三文平云	yn	yn	yn	yn	yn	yẽ	yn	yẽ
王	宕合三陽平云	uaŋ	uaŋ	uaŋ	uɑŋ	uaŋ	vaŋ	vaŋ	uɑŋ
榮	梗合三庚平云	ʐuŋ	ʐuŋ	ʐuŋ	ʐuŋ	yŋ	luŋ	ʐuŋ	ʐuŋ
永	梗合三梗上云	yŋ	ʐuŋ	ʐuŋ	yŋ	yŋ	yŋ	yŋ	ʐuŋ / yŋ
營	梗合三清平以	iŋ	iŋ	iŋ	iŋ	iŋ	iŋ	iŋ	iŋ
雄	通合三東平云	ɕyŋ	ɕyŋ	ɕyŋ	ɕyŋ	ɕyŋ	ɕyŋ	ɕyŋ	ɕyŋ
悅	山合三薛入以	yɛ	yɛ		yɛ	ye	yə	yɛ	yə

域	曾合三職入雲	y			y	y	y	y	y
役	梗合三昔入以	i	i	i	i	i	i	i	i

分析上述表格中的方言例字之後，我們可以得出冀魯官話影云以母合口字中，今聲母的讀音共有兩種類型：

（1）聲母讀 ø

保唐片高陽、保唐片唐山、保唐片天津、滄惠片河間、滄惠片滄州。其中保唐片高陽、保唐片天津、滄惠片河間三個方言點，有聲母讀為 z_i 的現象，如：「擁、容、用」三字，讀作 z_i 聲母。

（2）部分聲母讀 ø，部分聲母讀 v

石濟片濟南、石濟片石家莊、章利片利津。石濟片石家莊、章利片利津有聲母讀為 z_i 的現象，如：「容」字讀作 z_i 聲母。石濟片濟南的「容」字，則是有讀作 l 聲母的讀音。

以上所提及的影云以母讀作 z_i、l 聲母的情形，與北京官話、膠遼官話中所發生的情況相同，源於古影、云、以三個聲母的一群字，如：「榮、銳、融、容、蓉、熔」等，發聲與日母字讀音交纏的狀況，產生了與日母字同樣讀為 z_i 聲母的讀音。不過，《漢語官話方言研究》中並未提及冀魯官話中亦出現疑、云、以母與日母字讀音交纏的分析成果。

（四）中原官話區

中原官話區中古中影、云、以母的例字，先依條件分為：開口一二等字、開口三四等字、合口字（含四等）三大類，再分析中原官話區影、云、以母的音變類型。

1. 古影、云、以母開口一、二等字

1.1　中原官話區中古影、云、以母開口一二等字的今讀

方言片、點　　例字		洛徐	鄭曹			秦隴		蔡魯
		徐州	鄭州	商丘	阜陽	寶雞	西寧	曲阜
愛	蟹開一代去影	ɛ	ai	ai	ɣɛ	ŋæ	nɛ	ɣɛ
挨	蟹開一皆平影	ɛ	ai	ai	ɣɛ	ŋæ	nɛ	iɛ

袄	效開一皓上影	ɔ	au		ɣɔ	ŋɔ	nɔ	ɣɔ
歐	流開一候平影	ou	ou	ou	ɣou	ŋou	nɯ	ɣou
暗	咸開一闞去影	æ	an	an	ɣæ	ŋæ̃	ã	ɣæ̃
安	山開一寒平影	æ̃	an	an	ɣæ	ŋæ̃	ã	ɣæ̃
惡善~	宕開一鐸入影	ə	ɣ	ɣ	ɣɣ	ŋou	u丶ɣ	ɣɣ
啞~巴	假開二馬上影	iɑ	ia	ia	ia		ia	iɑ
矮	蟹開二蟹上影	iɛ	ai	ai	ɣɣ	ŋæ	nɜ	iɛ
櫻	梗開二耕平影	iŋ	iŋ	iŋ	iŋ	iəi		iŋ
鴨	咸開二洽入影	iɑ	ia	ia	ia	ia	ia	iɑ

1.2　中原官話區中古影、云、以母開口一二等字的今讀

方言片、點 例字		關中 西安	秦隴 敦煌	隴中 天水	南疆 吐魯番	汾河 運城	信蚌 信陽
愛	蟹開一 代去影	ŋɛ	ŋɛ	ŋai	nai	ŋai	ŋai
挨	蟹開一 皆平影	ŋɛ	ŋɛ	ŋai	nai	ŋai	iɛ
袄	效開一 皓上影	ŋɔ	ŋɔ	ŋɑo	nɑu	ŋau	ɣɔ
歐	流開一 候平影	ŋou		ŋou	ɣu	ŋou	ɣou
暗	咸開一 闞去影	ŋɑ̃	ŋɑ̃	ŋan	an	ŋæ̃	ɣɑ̃
安	山開一 寒平影	ŋɑ̃	ŋɑ̃	ŋan	nan	ŋæ̃	ɣɑ̃
惡善~	宕開一 鐸入影	ŋɣ	ŋə	ŋuo	ɣ	ŋuo	ɣɣ
啞~巴	假開二 馬上影	nia / ia	ia	ȵia	ia	ia	ia

矮	蟹開二 蟹上影	ŋɛ	ŋɛ	ŋai	ai	ŋai	iɛ
櫻	梗開二 耕平影	iəi	iŋ	in	iŋ	iŋ	iŋ
鴨	咸開二 洽入影	ia	ia	ia	iɑ	nia / ia	iɑ

　　分析上述表格中的方言例字之後，我們可以得出中原官話影云以母開口一、二等字中，通常二等字多聲母失落讀作零聲母，一等字則讀作聲母 n、ŋ、ɣ，但是二等字中也有少數不讀零聲母，而隨一等字同讀聲母 n、ŋ、ɣ，如：「矮」字。中原官話影云以母開口一、二等字，今聲母的讀音共有四種類型：

（1）聲母讀 ø

　　洛徐片徐州、鄭曹片鄭州、鄭曹片商丘

（2）一等字聲母讀 n，二等字聲母讀 ø

　　秦隴片西寧、南疆片吐魯番。

（3）一等字聲母讀 ŋ，二等字聲母讀 ø

　　秦隴片寶雞、關中片西安、秦隴片敦煌、隴中片天水、汾河片運城。隴中片天水，唯「啞~巴」字讀為 n̪ 聲母。汾河片運城，「鴨」字也可以讀作 n 聲母。

（4）一等字聲母讀 ɣ，二等字聲母讀 ø

　　鄭曹片阜陽、蔡魯片曲阜、信蚌片信陽。信蚌片信陽，唯「愛」字讀為 ŋ 聲母。

2. 古影、云、以母開口三、四等字

2.1　中原官話區中古影、云、以母開口三四等字的今讀

| 方言片、點
例字 | | 洛徐 | 鄭曹 | | | 秦隴 | | 蔡魯 |
		徐州	鄭州	商丘	阜陽	寶雞	西寧	曲阜
椅	止開三 支平以	i	ni					i
醫	止開三 之平影	i	i	i	i	i		i
衣	止開三 微平影	i	i	i	i	i		i

妖	效開三宵平影	iɔ	iau	ŋau丶iaŋ	iɔ	iɔ	iɔ	iɔ
優	流開三尤平影	iou	iou	iou	iou	iou	iɯ	iou
幼	流開三幼去影	iou	iou	iou	iou	iou	iɯ	iou
厭	咸開三豔去影	iæ̃	ian	ian	iæ̃	iæ	iã	iã
音	深開三侵平影	iə̃	in	in	ie	iəŋ	iə	iə̃
印	臻開三震去影	iə̃	in	in	ie	iəŋ	iə	iə̃
央	宕開三陽平影	iɑŋ	iɑŋ	iɑŋ 文	iã	iɑ	iɔ	iɑŋ
鷹	曾開三蒸平影	iŋ	iŋ	iŋ	iŋ	iəŋ	iə	iŋ
英	梗開三庚平影	iŋ	iŋ	iŋ	iŋ	iəŋ	iə	iŋ
嬰	梗開三清平影	iŋ	iŋ	iŋ	iŋ	iəŋ	iə	iŋ
一	臻開三質入影	i	i	i	i	i		i
約	宕開三藥入影	yə	yo					ye
藥	宕開三藥入以	yə	yo	yo	yo	yo	yu	ye
益	梗開三昔入影	i	i	i	i	i		i
譯	梗開三昔入以	i	i	i	i	i		
烟	山開四先平影	iæ̃	ian	ian	iæ̃	iæ	iã	iã
噎	山開四屑入影	iə	iɛ	iɛ	ie	ie	i	ie
爺	假開三麻平以	iə	iɛ	iɛ	ie	ie	i	ie
姨	止開三脂平以	i	i	i	i	i		i

搖	效開三宵平以	ɔi	iau	iau	ɔi	ɔi	ɔi	ɔi
油	流開三尤平以	iou	iou	iou	iou	iou	iu	iou
演	山開三獮上以	iæ̃	ian	ian	iæ	iæ̃	iã	iã
蠅	曾開三蒸平以	iŋ	iŋ	iŋ	iŋ	iəŋ	iə̃	iŋ

2.2　中原官話區中古影、云、以母開口三四等字的今讀

例字	方言片、點	關中 西安	秦隴 敦煌	隴中 天水	南疆 吐魯番	汾河 運城	信蚌 信陽
椅	止開三支平以	i	i	i	i	i	i
醫	止開三之平影		ni	i		ni	i
衣	止開三微平影	i	i	i	i	i	i
妖	效開三宵平影	ɔi	ɔi	iɔu	iau	iau	ɔi
優	流開三尤平影	iou	iou	iou	iɤu	iou	iou
幼	流開三幼去影	iou	iou	iou	iɤu		iou
厭	咸開三豔去影	iã	iã	ian	ian	iæ̃	iã
音	深開三侵平影	in	iŋ	in	iŋ	ieĩ	iə̃
印	臻開三震去影	iə̃	iŋ	in	iŋ	ieĩ	iə̃
央	宕開三陽平影	iãɣ	iɔŋ	iaŋ	iaŋ	iaŋ	iaŋ
鷹	曾開三蒸平影	iəŋ	iŋ	in	iŋ	iŋ	iŋ
英	梗開三庚平影	iəŋ	iŋ	in	iŋ	iŋ	iŋ
嬰	梗開三清平影	iəŋ	iŋ		iŋ	iŋ	iŋ

一	臻開三 質入影	i	i	i	i	i	i
約	宕開三 藥入影	yo	yə	yɛ	yɤ	yo	ye
藥	宕開三 藥入以	yo	yə	yɛ	yɤ	yo	ye
益	梗開三 昔入影	i	i	i	i	i	i
譯	梗開三 昔入以	i	i	i	i	i	
烟	山開四 先平影	iã	iã	ian	ian	iæ̃	iã
噎	山開四 屑入影	ie	iə	iɛ	iɤ	iE	ie
爺	假開三 麻平以	ie	iə	iɛ	iɤ	iE	iɛ
姨	止開三 脂平以	i	i	i	i	i	i
搖	效開三 宵平以	iɔ	iɔ	iɑo	iɑu	iau	iau
油	流開三 尤平以	iou	iou	iou	iɤu	iou	iou
演	山開三 獮上以	iã	iã	ian	ian	iæ̃	ian
蠅	曾開三 蒸平以	iəŋ	iŋ	in	iŋ	iŋ	in

　　分析上述表格中的方言例字之後，我們可以得出中原官話影云以母開口三、四等字中，今聲母的讀音幾乎已經完全失落，讀爲零聲母。只有少數幾個字例外，仍有其他的讀法。如「醫」字在秦隴片敦煌、汾河片運城，「椅」字在鄭曹片鄭州讀爲 n 聲母。「妖」字在鄭曹片商丘也有讀爲 ŋ 聲母的音讀。

3. 古影、云、以母合口字（含四等）

3.1　中原官話區中古影、云、以母合口字的今讀

方言片、點		洛徐	鄭曹			秦隴		蔡魯
例字		徐州	鄭州	商丘	阜陽	寶雞	西寧	曲阜
烏	遇合一 模平影	u	u	vu	vu	u	ɣ	u

碗	山合一緩上影	uæ̃	uan	uan	uæ̃	uæ	uã	uɑ̃
穩	臻合一混上影	uə̃	uən	uən	uẽ	uəŋ	uə̃	uə̃
翁	通合一東平影	uŋ	uəŋ	uəŋ	uŋ	uəŋ		uəŋ
屋	通合一屋入影	u	u	vu	vu	u	ʮ	u
蛙	假合二麻平影	uɑ	uɑ	ua	ua	ua		uɑ
蛙	蟹合二佳平影	uɑ	ua	ua	ua	ua		uɑ
彎	山合二刪平影	uæ̃	uan	uan	uæ̃	uæ	uã	uɑ̃
挖	山合二黠入影	uɑ	ua	ua	ua	ua	ua	uɑ
雨	遇合三麌上云	y	y	y	y	y	y	y
威	止合三微平影	ue	uei	uei	ue	uei	uei	uei
冤	山合三元平影	yæ̃	yan	yan	yæ	yæ̃	yã	yɑ̃
擁	通合三腫上影	yŋ	yuŋ	ʐ̩uŋ	ʐ̩uŋ	yəŋ	yə	yŋ
容	通合三鐘平以	ʐ̩uŋ	ʐ̩uŋ	yŋ	ʐ̩uŋ	yəŋ	yə	zuŋ
用	通合三用去以	yŋ	yuŋ	ʐ̩uŋ	ʐ̩uŋ	yəŋ	yə	yŋ
鬱	臻合三物入影	y	y					y
郁	通合三屋入影	y	y	y	y	y		y
育	通合三燭入來	y	y	y	y	y	y	y
淵	山合四先平影	yæ̃	yan	yan		yæ̃		yã
五	遇合一姥上疑	u	u		vu	u	ʮ	u

余	遇合三魚平以	y	y	y	y	y	y	y
銳	蟹合三祭去以	ʐue	ʐuei	ʐuei	ʐue		uei	ʐuei
員	山合三仙平以	yæ̃	yan	yan	yæ̃	yæ̃	yã	yã
云	臻合三文平云	yə̃	yn	yn	ye	yəŋ	yə̃	yə̃
王	宕合三陽平云	uɑŋ	uɑŋ	uɑŋ	uã	uã	uɔ̃	uɑŋ
榮	梗合三庚平云	ʐuŋ	ʐuŋ	yŋ	ʐuŋ		yə̃	ʐuŋ
永	梗合三梗上云	yŋ	yuŋ	ʐuŋ	ʐuŋ	yəŋ	yə̃	yŋ
營	梗合三清平以	iŋ	iŋ	iŋ	iŋ		iə̃	iŋ
雄	通合三東平云	çyŋ	çiuŋ	çyŋ	çiuŋ	çyəŋ	çyə̃	çyŋ
悅	山合三薛入以	yə	yɛ	yo			yu	ye
域	曾合三職入雲	y	y	y	y	y	y	
役	梗合三昔入以	i	i	i	i	i		i

3.2 中原官話區中古影、云、以母合口字的今讀

方言片、點 例字		關中	秦隴	隴中	南疆	汾河	信蚌
		西安	敦煌	天水	吐魯番	運城	信陽
烏	遇合一模平影	u	ʮ	vu	vu	u	u
祆	效開一皓上影	ŋɔ	ŋɔ	ŋao	nɑu	ŋau	ɣɔ
碗	山合一緩上影	uã	vã	van	van	uæ̃	uã
穩	臻合一混上影	uẽ	vəŋ	vən	vɤŋ	uei	uə̃
翁	通合一東平影	uoŋ	uŋ / vəŋ	vən	vɤŋ	uŋ	uəŋ

屋	通合一 屋入影	u	ʮ	vu	vu	u	u
蛙	假合二 麻平影	uɑ	/	vɑ	vɑ	uɑ	vɑ
蛙	蟹合二 佳平影	ua	/	va	va	ua	uɑ
彎	山合二 刪平影	uã	vã	van	van	uæ̃	uã
挖	山合二 黠入影	ua	va	va	va	ua	uɑ
雨	遇合三 麌上云	y	y	y	y	y	y
威	止合三 微平影	uei	vei	vei	vei	uei	uei
妖	效開三 宵平影	iɔ	iɔ	iɑo	iɑu	iau	iɔ
冤	山合三 元平影	yã	yã	yan	yan	yæ̃	yã
擁	通合三 腫上影	yoŋ	/	yn	yŋ	yŋ	yŋ
容	通合三 鐘平以	yoŋ	yŋ	yn	vɤŋ	yŋ	zuŋ
用	通合三 用去以	yoŋ	yŋ	yn	yŋ	yŋ	yŋ
鬱	臻合三 物入影	/	y	y	/	y	y
郁	通合三 屋入影	/	y	y	/	y	y
育	通合三 燭入來	y	y	y	y	y	y
淵	山合四 先平影	yã	yã	yan	/	yæ̃	yã
五	遇合一 姥上疑	u	ʮ	vu	u	u	u
余	遇合三 魚平以	y	y	y		y	y
銳	蟹合三 祭去以	ve	zʮei	vei	vei	vei	zei

員	山合三仙平云	yã	yã	yan	yan	yæ̃	yan
云	臻合三文平云	ye	yŋ	yŋ	yŋ	yẽi	yn
王	宕合三陽平云	uɑɣ	vɔŋ	vaŋ	vɑŋ	uɑŋ	vaŋ
榮	梗合三庚平云	yoŋ	yŋ	yŋ	vɤŋ	yŋ	zɐ̩ŋ
永	梗合三梗上云	yoŋ	yŋ	yŋ	yŋ	yŋ	zɐ̩ŋ
營	梗合三清平以	iəŋ	iŋ	in	iŋ	iŋ	in
雄	通合三東平云	ɕyŋ	ɕyŋ	ɕyn	ɕyŋ	ɕyŋ	ɕyŋ
悅	山合三薛入以	ye	yə	yɛ	yɤ	yE	yɛ
域	曾合三職入雲	y	y	y	y	y	y
役	梗合三昔入以	i	i	i	i	i	i

分析上述表格中的方言例字之後，我們可以得出中原官話影云以母合口字中，今聲母的讀音共有兩種類型：

（1）聲母讀 ∅

洛徐片徐州、鄭曹片鄭州、秦隴片寶雞、蔡魯片曲阜、關中片西安、汾河片運城、信蚌片信陽。其中洛徐片徐州、鄭曹片鄭州、蔡魯片曲阜三個方言點，有聲母讀爲 ʐ 的現象，如：「容」三字，讀作 ʐ 聲母。關中片西安、汾河片運城、信蚌片信陽三個方言點的「袄」字也比較特殊，有讀作 ŋ 或 ɣ 的音讀。

（2）部分聲母讀 ∅，部分聲母讀 v

鄭曹片商丘、鄭曹片阜陽、秦隴片西寧、秦隴片敦煌、隴中片天水、南疆片吐魯番。其中鄭曹片商丘、鄭曹片阜陽二個方言點，有聲母讀爲 ʐ 的現象，如：「容」三字，讀作 ʐ 聲母。秦隴片敦煌、隴中片天水、南疆片吐魯番三個方言點的「袄」字也比較特殊，有讀作 ŋ 或 n 的音讀。

　　以上所提及的影云以母讀作ʐ聲母的情形，與北京官話、膠遼官話、冀魯官話中所發生的情況相同，源於古影、云、以三個聲母的一群字，如：「榮、銳、融、容、蓉、熔」等，發聲與日母字讀音交纏的狀況，產生了與日母字同樣讀為ʐ聲母的讀音。不過，《漢語官話方言研究》中並未提及中原官話中出現疑、云、以母與日母字讀音交纏的分析成果。

（五）蘭銀官話區

　　蘭銀官話區中古中影、云、以母的例字，先依條件分為：開口一二等字、開口三四等字、合口字（含四等）三大類，再分析蘭銀官話區影、云、以母的音變類型。

1. 古影、云、以母開口一、二等字

方言片、點　　例字		銀吳		金城		河西	塔密	
		靈武	銀川	永登	蘭州	張掖	吉木薩爾	烏魯木齊
愛	蟹開一 代去影	ɛ	ɛ	ɛ	ɛ	ɣɛ	ŋai	nai
挨	蟹開一 皆平影	ɛ	ɛ	ɛ	ɛ	ɣɛ	nai / ŋai	nai
袄	效開一 皓上影	ɔ	ɔ	ɔ	ɔ	ɣɔ	ŋɔ	ŋau
歐	流開一 候平影	ou	ou	ou	əu	ɣou	ŋəu	ŋou
暗	咸開一 闞去影	ã	æ̃	æ̃	ɛ̃	ɣæ̃	ŋan	ŋan、 又 nan
安	山開一 寒平影	ã	æ̃	æ̃	ɛ̃	æ̃	ŋan	ŋan、 又 nan
惡善～	宕開一 鐸入影	ɤ	ə	ɤ	ɤ	ɣɤ	ŋɤ	ŋə
啞～巴	假開二 馬上影	ia	ia	ia	ia	ziɑ	ia	ia
矮	蟹開二 蟹上影	ɛ	ɛ	ɛ	ɛ	ɣɛ	ŋai	nai
櫻	梗開二 耕平影	iŋ	iŋ	in	iɛ̃	ziɣ̃	iŋ	
鴨	咸開二 洽入影	ia	ia	ia	ia	ziɑ	ia	ia

　　分析上述表格中的方言例字之後，我們可以得出蘭銀官話影云以母開口一、二等字中，今聲母的讀音共有三種類型：

（1）聲母讀 ∅

　　　銀吳片靈武、銀吳片銀川、金城片永登、金城片蘭州。

（2）一等字聲母讀 n 或 ŋ，二等字聲母讀 ∅

　　　塔密片烏魯木齊、塔密片吉木薩爾。唯「矮」字例外，屬二等字不讀零聲母，讀同一等字聲母 n 或 ŋ。

（3）一等字聲母讀 ɣ，二等字聲母讀 ʐ

　　　河西片張掖。唯「矮」字例外，屬二等字不讀 ʐ 聲母，讀同一等字 ɣ 聲母。

2. 古影、云、以母開口三、四等字

方言片、點 / 例字		銀吳		金城		河西	塔密	
		靈武	銀川	永登	蘭州	張掖	吉木薩爾	烏魯木齊
椅	止開三 支平以	i	i	ʅ	i	zʅi	i	i
醫	止開三 之平影	i	i	ʅ	i	zʅi	i	i
衣	止開三 微平影	i	i	ʅ	i	zʅi	i	i
妖	效開三 宵平影	iɔ	iɔ	iɔ	iɔ	zʅiɔ	iɔ	iau
優	流開三 尤平影	iu	iou	iu	iəu	zʅiu	iəu	iou
幼	流開三 幼去影	iu	iou	iu	iəu	zʅiu	iəu	iou
厭	咸開三 豔去影	iã	iæ̃	iæ̃	iɛ̃	zʅiæ̃	iɛn	ian
音	深開三 侵平影	iŋ	iŋ	in	iə̃	zʅiɣ̃	iŋ	iŋ
印	臻開三 震去影	iŋ	iŋ	in	iə̃	zʅiɣ̃	iŋ	iŋ
央	宕開三 陽平影	iaŋ	iaŋ	iõ	iã	zʅiæ̃	iaŋ	iaŋ
鷹	曾開三 蒸平影	iŋ	iŋ	in	iə̃	zʅiɣ̃	iŋ	iŋ

英	梗開三庚平影	iŋ	iŋ	in	iə̃	ʑiɣ̃	iŋ	iŋ
嬰	梗開三清平影	iŋ	iŋ	in	iə̃	ʑiɣ̃	iŋ	iŋ
一	臻開三質入影	i	i	ʅ	i	ʑi	/	i
約	宕開三藥入影	yə	yə	yə	ye	ʑyə	yE	yɛ
藥	宕開三藥入以	yə	yə	yə	ye	ʑyə	yE	yɛ
益	梗開三昔入影	i	i	ʅ	i	ʑi	i	i
譯	梗開三昔入以	i	i	ʅ	i	ʑi	i	i
烟	山開四先平影	iã	iæ̃	iæ̃	iɛ̃	ʑiæ̃	iɛn	ian
噎	山開四屑入影	iə	iə	iə	ie	ʑie	iE	ɛ
爺	假開三麻平以	iə	iə	iə	ie	ʑie	iE	ɛ
姨	止開三脂平以	i		ʅ	i	ʑi		
搖	效開三宵平以	iɔ	iɔ	iɔ	iɔ	ʑiɔ	iɔ	iau
油	流開三尤平以	iu	iou	iu	iəu	ʑiu	iəu	iou
演	山開三獮上以	iã	iæ̃	iæ̃	iɛ̃	ʑiæ̃	iɛn	ian
蠅	曾開三蒸平以	iŋ	uŋ	in	iə̃	ʑiɣ̃	iŋ	iŋ

　　觀察上述表格中的方言例字之後，我們可以得出蘭銀官話影云以母開口三、四等字中，今聲母的讀音共有兩種類型：

（1）聲母讀 ∅

　　銀吳片靈武、銀吳片銀川、金城片永登、金城片蘭州、塔密片烏魯木齊、塔密片吉木薩爾。

（3）聲母讀 ʑ

河西片張掖。蘭銀官話中只有河西片張掖比較特別，影云以母開口三、四等字與開口二等字一樣，皆讀作 ʐ 聲母，沒有例外。

3. 古影、云、以母合口字（含四等）

例字 \ 方言片、點		銀吳		金城		河西	塔密	
		靈武	銀川	永登	蘭州	張掖	吉木薩爾	烏魯木齊
烏	遇合一模平影	vu	vu	vu	vu	vu	vu	vu
碗	山合一緩上影	vã	væ̃	væ̃	vɛ̃	væ̃	van	van
穩	臻合一混上影	vəŋ	vəŋ	vən	vɔ̃	vəɣ̃	vəŋ	vəŋ
翁	通合一東平影	vəŋ	vəŋ	vən	vɔ̃	vəɣ̃	vəŋ	vəŋ
屋	通合一屋入影	vu	vu	vu	vu	vu	vu	vu
蛙	假合二麻平影	va	va	va	va	va	va	va
蛙	蟹合二佳平影	va	va	va	va	va	va	va
彎	山合二刪平影	vã	væ̃	væ̃	vɛ̃	væ̃	van	van
挖	山合二黠入影	va	va	va	va	va	va	va
雨	遇合三虞上云	y	y	ɥ	y	y	y	y
威	止合三微平影	vei	vei	vʮ	vei	vʮ	vei	vei
冤	山合三元平影	yã	yæ̃	yæ̃	yɛ̃	ʑyæ	yɛn	yan
擁	通合三腫上影	yŋ	yŋ	yn	yə	ʑyɣ̃	yŋ	yŋ
容	通合三鐘平以	yŋ	yŋ	yn	yə	ʑyɣ̃	ʑuŋ / vəŋ	yŋ
用	通合三用去以	yŋ	yŋ	yn	yə	ʑyɣ̃	yŋ	yŋ
鬱	臻合三物入影	y		ɥ		ʑy		

郁	通合三屋入影	y	y	ɥ	y	ʑy		y
育	通合三燭入來	y	y	ɥ	y	ʑy	y	y
淵	山合四先平影	yã	yæ	yæ		ʑyæ	yɛn	yan
五	遇合一姥上疑	vu	vu	vu	vu	vu	vu	vu
余	遇合三魚平以	y	y	ɥ	y	y	y	y
銳	蟹合三祭去以	ʐui	ʐuei	vɪi		vɪi	vei / ʐuei	ʐuei
員	山合三仙平云	yã	yæ	yæ	yɛ	ʑyæ	yɛn	
云	臻合三文平云	yŋ	yŋ	yn	yɔ̃	ʑyɣ̃	yŋ	yŋ
王	宕合三陽平云	vɑŋ	vaŋ	võ	vã	væ	vɑŋ	vaŋ
榮	梗合三庚平云	yŋ	yŋ	yn	yɔ̃	yɣ̃	ʐuŋ / vɔŋ	yŋ
永	梗合三梗上云	yŋ	yŋ	yn	yɔ̃	ʑyɣ̃	yŋ	yŋ
營	梗合三清平以	iŋ	uŋ	in	iɔ̃	ʑiɣ̃	iŋ	iŋ
雄	通合三東平云	ɕyŋ	ɕyŋ	ɕyŋ	ɕyɔ̃		ɕyŋ	ɕyŋ
悅	山合三薛入以	yə	yə	yə	ye	ʑyə	yE	yɛ
域	曾合三職入雲	y	y	y	y	ʑy	y	y
役	梗合三昔入以	i	i	i	i	ʑi	i	i

　　分析上述表格中的方言例字之後，我們可以得出蘭銀官話影云以母合口字中，今聲母的讀音共有兩種類型：

（1）部分聲母讀 ∅，部分聲母讀 v

　　銀吳片靈武、銀吳片銀川、金城片永登、金城片蘭州、塔密片吉木薩

爾、塔密片烏魯木齊。

（2）部分聲母讀 ø，部分聲母讀 v，部分聲母讀 ʐ

河西片張掖。「冤、淵、擁、容、用」五字，皆有讀作聲母 ʐ 的音讀。除了「擁、容、用」三個影云以母與日母字讀音交纏，讀作 ʐ 聲母，還擴大至「冤、淵」二字同樣也有讀作 ʐ 的情形，與北京官話、膠遼官話、冀魯官話中所發生的情況相似，源於古影、云、以三個聲母的一群字，如：「榮、銳、融、容、蓉、熔」等，發聲與日母字讀音交纏的狀況，產生了與日母字同樣讀爲 ʐ 聲母的讀音。不過，《漢語官話方言研究》中並未提及蘭銀官話中出現疑、云、以母與日母字讀音交纏的分析成果。

然而，在《銀川方言應用研究》中提及有一些零聲母字，具有零聲母與日母字讀音交纏的情形，這是本文材料中未有所見的現象，如：「融、榮、熔、榕」，老派方言仍讀作零聲母，新派方言則朝向普通話靠攏，讀作 ʐ 聲母。「融、榮、熔、榕」四字中古聲母來源分別爲「以母、云母、以母、以母」，銀川方言音系中老派方言讀作〔yŋ〕，新派方言則讀〔ʐuŋ〕〔註34〕。表示不只河西片張掖，銀川方言也有這類的情況。

（六）西南官話區

西南官話區中古中影、云、以母的例字，先依條件分爲：開口一二等字、開口三四等字、合口字（含四等）三大類，再分析西南官話區影、云、以母的音變類型。

1. 古影、云、以母開口一、二等字

方言片、點　　　例字		川黔		西蜀	川西	雲南			湖廣	桂柳
		大方	成都	都江堰	喜德	昆明	大理	蒙自	武漢	荔浦
愛	蟹開一代去影	ŋai	ŋai	ŋai	æ	ɛ	ŋai	æ	ŋai	ŋai
挨	蟹開一皆平影	ŋai	ŋai	ŋai	æ	ɛ	ŋai	æ	ŋai	ŋai

〔註34〕馬學恭等著：《銀川方言應用研究》（銀川：寧夏人民教育出版社，2012 年），頁 55。

例字		大方	成都	都江堰	喜德	昆明	大理	蒙自	武漢	荔浦
祅	效開一皓上影	ŋao	ŋau	ŋao	ao	ɔ	ŋaɔ	aɔ	ŋau	ŋau
歐	流開一候平影	ŋeɯ	ŋeɯ	ŋeɯ	ɤɯ	əɯ	ŋeɯ	əɯ	ŋou	ŋeɯ
暗	咸開一闞去影	ŋan	ŋan	ŋã	æn	ã	ŋã	ã	ŋan	ŋan
安	山開一寒平影	ŋan	ŋan	ŋã	æn	ã	ŋã	ã	ŋan	ŋan
惡善~	宕開一鐸入影	ŋo	ŋo	ŋo	o	o	ŋo		ŋo	o
啞~巴	假開二馬上影	ia	ia	ia	ia	ia	ia	ia	ia	ŋa
矮	蟹開二蟹上影	ŋai	ŋai	ŋai	æ	ɛ	ŋai	æ	ŋai	ŋai
櫻	梗開二耕平影	in	in	in	in	ĩ	ĩ	ĩ	in	in
鴨	咸開二洽入影	ia	ia	ia	ia	ia	ia	ia	ia	ia

　　分析上述表格中的方言例字之後，我們可以得出西南官話影云以母開口一、二等字中，今聲母的讀音共有兩種類型：

（1）聲母讀ø

　　雲南片昆明、雲南片蒙自、川西片喜德。

（2）一等字聲母讀ŋ，二等字聲母讀ø

　　川黔片大方、川黔片成都、西蜀片都江堰、川西片喜德、雲南片大理、湖廣片武漢、桂柳片荔浦。唯有「矮」字與其他二等字不同，不讀零聲母，而與一等字一同讀ŋ。還有，桂柳片荔浦的二等字「啞~巴」也讀作ŋ，其他方言點則再無例外。

2. 古影、云、以母開口三、四等字

例字	方言片、點	川黔		西蜀	川西	雲南			湖廣	桂柳
		大方	成都	都江堰	喜德	昆明	大理	蒙自	武漢	荔浦
椅	止開三支平以	i	i	i	i	i	i	i	i	i
醫	止開三之平影	i	i	i	i	i	i	i	i	i

衣	止開三 微平影	i	i	i	i	i	i	i	i	i
妖	效開三 宵平影	iao	iau	iao	iao	ɔi	iau	ɔi	iau	iau
優	流開三 尤平影	iəu	iəu	iəu	iɤu	iəu	iəu	iəu	iou	iəu
幼	流開三 幼去影	iəu	iəu	iəu	iɤu	iəu	iəu	iəu	iou	iəu
厭	咸開三 豔去影	ian	ian	iɛ̃	iɛ̃	iæ	iɛ̃	ĩ	iɛn	en
音	深開三 侵平影	in	in	in	in	ĩ	ĩ	ĩ	in	in
印	臻開三 震去影	in	in	in	in	ĩ	ĩ	ĩ	in	in
央	宕開三 陽平影	iaŋ	iaŋ	iaŋ	iaŋ	iã	iã	iã	iaŋ	iaŋ
鷹	曾開三 蒸平影	in	in	in	in	ĩ	ĩ	ĩ	in	in
英	梗開三 庚平影	in	in	in	in	ĩ	ĩ	ĩ	in	in
嬰	梗開三 清平影	in	in	in	in	ĩ	ĩ	ĩ	in	in
一	臻開三 質入影	i	i	ie	i	i	i		i	i
約	宕開三 藥入影	io	yo	io	io	io	io	io	io	io
藥	宕開三 藥入以	io	yo	io	io	io	io	io	io	io
益	梗開三 昔入影	i	i	ie	i	i	i	i	i	i
譯	梗開三 昔入以	i	i	ie	i	i	i	i	i	i
烟	山開四 先平影	ian	ian	iɛ̃	iɛ̃	iæ	iɛ̃	ĩ	iɛn	en
噎	山開四 屑入影	/	ie	/	ie	ie	iɛ	i	/	/
爺	假開三 麻平以	ie	ie	ie	ie	ie	iɛ	i	ie	e

姨	止開三脂平以	i	i	i	i	i	i	i	i	i
搖	效開三宵平以	iao	iau	iao	iao	iɔ	iau	iau	iau	iau
油	流開三尤平以	iəu	iəu	iəu	iɤu	iəu	iəu	iəu	iou	iəu
演	山開三獮上以	ian	ian	iɛ̃	iɛ̃	iæ̃	iɛ̃	ĩ	iɛn	en
蠅	曾開三蒸平以	in		in	in	ĩ	ĩ	ĩ	in	in

　　分析上述表格中的方言例字之後，我們可以得出西南官話影云以母開口三、四等字中，今聲母的讀音幾乎已經完全失落，讀爲零聲母。

3. 古影、云、以母合口字（含四等）

方言片、點 例字		川黔		西蜀	川西	雲南			湖廣	桂柳
		大方	成都	都江堰	喜德	大理	蒙自	昆明	武漢	荔浦
烏	遇合一模平影	u	u	u	u	vu	vu	u	u	u
碗	山合一緩上影	uan	uan	uã	uæn	uã	uã	uã	uan	on
穩	臻合一混上影	uen	vən	uən	uen	və̃	və	uə̃	uən	uən
翁	通合一東平影	oŋ	oŋ	oŋ	oŋ	ŋoŋ	oŋ	oŋ	ŋoŋ	oŋ
屋	通合一屋入影	u	u	o	u	vu	vu	u	u	u
蛙	假合二麻平影	ua	ua	ua	ua	ua	ua	ua	ua	ua
蛙	蟹合二佳平影	ua	ua	ua	ua	ua	ua	ua	ua	ua
彎	山合二刪平影	uan	uan	uã	uæn	uã	uã	uã	uan	uan
挖	山合二黠入影	ua	ua	ua	ua	ua	ua	ua	ua	ua
雨	遇合三麌上云	y	y	y	y	y	i	i	y	y
威	止合三微平影	uei	uei	uei	uei	uei	uei	uei	uei	uəi

冤	山合三元平影	yan	yan	yɛ̃	yɛ̃	yɛ̃	ĩ	iæ	yɤŋ	yen
擁	通合三腫上影	ioŋ	ioŋ	ioŋ	ioŋ	ioŋ	ioŋ	ioŋ	ioŋ	ioŋ
容	通合三鐘平以	ioŋ	ioŋ	ioŋ	ʐoŋ	zoŋ	ioŋ	ʐoŋ	ioŋ	ioŋ
用	通合三用去以	ioŋ	ioŋ	ioŋ	ioŋ	ioŋ	ioŋ	ioŋ	ioŋ	ioŋ
鬱	臻合三物入影	iu		io	iu			iu	y	
郁	通合三屋入影	iu		io	iu	yu	iu	iu	y	
育	通合三燭入來	iu	yo	io	iu	yu		iu	y	iu
淵	山合四先平影	ian		iɛ̃	yɛ̃	yɛ̃	ĩ	iæ	yɛn	yen
五	遇合一姥上疑	u	u	u	u	vu	vu	u	u	u
余	遇合三魚平以	y	y	y	y	y	i	i	y	y
銳	蟹合三祭去以	zuei	zuei	zuei	ʐuei			ʐuei	ɹuaɻ	iəi
員	山合三仙平云	yan	yan	yɛ̃	yɛ̃	yɛ̃	ĩ	iæ	yɤŋ	yen
云	臻合三文平云	yn	yn	yn	yn	ỹ	ĩ	ĩ	yn	yn
王	宕合三陽平云	oŋ	uaŋ	uaŋ	uaŋ	uã	vã、uã	uã	uaŋ	uaŋ
榮	梗合三庚平云	ioŋ	yn	ioŋ	ioŋ		ioŋ	ʐoŋ	ioŋ	ioŋ
永	梗合三梗上云	yn	yn	yn	ioŋ		ioŋ	ioŋ	yn	yn
營	梗合三清平以	in		in	in	ĩ	ĩ	ĩ	in	yn
雄	通合三東平云	çioŋ	çioŋ	çioŋ	çioŋ	çioŋ	çioŋ	çioŋ	çioŋ	hioŋ
悅	山合三薛入以	ye	yo	ye	ye	yɛ		ie	ye	ye

域	曾合三 職入雲	iu		io	iu		iu	iu	y	y
役	梗合三 昔入以	iu		io	iu		i	i	y	y

分析上述表格中的方言例字之後，我們可以得出西南官話影云以母合口字中，今聲母的讀音共有兩種類型：

（1）部分聲母讀 ∅

　　川黔片大方、西蜀都江堰、川西片喜德、湖廣片武漢、桂柳片荔浦、雲南片昆明。

（2）部分聲母讀 ∅，部分聲母讀 v

　　川黔片成都、雲南片大理、雲南片蒙自。

另外，還有兩個音讀現象值得注意。一為湖廣片武漢、雲南片大理兩個方言點的「翁」字，有讀作 ŋ 的音讀。另一為川西片喜德、雲南片昆明、雲南片大理三個方言點，「容」字有讀作 ʐ 聲母的情形。影云以母字與日母字的讀音有交纏的情況，與北京官話、膠遼官話、冀魯官話等官話區所發生的情況相似，源於古影、云、以三個聲母的一群字，如：「榮、銳、融、容、蓉、熔」等，發聲與日母字讀音交纏的狀況，產生了與日母字同樣讀為 ʐ 聲母的讀音。不過，《漢語官話方言研究》中並未提及西南官話中出現疑、云、以母與日母字讀音交纏的分析成果。

（七）江淮官話區

江淮官話區中古中影、云、以母的例字，先依條件分為：開口一二等字、開口三四等字、合口字（含四等）三大類，再分析江淮官話區影、云、以母的音變類型。

1. 古影、云、以母開口字

方言片、點 例字		洪巢			黃孝		秦如	
		南京	揚州	合肥	紅安	安慶	南通	秦州
愛	蟹開一 代去影	ae	iɛ	ɛ	ŋai	ŋɛ	ŋa	ɛ
挨	蟹開一 皆平影	ae	iɛ	ɛ	ŋai	ŋɛ	ŋa	ɛ

袄	效開一皓上影	ɔɔ	ɔ	ɔ	ŋau	ŋɔ	ŋɤ	ɔ
歐	流開一候平影	mɤ		ө	ŋɤu	ŋeu	ŋe	ɤw
暗	咸開一闞去影	aŋ	æ̃	æ	ŋan	ŋan	õ̃	ṹ / ɛ̃
安	山開一寒平影	aŋ	æ̃	zæ̩	ŋan	ŋan	õ̃	ṹ / ɛ̃
惡善~	宕開一鐸入影	oʔ			ŋo	ŋo	ŋoʔ	aʔ
啞~巴	假開二馬上影	ia		ia	ia / ŋa	ia	文 iɑ 白 ŋo	ŋa
矮	蟹開二蟹上影	ae	iɛ	ɛ	ŋai	ŋɛ	ŋa	ɛ
櫻	梗開二耕平影	in	in	in	ŋən / in	in	iŋ	iŋ
鴨	咸開二洽入影	iaʔ	æʔ	iæʔ	ia	白 ŋa 文 ia	ŋɑʔ	æʔ

分析上述表格中的方言例字之後，我們可以得出江淮官話疑母開口一、二等字中，今聲母的讀音共有二種類型：

（1）聲母讀 ∅

洪巢片南京、洪巢片揚州、洪巢片合肥、慶秦如片秦州。洪巢片合肥，的「安」字讀爲 z̩ 聲母。

（2）大部分聲母讀 ŋ，部分聲母讀 ∅

黃孝片紅安、黃孝片安慶、秦如片南通

2. 古影、云、以母開口三、四等字

例字 方言片、點		洪巢			黃孝		秦如	
		南京	揚州	合肥	紅安	安慶	南通	秦州
椅	止開三支平以	i	i	z̩	i	i	i	i
醫	止開三之平影	i	i	z̩	i	i	i	i
衣	止開三微平影	i	i	z̩	i	i	i	i

妖	效開三宵平影	iɔo	iɔ	iɔ	iau	iɔ	iɤ	iɔ
優	流開三尤平影	uɯei	ɵ	ɵ	iɵu	ieu	ø	iɤu
幼	流開三幼去影	uɯei	ɵ	ɵ	iɵu	ieu	ø	iɤu
厭	咸開三豔去影	ien	ĩ	ĩ	iɛn	ien	ĩ	iĩ
音	深開三侵平影	in	in	in	in	in	iŋ	iŋ
印	臻開三震去影	in	in	in	in	in	iŋ	iŋ
央	宕開三陽平影	iaŋ		iã	iaŋ	ian	iẽ	iaŋ
鷹	曾開三蒸平影	in	in	in	in	in	iŋ	iŋ
英	梗開三庚平影	in	in	in	in	in	iŋ	iŋ
嬰	梗開三清平影	in	in	in	in	in	iŋ	iŋ
一	臻開三質入影	iʔ	iʔ	iəʔ	i	i	iʔ	iiʔ
約	宕開三藥入影	ioʔ	iaʔ	yæʔ	io	io	iɑʔ	iaʔ
藥	宕開三藥入以	ioʔ	iaʔ	yæʔ	io	io	iɑʔ	iaʔ
益	梗開三昔入影	iʔ	iʔ	iəʔ	i	i	iʔ	iiʔ
譯	梗開三昔入以	iʔ	iʔ		i	i	iʔ	iiʔ
烟	山開四先平影	ien	ĩ	ĩ	ian	ien	ĩ	iĩ
噎	山開四屑入影	ieʔ	iʔ	iæʔ	ie	ie	iʔ	iiʔ
爺	假開三麻平以	ie	iʔ	i	ie	ie		ia / i
姨	止開三脂平以	i	i	zɿ	i	i	i	i

搖	效開三宵平以	ɔɔi	iɔ	iɔ	iau	iɔ	ɣi	iɔ
油	流開三尤平以	mɐi	iɵ	iɵ	iəu	ieu	iɵ	mɣ̆i
演	山開三獮上以	ien	ĩ	ĩ	ɕiəŋ	ien	ĩ	ĩ
蠅	曾開三蒸平以	in	in	in	in	in	iŋ	

　　分析上述表格中的方言例字之後，我們可以得出江淮官話影云以母開口三、四等字中，今聲母的讀音幾乎已經完全失落，讀爲零聲母。只有洪巢片合肥，「衣、醫、椅」三字讀作 ʐ̩，聲母讀爲 ʐ。

3. 古影、云、以母合口字（含四等）

方言片、點 例字		洪巢			黃孝		秦如	
		南京	揚州	合肥	紅安	安慶	南通	秦州
烏	遇合一模平影	u	u	u	u	u	u	u
碗	山合一緩上影	uaŋ	õ	õ	uan	uon		ṵ
穩	臻合一混上影	un	uən	uən	uən	uən	uɛ̃	vən
翁	通合一東平影	oŋ	oŋ	əŋ	oŋ	uoŋ	ʌŋ	oŋ
屋	通合一屋入影	uʔ	ɔʔ	uəʔ	u	u	ωʔ 又 uoʔ	ɔʔ
蛙	假合二麻平影	ua	ua	ua	ua	ua	uo	ua
蛙	蟹合二佳平影	ua	ua	ua	ua	ua	uo	ua
彎	山合二刪平影	uaŋ	uæ̃	uæ̃	uan	uañ	uɑ̃	vɛ̃
挖	山合二黠入影	uaʔ	uaˋ、uæʔ	uæʔ	ua	ua	uɑʔ	væ
雨	遇合三麌上云	y	y	ʮ	ʮ	y	y	y
威	止合三微平影	uəi	uəi		uei	uei	ue	vəi

冤	山合三元平影	yen	yĩ	yĩ	ɥan	yen	yø	yṽ
擁	通合三腫上影	oŋ / ioŋ	ioŋ	iəŋ	zoŋ	ioŋ	iʌŋ	ioŋ
容	通合三鐘平以	ioŋ	ioŋ		zoŋ	ioŋ	iʌŋ	ioŋ
用	通合三用去以	ioŋ	ioŋ	iəŋ	zoŋ	ioŋ	iʌŋ	ioŋ
鬱	臻合三物入影	ʐuʔ			ɥ / zəu			yʊʔ
郁	通合三屋入影	ʐuʔ		ɥ	ɥ / zəu	y、io	yoʔ	iɔʔ
育	通合三燭入來	ʐuʔ	iɔʔ	yəʔ	zəu	io	yoʔ	iɔʔ
淵	山合四先平影	yen	yĩ	yĩ	ɥan		yø	yṽ
五	遇合一姥上疑	u	u	u	u	u	u	u
余	遇合三魚平以	y	y	ɥ	ɥ	y	y	y
銳	蟹合三祭去以	ʐuei	luəi	ʐui	ɥei	ʐuei	ye	ʐuei
員	山合三仙平云	yen	yĩ	yĩ	ɥan	yen	yõ	yṽ
云	臻合三文平云	yn	yŋ	yŋ	ɥeʰn	yn	yŋ	yn
王	宕合三陽平云	uaŋ	uaŋ		uaŋ		uõ	uaŋ
榮	梗合三庚平云	ioŋ	ioŋ		ɥeʰn / zoʰ	ioŋ	iʌŋ	ioŋ
永	梗合三梗上云	ioŋ	ioŋ	iəŋ	ɥeʰn		yŋ	yŋ
營	梗合三清平以	in		in	ɥeʰn	in	iŋ	iŋ
雄	通合三東平云	ɕioŋ	ɕioŋ	ɕiəŋ	ɕioŋ	ɕioŋ	iʌŋ	ioŋ / ɕioŋ
悅	山合三薛入以	yeʔ	yiʔ	yæʔ	ɥæ	ye	yʔ	yʊʔ

| 域 | 曾合三
職入雲 | ʐuʔ | ɥ | ɥ | | ʐuʔ |
| 役 | 梗合三
昔入以 | ʐuʔ | yiʔ | yəʔ | ɥ | | ʐuʔ |

分析上述表格中的方言例字之後，我們可以得出江淮官話影云以母合口字中，今聲母的讀音共有兩種類型：

（1）部分聲母讀 ø

洪巢片南京、洪巢片揚州、洪巢片合肥、黃孝片紅安、黃孝片安慶、秦如片南通。

（2）部分聲母讀 ø，部分聲母讀 v

秦如片泰州。

另外，黃孝片紅安的「擁、容、用、育、郁」五字有讀作 ʐ 聲母的情形。影云以母字與日母字的讀音有交纏的情況，與北京官話、膠遼官話、冀魯官話等官話區所發生的情況相似，源於古影、云、以三個聲母的一群字，如：「榮、銳、融、容、蓉、熔」等，發聲與日母字讀音交纏的狀況，產生了與日母字同樣讀爲 ʐ 聲母的讀音。不過，《漢語官話方言研究》中並未提及江淮官話中出現疑、云、以母與日母字讀音交纏的分析成果。

（八）晉　語

晉語區中古中影、云、以母的例字，先依條件分爲：開口一二等字、開口三四等字、合口字（含四等）三大類，再分析晉語區影、云、以母的音變類型。

1. 古影、云、以母開口一、二等字

1.1　晉語區中古影、云、以母開口一二等字的今讀

方言片、點 例字		並州 太原	五台 忻州	大包 大同	張呼 呼和浩特	志延 志丹
愛	蟹開一 代去影	ɣai	ŋæ	nɛe	ŋɛ	nae
挨	蟹開一 皆平影	ɣai	ŋæ	nɛe	ŋɛ	nae
袄	效開一 皓上影	ɣau	ŋɔ	nɐo	ŋɔ	ŋɔ

歐	流開一候平影	ɣəu	ŋəu	nəu	ŋəu	
暗	咸開一闞去影	ɣæ̃	ŋã	næ	ŋæ̃	ŋæ
安	山開一寒平影	ɣæ̃	ŋã	næ	ŋæ̃	ŋæ
惡善～	宕開一鐸入影	ɣəʔ	ŋɔʔ	naʔ	ŋaʔ	ŋəʔ
啞～巴	假開二馬上影	ia	nia / ɑ	ia	ia	ia
矮	蟹開二蟹上影	ɣai	æ	nɛe	ŋɛ	nae
櫻	梗開二耕平影	iŋ	iəŋ	iəɣ	ĩŋ	iɤ̃
鴨	咸開二洽入影	niaʔ	niɑʔ	iaʔ	iaʔ	iaʔ

1.2　晉語區中古影、云、以母開口一二等字的今讀

方言片、點 例字		呂梁		上黨	邯新	
		嵐縣	離石	長治	獲嘉	邯鄲
愛	蟹開一代去影	ŋei / ŋai	ŋɛe	æ	ai	ŋai
挨	蟹開一皆平影	ŋai	ŋɛe	æ	ai	ŋai
祆	效開一皓上影	ŋɑu	ŋou	ɔ	au	ŋau
歐	流開一候平影	ŋɤu	ŋəu	ne	ou	ŋəu
暗	咸開一闞去影	ŋiẽ	文 ŋæ	ɑŋ	an	ŋã
安	山開一寒平影	ŋiẽ	文 ŋæ	ɑŋ	nan	ŋã
惡善～	宕開一鐸入影	ŋiɛʔ	ŋɔʔ	əʔ	aʔ	ŋʌʔ
啞～巴	假開二馬上影	nia / ŋa	nia	iɑ	ia	nia
矮	蟹開二蟹上影	ŋei / nai	ŋɛe	æ	ai	ŋai

| 櫻 | 梗開二
耕平影 | iəŋ | iəŋ | iŋ | iŋ | iəŋ |
| 鴨 | 咸開二
洽入影 | ȵiaʔ | | iaʔ | ia | nia、白 iʌ |

分析上述表格中的方言例字之後，我們可以得出晉語區影云以母開口一、二等字中，今聲母的讀音共有兩種類型：

（1）聲母讀 ∅

上黨片長治、邯新片獲嘉。邯新片獲嘉，唯「安」一字讀為 n 聲母。

（2）大部分聲母讀 ɣ，部分聲母讀 ∅

並州片太原。唯「鴨」一字讀為 n 聲母。

（3）大部分聲母讀 ŋ，部分聲母讀 ∅

張呼片呼和浩特、五台片忻州。五台片忻州，「鴨」一字讀為 n 聲母、「啞~巴」字讀零聲母之外又可讀作 n 聲母。

（4）大部分聲母讀 n，部分聲母讀 ∅

大包片大同。

（5）部分聲母讀 ŋ，部分聲母讀 n，部分聲母讀 ∅

呂梁片嵐縣、呂梁片離石、志延片志丹、邯新片邯鄲

2. 古影、云、以母開口三、四等字

2.1 晉語區中古影、云、以母開口三四等字的今讀

例字 \ 方言片、點		並州 太原	五台 忻州	大包 大同	張呼 呼和浩特	志延 志丹
椅	止開三 支平以	i	i	i	i	i
醫	止開三 之平影	i	i	i	i	i
衣	止開三 微平影	i	i	i	i	i
妖	效開三 宵平影	iau	ɔi	ɔai	ɔi	ɔi
優	流開三 尤平影	iəu	iəu	iəu	iəu	iəu
幼	流開三 幼去影	iəu	iəu	iəu	iəu	iəu

厭	咸開三 豔去影	ie	iɛ̃	iɛ	ie	iæ
音	深開三 侵平影	iŋ	iəŋ	iɤ	ĩŋ	iɤ̃
印	臻開三 震去影	iŋ	iəŋ	iɤ	ĩŋ	iɤ̃
央	宕開三 陽平影	iɒ̃	iɑ̃	iɑ	iɑ̃	iɑ̃
鷹	曾開三 蒸平影	iŋ	iəŋ	iɤ	ĩŋ	iɤ̃
英	梗開三 庚平影	iŋ	iəŋ	iɤ	ĩŋ	iɤ̃
嬰	梗開三 清平影	iŋ	iəŋ	iɤ	ĩŋ	iɤ̃
一	臻開三 質入影	iəʔ	iəʔ	iəʔ	iəʔ	iəʔ
約	宕開三 藥入影	yəʔ	iɛʔ	yaʔ	yaʔ	yəʔ
藥	宕開三 藥入以	iəʔ	iɛʔ	yaʔ	iaʔ	yəʔ
益	梗開三 昔入影	iəʔ	iəʔ	iəʔ	iəʔ	iəʔ
譯	梗開三 昔入以	iəʔ	iəʔ	iəʔ	iəʔ	iəʔ
烟	山開四 先平影	ie	iɛ̃	iɛ	ie	iæ
噎	山開四 屑入影	iəʔ	iɛʔ	iaʔ	iaʔ	iəʔ
爺	假開三 麻平以	ie	iɛ	iɛ	ie	ie
姨	止開三 脂平以	i	i	i	i	i
搖	效開三 宵平以	iau	iɔ	iɒo	iɔ	iɔ
油	流開三 尤平以	iəu	iəu	iəu	iəu	iəu
演	山開三 獮上以	ie	iɛ̃	iɛ	ie	iæ
蠅	曾開三 蒸平以	i / iŋ	i / iŋ	iɤ	iŋ	iɤ̃

2.2 晉語區中古影、云、以母開口三四等字的今讀

例字	方言片、點	呂梁		上黨	邯新	
		嵐縣	離石	長治	獲嘉	邯鄲
椅	止開三支平以	i	ʅ	i	i	i
醫	止開三之平影	i	ʅ	i	i	i
衣	止開三微平影	i	ʅ	i	i	i
妖	效開三宵平影	iɤu	iou	iɔ	iau	iau
優	流開三尤平影	iɐi	iɐi	iəu	iou	iəu
幼	流開三幼去影	iɐi	iɐi	iəu	iou	iəu
厭	咸開三豔去影	iẽ	i	iɑŋ	ian	iã
音	深開三侵平影	iɐŋ	iɐŋ	iŋ	in	iəŋ
印	臻開三震去影	iɐŋ	iɐŋ	iŋ	in	iəŋ
央	宕開三陽平影	yə	iɔ	iɑŋ	iaŋ	iaŋ
鷹	曾開三蒸平影	iɐŋ	iɐŋ	iŋ	iŋ	iəŋ
英	梗開三庚平影	iɐŋ	iɐŋ	iŋ	iŋ	iəŋ
嬰	梗開三清平影	iɐŋ		iŋ	iŋ	iəŋ
一	臻開三質入影	iəʔ	iəʔ	iəʔ	iəʔ	ieʔ
約	宕開三藥入影	iɛʔ		iəʔ	yaʔ	
藥	宕開三藥入以	iɛʔ	iəʔ	yəʔ	yaʔ	iʌʔ
益	梗開三昔入影	iəʔ	iəʔ	iəʔ	iʔ	

譯	梗開三昔入以	iəʔ	iəʔ	iəʔ	iʔ	
烟	山開四先平影	iẽ	i	iɑŋ	ian	iã
噎	山開四屑入影	ieʔ	iəʔ	iəʔ	iɐʔ	ieʔ
爺	假開三麻平以	ɿɛ		ɿɛ	iɛ	
姨	止開三脂平以	i	ɿ	i	i	i
搖	效開三宵平以	iɣu	i	ɔ	iau	iau
油	流開三尤平以	uɐi	uɐi	iəu	iou	iəu
演	山開三獮上以	iẽ	i	iɑŋ	ian	iã
蠅	曾開三蒸平以	i	白ɿ、文ʮai	iŋ	iŋ	iəŋ

　　分析上述表格中的方言例字之後，我們可以得出晉語區影云以母開口三、四等字中，今聲母的讀音幾乎已經完全失落，讀爲零聲母。

3. 古影、云、以母合口字（含四等）

3.1　晉語區中古影、云、以母合口字的今讀

方言片、點 例字		並州	五台	大包	張呼	志延
		太原	忻州	大同	呼和浩特	志丹
烏	遇合一模平影	vu	u	vu	vu	u
碗	山合一緩上影	væ̃	vɒ̃	væ	væ̃	væ
穩	臻合一混上影	vəŋ	vəŋ	ɣəɣ	və̃ŋ	vɣ̃
翁	通合一東平影	vəŋ	uəŋ	ɣəɣ	vɔ̃ŋ	vɣ̃
屋	通合一屋入影	vəʔ	vəʔ	vəʔ	vəʔ	vəʔ
蛙	假合二麻平影	va	vɑ	va	va	va

蛙	蟹合二 佳平影	va	uɑ	va	ua	va
彎	山合二 刪平影	væ̃	uɒ̃	væ	væ̃	væ
挖	山合二 黠入影	vaʔ	vɑʔ	vaʔ	vaʔ	va
雨	遇合三 麌上云	y	y	y	y	y
威	止合三 微平影	vei	vei	vεe	vei	vei
冤	山合三 元平影	ye	yã	yε	ye	yæ
擁	通合三 腫上影	yŋ	yəŋ	yəɣ	ỹŋ	yɤ̃
容	通合三 鐘平以	yŋ	yəŋ	yəɣ	zũŋ	yɤ̃
用	通合三 用去以	yŋ	yəŋ	yəɣ	yŋ	yɤ̃
鬱	臻合三 物入影	yəʔ	yəʔ	yəʔ	yəʔ	yəʔ
郁	通合三 屋入影	y	/	/	/	/
育	通合三 燭入來	yɔʔ	yɔʔ	yəʔ	yəʔ	yəʔ
淵	山合四 先平影	ye	yã	yε	ye	yæ
五	遇合一 姥上疑	vu	u	vu	vu	u
余	遇合三 魚平以	y	y	y	y	y
銳	蟹合三 祭去以	ʐuei	ʐuei	ʐuei	ʐuei	ʐuei
員	山合三 仙平云	ye	yã	yε	ye	yæ
云	臻合三 文平云	yŋ	yəŋ	yəɣ	ỹŋ	yɤ̃
王	宕合三 陽平云	vɒ̃	vɛ̃ / vã	vɒ	vã	vɑ

榮	梗合三 庚平云	yŋ	yəŋ	yəɣ	yŋ	yɤ̃
永	梗合三 梗上云	yŋ	yəŋ	yəɣ	yŋ	yɤ̃
營	梗合三 清平以	iŋ	i / iəŋ	iəɣ	iŋ	iɤ̃
雄	通合三 東平云	ɕyŋ	ɕyəŋ	ɕyəɣ	ɕyŋ	zyɤ̃
悅	山合三 薛入以	yə‿	yɔ‿	ya‿	ya‿	yə‿
域	曾合三 職入雲	yə‿	yɔ‿	yə‿	ya‿	yə‿
役	梗合三 昔入以	iə‿	iə‿	iə‿	iə‿	iə‿

3.2 晉語區中古影、云、以母合口字的今讀

方言片、點 例字		呂梁		上黨	邯新	
		嵐縣	離石	長治	獲嘉	邯鄲
烏	遇合一 模平影	u	u	u	u	u
碗	山合一 緩上影	uẽ	uæ 文	uɑŋ	uan	vã
穩	臻合一 混上影	uəŋ	uɐŋ	uŋ	uən	vən
翁	通合一 東平影	uəŋ	uɐŋ	uŋ	uŋ	
屋	通合一 屋入影	uə‿	uə‿	uə‿	u‿	və‿
蛙	假合二 麻平影	ua	ua	uɑ	ua	va
蛙	蟹合二 佳平影	ua	ua	uɑ	ua	va
彎	山合二 刪平影	uaŋ	uæ	uɑŋ	uan	vã
挖	山合二 黠入影	uɑ‿	ua	uɑ‿	ua	va
雨	遇合三 虞上云	y		y	y	y

威	止合三微平影	uei	uɛɛ	uei	uei	vei
冤	山合三元平影	yẽ	yɪ	yɑŋ	yan	yã
擁	通合三腫上影	yəŋ	yɐŋ	yŋ	yŋ	yəŋ
容	通合三鐘平以	yəŋ	yɐŋ	yŋ	yŋ	
用	通合三用去以	yəŋ	yɐŋ	yŋ	yŋ	yəŋ
鬱	臻合三物入影	yəʔ		yəʔ	yəʔ	
郁	通合三屋入影	y	yəʔ	/	/	
育	通合三燭入來	yəʔ	yəʔ	yəʔ	y	yeʔ
淵	山合四先平影	yẽ	yɪ	yɑŋ	yan	yã
五	遇合一姥上疑	u	uəʔ	u	u	u
余	遇合三魚平以	y	zu	y	y	y
銳	蟹合三祭去以	ʐuei	zuɛɛ	uei	ʐuei	luei
員	山合三仙平云	yẽ	yɪ	yɑŋ	yan	yã
云	臻合三文平云	yəŋ	yɐŋ	yŋ	yn	yən
王	宕合三陽平云	uə	uo	uaŋ	uaŋ	vaŋ
榮	梗合三庚平云	yəŋ	yɐŋ	yŋ	ʐuŋ	yəŋ
永	梗合三梗上云	yəŋ	yɐŋ	yŋ	yŋ	yəŋ
營	梗合三清平以	i / iəŋ	iɐŋ 文ʅ、ʅ白 ɣai	iŋ	iŋ	iəŋ
雄	通合三東平云	ɕyəŋ	ɕyɐŋ	ɕyŋ	ɕyŋ	ɕyəŋ

悅	山合三薛入以	yeʔ	yəʔ	yəʔ	yeʔ	iʌʔ
域	曾合三職入雲	yəʔ		yəʔ	yaʔ	y
役	梗合三昔入以	iəʔ		iəʔ	iʔ	

　　分析上述表格中的方言例字之後，我們可以得出晉語區影云以母合口字中，今聲母的讀音共有兩種類型：

（1）部分聲母讀 ∅

　　呂梁片嵐縣、呂梁片離石、上黨片長治、邯新片獲嘉。

（2）部分聲母讀 ∅，部分聲母讀 v

　　並州片太原、五台片忻州、大包片大同、張呼片呼和浩特、志延片志丹、邯新片邯鄲。張呼片呼和浩特，唯「容」字讀作 ʐ。

第四節　小結——影云以母的共時分佈

　　喻三、喻四早在第十世紀就已經合併為零聲母，而影母也已經在宋代《九經直音》之時，併入了零聲母的行列。往後元、明、清時期的韻書、語料中的零聲母也皆包含了中古來源的喻三、喻四、影母，與零聲母的演變情形完全符合，也就是說影云以母在明清時期大致已經是零聲母，無需像其他疑、微、日母討論零聲母化的轉變時間點。因此，小結中不做影云以母歷時音變的探究，而直接將焦點放在現代官話方言中影云以母的今讀類型，討論影云以母在現代官話方言區的共時分佈。

　　我們依照影、云、以母字今聲母的演變結果，將影、云、以母字分成三類，之所以分作開口一二等字、開口三四等字、合口字（含四等）三類，是因為在歸納現代官話各區方言的時候，發現此三類條件的影、云、以母字，今聲母的演變情況有明顯的區別。大多方言研究，會將影疑母放在一同比較討論，是因影疑母在近代音的演變過程中已經先合流為一類，再一起共同轉變，因此演化至今聲母類型的同時，會產生相互的交涉影響。

　　本研究中為了述及各聲母演變歷史的方便性，因此沒有將影疑母放在一同討論，而實際上現代方言中的影疑母只有開口一二等字、合口字的今聲母類型

相似，至於影母和疑母的開口三四等字，今聲母類型的演變情形則有所落差。疑母開口三四等字如同開口一二等字，今聲母類型比較複雜多變；影母開口三四等字則有所不同，今聲母類型大致已經統一失落成零聲母。

〔表9〕各官話方言區中影、云、以母今讀類型

影云以母字 / 官話區	開口字									合口字（含四等）			
	一、二等						三、四等						
	∅	n	ŋ	ɳ	ɣ	ʐ	∅	ʑ	z	∅	v	ʐ	ʐ̩
北京官話	■	■					■			■	■		
膠遼官話	■		■		■		■			■	■		
冀魯官話		■	■	■			■			■	■		▨
中原官話	■	■	■		■	■	■	■		■	■	■	▨
蘭銀官話	■	■	■		■	■	■	■		■	■	■	▨
西南官話	■		■				■			■	■		▨
江淮官話	■		■				■		■	■	■		▨
晉　　語	■		■		■	■	■			■	■		▨

※ 空格內的顏色較淺者，代表只有少部分影云以母字有此音讀情況。

　　影云以開口一二等字，現代方言中今聲母的類型是三類中最複雜的；影云以開口三四等字，幾乎全數失落音素而成爲零聲母；影云以母合口字（含四等），除了失落爲零聲母之外，還有其他兩項比較特別的演變，一爲與 u 介音拼合時聲母演變爲 v，一爲受到日母字的影響而讀作 ʐ。以下我們再分開口一二等字、開口三四等字、合口字（含四等）三類作一說明：

（一）影、云、以母開口一二等字

　　影、云、以母開口一二等字的今聲母讀音，是三類中比較複雜的一類，今聲母類型包含：∅、n、ŋ、ɳ、ɣ、ʐ 六類聲母。北京官話、膠遼官話、冀魯官話、西南官話、江淮官話五個地區，影云以母開口一二等字的讀音類型比較單純，不超過三種類型。如：北京官話影云以母開口一二等字讀：∅、n，膠遼官話讀：∅、ŋ、ɣ，冀魯官話讀：n、ŋ、ɳ，西南官話和江淮官話讀：∅、ŋ。而中原官話、蘭銀官話、晉語三區的讀音類型則比較複雜。如：中原官話影云以母開口一二等。

（二）影、云、以母開口三四等字

影、云、以母開口三四等字，不若開口一二等字的今聲母類型豐富，而是比較整齊地幾乎歸入了零聲母的行列。除了蘭銀官話有讀作 ø、ʐ 兩種類型，江淮官話有讀作 ø、z 兩種類型。其他現代官話區如：北京官話、膠遼官話、冀魯官話、中原官話、西南官話，直到晉語區都有全部只有讀作 ø 的類型。

（三）影、云、以母合口字（含四等）

影、云、以母合口字，在本文所觀察的八區現代官話方言中，可以發現今聲母類型皆讀作 ø、v 兩種聲母，從北京官話、膠遼官話、冀魯官話、中原官話、蘭銀官話、西南官話、江淮官話，一直到晉語區皆無例外。

中古影、云、以母合口字何時讀作零聲母，何時讀作 v 聲母，大致上依照介音是合口呼或撮口呼來分化，也就是中古影云以母合口字中，若是一二等則讀作 v 聲母；若是三四等則讀作零聲母。即是讀作合口呼時，聲母受到 u 的影響而演化為 v 聲母；讀撮口呼時，聲母則維持失落的零聲母讀音，可見影云以母合口一二等字讀作 v 聲母，應該是比零聲母化後起的音變現象。影云以母合口一二等字，如：「蛙、烏、蛙、威、碗、彎、穩、翁、挖、屋」等，在本文所觀察的八區現代官話方言中，比例上多少都有讀為 v 聲母的現象。

另外，有一項值得注意的現象是，中古影、云、以母合口字三四等字中，照理應讀為零聲母，但是也有讀為 v 聲母的例字，如：「威」字在北京官話、膠遼官話、冀魯官話、中原官話、蘭銀官話、江淮官話、晉語中，有不少方言點也讀作 v 聲母。「容」字在蘭銀官話的方言點吉木薩爾、中原官話的方言點吐魯番，也有讀作 v 聲母的情況。

最後，中古影、云、以母合口字除了讀作 ø、v 兩種今聲母類型之外，還有一群字的音變現象比較特別，源於古影、云、以三個聲母的「榮、銳、融、容、蓉、熔」等，其讀音發生與日母字讀音交纏的狀況，產生了與日母字同樣讀為 ʐ 聲母的讀音。

第三章　明清疑母字的演變及其現代方言分佈

　　《切韻》系統中的聲母，只有喻四一個零聲母，而在現代國語中卻有不少零聲母，來源包括了中古的喻母、疑母、影母，以及微母、日母等。關於零聲母來源之一的疑母，從明清以至現代聲母讀音是如何演變的將是本章討論的重點。

　　關於疑母轉變爲零聲母的時代，據王力《漢語史稿》所言，零聲母約經歷過三階段性的擴大。其中，疑母轉爲零聲母是發生於第二階段，大約是十四世紀《中原音韻》之時，此時疑影母開始合流，而成爲零聲母。竺家寧師在〈近代漢語零聲母的形成〉〔註1〕一文中，則運用宋代《九經直音》進一步考證影疑母的合流情況，認爲影疑母合流的時間點可再推前至宋代。而今天，官話方言中以保留有一個輕擦音母的居多。

　　以前人研究爲基礎，我們繼續以明清語料爲探討對象，觀察疑母的音讀變化，再以現代官話的方言語料了解中古疑母今日的音讀類型，進而了解疑母從近代至現代的演變史。

〔註1〕　竺家寧：〈近代漢語零聲母的形成〉，收錄於《近代音論集》（台灣學生書局，1994年），頁125～137。

第一節　明代疑母的發展

一、明代語料中的疑母現象

　　首先，爲了瞭解明代疑母存在與失落的現象，筆者盡力考察了明代的等韻語料，共八部韻書韻圖，同時參考了前人研究的成果，將疑母是否留存的現象列出簡單的表格，並描述語料所記錄的疑母留存或消失的情況：

〔表 10〕明代語料中疑母的音變情況

	書　　　名	作　者	成書年代	疑母存在與否
1	《韻略易通》	蘭茂	西元 1442	失落〔註2〕
2	《青郊雜著》	桑紹良	西元 1543～1581	失落〔註3〕
3	《書文音義便考私編》	李登	西元 1587	存在〔註4〕
4	《重訂司馬溫公等韻圖經》	徐孝	西元 1602	失落〔註5〕
5	《交泰韻》	呂坤	西元 1603	失落〔註6〕
6	《元韻譜》	喬中和	西元 1611	存在〔註7〕
7	《西儒耳目資》	金尼閣	西元 1626	存在／失落〔註8〕
8	《韻略匯通》	畢拱辰	西元 1642	失落〔註9〕

　　由上表可得知明代八部語料中疑母的概況，《韻略易通》、《青郊雜著》、《重訂司馬溫公等韻圖經》、《交泰韻》、《韻略匯通》五部語料中的疑母已經失落而

〔註2〕張玉來：《韻略易通音系研究》（天津：天津古籍出版社，1999 年）。

〔註3〕李秀珍：《青郊雜著》台北：文化大學中國文學研究所碩士論文，1996 年）。

〔註4〕權淑榮：《書文音義便考私編》音系研究（台北：國立臺灣大學中國文學研究所碩士論文，1998 年）。

〔註5〕劉英璉：《重訂司馬溫公等韻圖經研究》高雄：國立高雄師範大學中國文學研究所碩士論文，1987 年）。

〔註6〕趙恩梃：呂坤《交泰韻》研究（台北：國立臺灣師範大學國文研究所碩士論文，1998 年）。

〔註7〕廉載雄：喬中和《元韻譜》研究（台北：國立政治大學中國文學系碩士論文，2000 年）。

〔註8〕王松木：《西儒耳目資》所反映的明末官話音系（嘉義：國立中正大學中國文學研究所碩士論文，1994 年）。

〔註9〕張玉來：《韻略匯通》音系研究（山東：山東教育出版社，1995 年）。

為零聲母，而《書文音義便考私編》、《元韻譜》、《西儒耳目資》三本韻書的疑母讀音 ŋ 則還未全數失落，以下將逐一針對各本語料作一詳細的討論：

二、疑母尚獨立為一類的明代語料

（一）《書文音義便考私編》

《書文音義便考私編》作者為李登，李氏將三十六字母刪併之後，而訂定了當時的聲母系統，共為二十一聲類：見、溪、疑、曉、影、奉、微、邦、平、明、端、透、尼、來、照、穿、審、日、精、清、心。其中喉音包含「見、溪、疑、曉、影」五母，《書文音義便考私編》的疑母與三十六字母的對應之下，疑母幾乎讀作中古疑母字的讀法，只有少數字對應於中古的影、于、以等字母。李氏書中的疑母字，不論開、捲、合、撮，皆有疑母一類，且除了極少數字變為零聲母之外，其它仍讀為疑母。茲列舉如下〔註10〕：

〔表11〕《書文音義便考私編》疑母之例字

例　字	三十六字母	李登聲母	李登呼
昂莪皚銀	疑	疑	開
崖牛仰驗	疑	疑	開
吒齵兀外	疑	疑	開
玉圈月崛	疑	疑	開

再者，觀察李氏書中疑母與影母的關係，影母共收有一四八組中古影母字，僅有少數七組的中古疑母字列於其中，而其餘則來自中古影、于、以母字。收於影母之下的七組列字分別為：呀（疑母開口二等）、俠（疑母開口三等）、玉獄（疑母合口三等）、眼（疑母開口二等）、願愿原（母疑合口三等）、謜（疑母合口三等）、硬（疑母開口三等）。

由上述觀察可知，中古疑母演變至明代《書文音義便考私編》時，讀為影母的比率為數甚少。李氏書中的疑母多數只收中古的疑母字，而中古疑母也很少作該書其他聲母字的例字。因此《書文音義便考私編音系研究》將該書的疑

〔註10〕例字引自權淑榮：《書文音義便考私編音系研究》（台北：國立臺灣大學中國文學研究所碩士論文，1998），頁84。

母擬爲 ŋ。〔註11〕

（二）《元韻譜》

《元韻譜》中的牙音共有三組聲類，分別是：「光倦庚見」、「孔群慨奇」、「外元咢疑」，他們的來源皆來自於中古的見系字。牙音三組聲類中的「外元咢疑」一類來自於中古的疑母，之所以不以一字母代稱，是因爲明清時代四呼觀念相當盛行，那時的作者會因介音的異同來將字母再細作分類，《元韻譜》亦是如此。「外元咢疑」聲類中的例字分別可與剛律（開之開呼）、剛呂（開之合呼）、柔律（合之開呼）、柔呂（合之合呼）四呼互相配合。從其例字的中古聲母來源而言，「外元咢疑」的聲母均相當於《廣韻》的疑母（見表3），故我們可將「外元咢疑」視爲同一聲母即可。

《元韻譜音論研究》討論前人研究後，將《元韻譜》的聲母系統分爲二十一母，其中來源爲中古疑母「外元咢疑」與來源爲中古影、喻母的「翁喻恩影」一類，沒有互相混淆的情況，「外元咢疑」一類乃是獨自而立，因此《元韻譜》中的「外元咢疑」仍是獨爲一類，也就表示疑母還沒失落爲零聲母。《元韻譜音論研究》將中古來源爲牙音見系字的字母擬爲：「光倦庚見」k、「孔群慨奇」k'、「外元咢疑」ŋ。〔註12〕

〔表12〕《元韻譜》疑母之例字〔註13〕

韻目	字母	聲調	例　字	《廣韻》來源
盈韻	外	下平		疑
影韻		上	渝	疑
盈韻	元	下平	齵、鯃、喁、嫣、禺、遇	疑
映韻		去		
盈韻	咢	下平	娙、俓	疑
映韻		去	硬	疑

〔註11〕權淑榮：《書文音義便考私編音系研究》（台北：國立臺灣大學中國文學研究所碩士論文，1998），頁 69～72。

〔註12〕林協成：《元韻譜音論研究》（台北：中國文化大學中國文學研究所碩士論文，2002年），頁 122。

〔註13〕林協成：《元韻譜音論研究》（台北：中國文化大學中國文學研究所碩士論文，2002年），頁 100。

盈韻	疑	下平	凝、迎		疑
影韻		上	煙、妖		疑

（三）《西儒耳目資》

《西儒耳目資》中的額母 g，其來源不僅只有疑母字，還包含影母字在內。按前人研究顯示，由於額 g 的中古來源有二，因此各家對額 g 音值的擬測頗不一致：羅常培擬爲 g〔註14〕、陸志韋擬爲 ŋ，又李新魁擬爲 ø。王松木《西儒耳目資所反映的明末官話音系》〔註15〕中認爲應將額 g 擬音爲 ŋ，主要依據今天江淮官話中尚有疑、影二母讀舌根鼻音的現象，推測而擬。從此我們可以知道，《西儒耳目資》中疑母的音讀 ŋ 還未消失。但是，中古疑母到了明代的《西儒耳目資》，已經有條件地分化爲額母 g 與零聲母，疑母開口洪音演化讀爲額 g，開口細音及合口細音失落而讀爲零聲母。另外，疑母合口洪音雖然分化成讀額 g 與零聲母兩類，然而大多疑母合口洪音字有一字二讀的現象，如：吾（gu、u）、伍（gu、u）、誤（gu、u）、僞（goei、uei），只有「兀（guo）」例外。這顯示了疑母合口洪音多已失落，僅在少數字彙上殘留一字二讀的過渡現象。

因此，從上述我們得知中古疑母演化至《西儒耳目資》時，已經開始有音素失落的現象出現，而中古疑母分化的條件就在於介音，如果聲母後接開口洪音則讀爲額 g，其餘則幾乎失落讀爲零聲母。其規律爲：

疑 → 額 g ／ _開口呼

　　＼ 自鳴 ø ／ _齊齒、合口、撮口呼

另外，《西儒耳目資》中少數的中古疑母字，若聲母後接細音有讀爲舌尖鼻音 n 的情形，如：虐、逆…等。而且，也有部分疑母字在細音前失落爲零聲母，或是同時存有舌尖鼻音 n、零聲母 ø 二音的讀法，如牛（nieu、ieu）。

〔註14〕羅常培認爲《西儒耳目資》的疑母，音值爲舌根鼻音[ŋ-]，但是明末官話已有從[ŋ-]變[g-]；從[g-]去掉的傾向，因此，羅氏斷定金尼閣的[g]聲至多不過是舌根的帶音摩擦音[g-]。

〔註15〕王松木：《西儒耳目資》所反映的明末官話音系（嘉義：國立中正大學中國文學研究所碩士論文，1994 年），頁 81。

三、疑母失落爲零聲母的明代語料

（一）《韻略易通》及《韻略匯通》

《韻略易通》中以早梅詩代表聲母系統的 20 個字母，「東風破早梅，向暖一支開，冰雪無人見，春從天上來」中的「一」母，來源包含了中古的疑、影、喻母，《中原音韻》殘存的 ŋ 聲母字，如「敖、傲、俄、我、餓、訛、虐」等，《韻略易通》併入「一」母底下，讀爲零聲母。「一」母音值可擬爲零聲母 ø。

再者，《韻略匯通》承襲《韻略易通》的架構，在聲母系統上也沒有不同，「一」母來源主要亦是《切韻》系統的影、喻、疑母。張玉來《韻略易通音系研究》指出「一」母可定爲零聲母一類，但從一母例字所用的反切上字繫連後的結果，可分析爲三組，按照三組介音搭配的條件來看，可劃分爲三類：齊、撮口呼字聲母讀 j、合口呼字聲母讀 w、開口呼字聲母讀 ø，而 j、w、ø 則可視爲是零聲母的三種變體。因此，張玉來也不排斥，《韻略匯通》的作者是基於「存雅求正」，而將疑母仍存有讀音 ŋ 的現象都歸入零聲母〔註16〕。

根據上述所言，我們知道《韻略易通》和《韻略匯通》共同使用早梅詩二十字來表示聲類，可以說這兩部韻書的聲類是完全一致的。此兩部語料都反映了聲北方官話 ŋ-與 v-存留與消失的中間狀態，就聲母系統來看兩書的中古疑母 ŋ 已經失落而演變讀作零聲母 ø。與同時期的語料相較之後，雖然對中古疑母是否已全數讀爲零聲母仍有疑慮，因此也不排除語料是受到作者「存雅求正」的觀念影響，但仍不可否認疑母音素已開始消亡。

（二）《青郊雜著》

桑紹良《青郊雜著》的二十個聲母以「盛世詩」代之，詩爲「國開王向德，天乃貴禎昌，仁壽增千歲，苞磐民弗忘」，共有二十個字。詩中的每一字代表一個聲母，本書聲母系統可歸納爲二十個聲母：見、溪、影、曉、端、透、泥、來、知、徹、日、審、精、清、心、幫、滂、明、非、微。此聲母系統與明代蘭茂《韻略易通》（1442）中的「早梅詩」二十母相等。

桑氏所作的〈重複當併歌〉中提及：「尙論疑喻本一家，泥前娘後亦云賒。」

〔註16〕張玉來：《韻略匯通研究》（山東：山東教育出版社，1995 年），頁 7。

便很清楚的解釋了疑母的演變情況。《青郊雜著》的宮音（見、溪、影、曉）包括中古見、溪、群、疑、影、喻、曉、匣母字，其中在零聲母的擴大方面，宮音中的影母已包含了中古的影、喻、疑三母字，中古疑母在此音系中已完全消失，合流於影母。〔註17〕

桑氏所新造的反切系統中，中古的影、疑、爲、喻母字皆讀爲同音，例如：

飲（影）翊（喻）錦切

蘊（影）聿（喻）攎切

聿（喻）云（爲）崛切

雨（爲）虐（疑）許切

牙（疑）弋（喻）瑕切

從以上材料可以確定「影與喻同音」又「疑與喻同音」的事實，而知影、疑、爲、喻母字已經合流，疑母已失落爲零聲母。〔註18〕

（三）《重訂司馬溫公等韻圖經》

《重訂司馬溫公等韻圖經》（以下簡稱《等韻圖經》）先分爲十三攝，之後各攝皆分爲開合二圖，總共二十五圖。每一圖內，橫排列二十二聲母：見、溪、端、透、泥、幫、滂、明、精、清、心、心、影、曉、來、非、敷、微、照、穿、穇、審。《等韻圖經》的影母涵蓋了中古影、疑、喻三、喻四、微、日六母字，讀成零聲母，徐孝在《便覽引證》中指出：「吳無、椀晚、玩萬、悟勿之類，母雖居二三音，實爲一味，不當分別考，其三等仍立，微母無形，以存輕唇之音」。

《四聲領率譜》是《等韻圖經》的反切總譜，它爲《等韻圖經》的所有音節（包括有形的和無形的）都設立了反切。我們可以觀察《四聲領率譜》中影母的反切例證，得知中古疑母多數已經與影母合流讀爲零聲母，試舉以下字例釋之：

〔註17〕參看李秀珍：《青郊雜著》（台北：文化大學中國文學研究所碩士論文，1996年），頁52。

〔註18〕參看李秀珍：《青郊雜著》（台北：文化大學中國文學研究所碩士論文，1996年），頁63～64。

〔表13〕《等韻圖經》之《四聲領率譜》的疑母例字對照表 [註19]

例字	《四聲領率譜》		《廣韻》	
	反切	聲母／韻部	反切	聲母／韻部
魚	原局	（影／局）	語居	（疑／魚）
吾	王模	（影／獨）	五乎	（疑／模）
崖	敖來	（影／孩）	魚羈	（疑／支）
堯	宜苗	（影／豪）	五柳	（疑／蕭）

如上表所示，中古疑母多數字在《等韻圖經》中已經變成零聲母 ø，歸入影母之下。

（四）《交泰韻》

《交泰韻》聲母系統共有二十個聲類，分別是幫滂、明、非、微、端、透、泥、精、清、心、照、穿、審、見、溪、影、曉、來、日。從二十聲類可見，《交泰韻》正在微母保存但疑母已消失的過程，這也代表了零聲母擴大的一種階段。

根據《交泰韻》「相承的平上去入韻字聲母相同」的原則，我們可以比較韻書例字聲母與《廣韻》聲類的異同，來觀察聲母是否有合流現象，即可知悉疑母的演化情形。影、疑、為、喻母的合流情形共有六種：一、影喻母合流。二、影為母合流。三、影疑母合流。四、喻為母合流。五、喻疑母合流。六、影喻疑母合流。我們將以上六種合流中與疑母零聲母化相關的字例，列於下方 [註20] ：

第三類、影、疑母合流。

1. 《交泰韻》韻目：三文

《交泰韻》字例	溫	穩	搵	兀
《廣韻》聲母	影	影	影	疑

〔註19〕 參見王曉萍：《四聲領率譜音系研究》（台北：國立中正大學中國文學系碩士論文，1999年），頁39。

〔註20〕 引於趙恩梃：呂坤《交泰韻》研究（台北：國立臺灣師範大學國文研究所碩士論文，1998年），頁105～107。

2.　《交泰韻》韻目：四寒

《交泰韻》字例	剜	盌	玩	棺
《廣韻》聲母	影	影	疑	影

3.　《交泰韻》韻目：十七豪

《交泰韻》字例	熬	襖	奧	
《廣韻》聲母	疑	影	影	

第五類、喻、疑母合流。

1.　《交泰韻》韻目：六先

《交泰韻》字例	延	演	彥	曳
《廣韻》聲母	喻	喻	疑	疑

2.　《交泰韻》韻目：九青

《交泰韻》字例	凝	郢	媵	繹
《廣韻》聲母	疑	喻	喻	喻

第六類、影、喻、疑母合流

1.　《交泰韻》韻目：二真

《交泰韻》字例	婬	飲	蔭	逆
《廣韻》聲母	喻	影	影	疑

2.　《交泰韻》韻目：十六蕭

《交泰韻》字例	遙	咬	要	
《廣韻》聲母	喻	疑	影	

　　由上表可知，在同韻目之中可見，中古來源為疑、喻、影母的自例，已經有相混的情況，這顯示了疑母已經和影母、喻母合流，而發生了零聲母化，因此可知《交泰韻》中的疑母已經失落而為零聲母 ø。

　　綜上所述，本節觀察了明代八本韻書韻圖，試圖從中找尋疑母演變的蹤跡，依疑母是否失落音素加入零聲母的行列作為分辨，將明代語料分為兩類：疑母獨立為一類的語料、疑母併入零聲母的語料。筆者將明代八本語料統整一表格，標上時間、所反映的方音、現代方言分區歸屬，以及疑母的演變情況，再試圖就時間軸與空間軸的角度探索語料所反映的疑母演變情形。

〔表14〕明代語料中疑母的音變情況

成書年代	書　　　名	反映方言	隸屬方言區	疑母情形
西元 1442	《韻略易通》	北方音系		失落
西元 1543～1581	《青郊雜著》	河南濮州	中原官話鄭曹片	失落
西元 1587	《書文音義便考私編》	南京方言	江淮官話洪巢片	存在
西元 1602	《重訂司馬溫公等韻圖經》	北京話	北京官話幽燕片	失落
西元 1603	《交泰韻》	河南商丘寧陵	中原官話鄭曹片	失落
西元 1611	《元韻譜》	河北內丘	冀魯官話石濟片	存在
西元 1626	《西儒耳目資》	南京話	江淮官話洪巢片	存在
西元 1642	《韻略匯通》	北方音系		失落

　　以時間軸而言，早在西元 1442 的《韻略易通》中，疑母一類已經消失，產生了零聲母化，依時間演變來看同樣反映北京話的《重訂司馬溫公等韻圖經》（1602）也產生疑母零聲母化的現象，承《韻略易通》而來的《韻略匯通》（1642）疑母也同樣已經消失。

　　而以空間軸來說，反映北方音系的《韻略易通》、《重訂司馬溫公等韻圖經》、《韻略匯通》，以及屬於現代方言中原官話區的《青郊雜著》、《交泰韻》，也同樣顯示了疑母零聲母化的情形。只有三本明代語料疑母仍存留，其中《書文音義便考私編》、《西儒耳目資》反映的是江淮官話區的音系，而《元韻譜》則是反應冀魯官話區的方言。從以上資料，我們可以推測明代時期，疑母讀音的存留與否可能受到方言的影響，江淮地區的方言疑母還未消失讀作零聲母。而《元韻譜》承襲《韻略易通》一系韻書而來，疑母仍存留的現象是否是反應時音，或是受存古思想影響，還需進一步的推論才可以論斷。

第二節　清代疑母的發展

一、清代語料中的疑母現象

　　首先，爲了瞭解清代疑母存在與失落的現象，筆者盡力考察了清代的等韻

語料，共七部韻書韻圖，同時參考了前人研究的成果，將疑母是否留存的現象
列出簡單的表格，並描述語料所記錄的疑母留存或消失的情況：

〔表15〕清代語料中疑母的音變情況

	書　名	作　者	成書年代	疑母存在與否
1	《五方元音》	樊騰鳳	西元 1654～1673	失落〔註21〕
2	《黃鍾通韻》	都四德	西元 1744	失落〔註22〕
3	《五聲反切正韻》	吳烺	西元 1763	失落〔註23〕
4	《等韻精要》	賈存仁	西元 1775	存在〔註24〕
5	《音韻逢源》	裕恩	西元 1840	失落〔註25〕
6	《等韻學》	許惠	西元 1878	失落〔註26〕
7	《韻籟》	華長忠	西元 1889	失落〔註27〕

　　由上表可得知清代七部語料中疑母演變的概況，《五方元音》、《黃鍾通
韻》、《五聲反切正韻》、《音韻逢源》、《等韻學》等五部語料中的疑母皆已失
落而演化為零聲母，《音韻逢源》、《韻籟》兩步語料除了中古疑母失落讀為零
聲母之外，還產生了其他的音變現象。七本語料中只餘《等韻精要》中的疑
母還獨為一類，以下將逐一針對各本語料作一詳細的討論：

二、疑母仍獨為一類的清代語料

　　《等韻精要》沒有反應疑母的零聲母化，《等韻精要音系研究》指出應該是

〔註21〕石俊浩：《五方元音研究》（台北：文化大學中國文學研究所碩士論文，1992年）。

〔註22〕郭繼文：《黃鍾通韻音系研究》（雲林：雲林科技大學漢學資料整理研究所碩士論文，2009年）。

〔註23〕張淑萍：《五聲反切正韻研究》（嘉義：國立中正大學中國文學系碩士論文，2003年）。

〔註24〕宋珉映《等韻精要音系研究》（台南：國立成功大學歷史語言研究所碩士論文，1993年）。

〔註25〕鄭永玉《音韻逢源音系字研究》（台北：東吳大學中國文學系碩士論文，1996年）。

〔註26〕王麗雅：《許惠等韻學研究》（嘉義：國立嘉義大學中國文學系研究所碩士論文，2007年）。

〔註27〕黃凱筠《韻籟的音韻探討》（高雄：國立中山大學中國語文學系研究所碩士論文，2004年）。

由於作者的語言觀念所致的產物，由於相較於同時期北方話語料所顯示的證據，疑母在北方話中應該已經消失成爲零聲母。雖然屬中古疑母的「御」入零聲母餘母只有孤例，但也不排除可能是時音的流露。〔註28〕《等韻精要》中微母、疑母皆仍然獨立，是唯一我們觀察的七本清代語料中，仍然保持聲母 ŋ 和 v 存在的語料。

《等韻精要》韻圖將聲母分爲二十一母：餘、黑、祴、刻、牙豈、勒、得、忒、蠆、日、式、汁、尺、思、咨、雌、勿、夫、不、普、木，其中喉音爲：餘、黑、祴、刻、礘。《等韻精要》裡，中古微母和疑母皆仍然獨立，喉音的牙豈母字其中古來源都是疑母，只有一個「御」字同時亦見於餘母之中。而相較於《等韻精要》所收的零聲母共有一百二十三個字，其中只有「御」、「呢」二字來自中古疑、日母，其他皆來自中古影、喻三、喻四母字，可見《等韻精要》中疑母仍自成一類，未與零聲母相混。而且，「御」字見於餘母只是孤例，不能認定當時的疑母已經零聲母化，因此由上述所言，牙豈母音值仍可擬爲 ŋ。

三、疑母零聲母化的清代語料

（一）《五方元音》

《五方元音》聲母有二十字母，與《韻略匯通》相較之下，少了「無」母，但將原本的「一」母分爲「雲」、「蛙」二母。李新魁認爲《五方元音》實際上只有十九個聲母，只是爲湊齊二十之數，所以分立一母。蛙母來源主要爲中古的影母、喻母、疑母以及微母字。《五方元音》中「疑」母字已全部消失，「疑」母齊齒呼、撮口呼字歸入「雲」母；而「疑」母開口呼、合口呼字歸入「蛙」母。《五方元音》有「雲」、「蛙」兩個零聲母，是因「開合歸之於蛙，齊撮歸之於雲」，只是因洪細而分立，並非聲母實際上有所差別〔註29〕。《五方元音》之時，疑母已經歸於「雲」、「蛙」之下，發生了零聲母化了。

〔註28〕宋珉映《等韻精要音系研究》（台南：國立成功大學歷史語言研究所碩士論文，1993年），頁聲母31。

〔註29〕參考石俊浩：《五方元音研究》（台北：文化大學中國文學研究所碩士論文，1992年），頁68～71。

（二）《黃鍾通韻》

《黃鍾通韻》所列聲母共二十二類，歌、柯、呵、喔、得、捯、特、勒、勒、知、痴、詩、日、白、拍、默、佛、倭、皆、〇、思、日。《黃鍾通韻》中的聲母「哦」母主要來源於《切韻》系統的疑母和影母字，歷代學者對「哦」「哦」的擬音也持有不同意見，應裕康（1972）和李喬（2000）將「哦」母擬作ʔ，李新魁（1983）擬作 ŋ，而竺家寧師（1991）、耿振生（1992）、陳雪竹（2002）、王松木（2003）則將「哦」母擬作零聲母 ø。

《黃鍾通韻》的「哦」母包含了中古喻、影、疑、微、日六母字，中古日母止攝開口三等字「二、爾、而」三字也歸入哦母底下。另外，「哦」母中有收來源為中古微母的「尾」一字，而《黃鍾通韻》中另存在倭母一類（對應中古微母）。我們對照「哦」母例字中古聲母的來源，認為應該可將喉屬「哦」母的音值擬作零聲母 ø。這也表示，中古疑母 ŋ 至《黃鍾通韻》時，已經失落轉讀為零聲母 [註30]。

（三）《五聲反切正韻》

《五聲反切正韻》一書特地強調正韻二字，書中亦強調「一本天籟」的精神。作者吳烺將三十六字母歸併成十九母，並且捨棄了「字母」的觀念，改用「縱音」的觀念來取代字母。《五聲反切正韻》的縱音第三位，列於此類的字的廣韻（中古）聲母都是影、以、疑、云、微等零聲母。從韻圖歸字來看，中古聲母為影母的「翁、雍、盎」、中古聲母為云母的「王、羽、旺」、中古聲母為以母的「用、容、勇」、中古聲母為微母的「萬、未、務」、中古聲母為疑母的「宜、昂、魚」，都放在縱字第三中，藉此來判斷，縱音第三聲母的音值即為零聲母。由此可知，影、以、疑、云、為母已經合流而零聲母化，《五聲反切正韻》中疑母已經失落為零聲母了。

另外，與中古疑母字相關的還有縱音第六位，其中古《廣韻》來源主要為泥、娘母，另外還包括少數疑母、明母、端母的例外歸字，縱音第六位的音值擬為舌尖鼻音 n。縱音第六位包含了來源為中古疑母的「仰、逆、牛、虐」四字，「逆、牛、虐」三字在今日國語也讀聲母 n，而對照於《五聲反切正韻》

〔註30〕 參考郭繼文：《黃鍾通韻音系研究》（雲林：雲林科技大學漢學資料整理研究所碩士論文，2009 年），頁 57。

之時早就已經讀 n 了。「仰」字在今日國語讀爲[iaŋ]，按演變規律而論，其字之《廣韻》切語「魚兩切」至今確實應成爲[iaŋ]，但《五聲反切正韻》卻讀作[niaŋ]〔註31〕。

（四）《等韻學》

《等韻學》聲母系統共有 38 聲母，因爲考量到介音的區別，因此聲母數量較多。考察《等韻學》各個聲母的中古來源，我們可以知道中古疑母已經與影、喻母合流。《等韻學》第二十二宮音母，擬音爲[ø]（開口呼）例字的中古來源爲影、疑母。第三十角音母，擬音爲[øi]（齊齒呼），中古來源爲影、疑、喻母。第三十四羽音母，擬音爲[øy]（撮口呼），中古來源爲喻、影、疑母。第三十六羽音母，擬音爲[øu]（合口呼），例字的中古來源爲疑、影、微母。〔註32〕《等韻學》的零聲母包含了中古影、疑、喻母等來源，中古疑母讀音已經失落。

四、疑母逐漸消失的清代語料

（一）《音韻逢源》

《音韻逢源》共分爲二十一聲母，以下討論「氐、尾、胃、畢」各母所收的例字來源。「氐」母所收例字的來源包括中古疑母，以及少數的影、喻、日母字，照理說中古疑母到《中原音韻》時已轉爲零聲母，與喻、影母相混。「尾」母底下的字則是源於中古泥、娘二母及少數疑母字，疑母字如「睨、垠、逆、睨、臬、虐、倪、霓、凝、牛」等，全屬於中古疑母齊齒呼，這些疑母字與泥、娘二母合流，顯示出中古到北京話的轉變讀爲 n 聲母的特殊音變現象。另外，二十一聲母中的「胃」母，其來源爲中古影、喻、爲三個聲母，以及少數疑母字，可將其擬爲零聲母 ø。而《音韻逢源》另一聲母「畢」母，來源則包括了中古的微母、以及少數影母字。從以上可見，雖然「氐」母所收例字，可見疑母與影、喻、日母字相混；「畢」母中微母與少數影母字

〔註31〕 參看張淑萍：《五聲反切正韻研究》（嘉義：國立中正大學中國文學系碩士論文，2003 年），頁 54。

〔註32〕 參考王麗雅：《許惠等韻學研究》（嘉義：國立嘉義大學中國文學系研究所碩士論文，2007 年），頁 91。

相混，但若就「氐、尾、胄、畢」四母的分布來看，《音韻逢源》仍存在著微、疑兩母獨立的情形，不過其音值卻有值得商榷之處。

鄭永玉（1996）認爲《音韻逢源》的聲母系統中存在著尖團之分與微、疑兩母獨立的情形，並不合於當時北京音。於是依據滿文注音作爲參考，發現滿文注音是以同音來標示「氐、胄」兩母，「畢」母的滿文注音則是以 w 標音，而清滿文字母 w 的音值爲半元音，代表「氐、胄、畢」的這三項滿文音值則是沒有對立的，故氐三、胄十七、畢十九三母很可能屬於同音，因此作者將三者的讀音都擬爲零聲母 ø〔註33〕。由此可知，《音韻逢源》之時影、喻、爲、微等母，已經合流皆讀成了零聲母。

總而言之，中古疑母於《音韻逢源》語料中，原本的讀音已經失落轉向，讀成零聲母 ø，或在齊齒呼的條件下產生特殊音變，讀爲舌尖鼻音 n。

（二）《韻籟》

《韻籟》的聲類總共分爲五十母，反應了當時語音中零聲母的字同時有開齊合撮四組，分爲額（開口呼）、葉（齊齒呼 yi）、渥（合口呼 wu）、月（撮唇呼 yu），由於介音的區分，因此聲類數量較多。將《韻籟》的五十聲母與中古三十六聲母比較之後，可以發現中古的喻母、影母、疑母、微母和爲母已包含於《韻籟》的零聲母中。分別是「額」聲包含了三十六母的影母和疑母；「葉」聲包含喻母、影母、疑母；「渥」聲包含喻母、影母、疑母、微母和爲母；「月」聲包含爲母、喻母、影母和疑母〔註34〕。因此，我們知道《韻籟》中的疑母已消失零聲母化了，並且從以上可知《韻籟》的零聲母來源與現代國語幾乎是完全相同。

《韻籟》中的額四共收 149 字，屬於中古影母字，其中影母佔 87 字，疑母 62 字。月母共收有 324 字，屬於中古疑母字，分別收爲母 88 字，喻母 119 字，影母 53 字，疑母 64 字。葉母收 677 字，屬於中古喻母字，所收包含喻母、影母、疑母、爲母、匣母、見母、曉母等。渥母收有 100 字，屬於中古

〔註33〕 參考郭繼文：《黃鍾通韻音系研究》（雲林：雲林科技大學漢學資料整理研究所碩士論文，2009 年），頁 82～88。

〔註34〕 黃凱筠《韻籟的音韻探討》（高雄：國立中山大學中國語文學系研究所碩士論文，2004 年），頁 77。

影母字，所收有影母、微母、喻母、疑母、爲母、喻母〔註35〕。由此可見，疑母已經與影、爲、喻母合流。

另外，我們也要注意中古疑母到了《韻籟》之時，除了讀爲零聲母之外，也有其他的讀音演化方向。如《韻籟》中的弱母屬中古日母三等韻，其中收了日、喻、影、疑母等字。由此可見，當時「疑」母字有讀爲捲舌濁擦音 ʐ 的情形，並非循著語音演化爲零聲母的常軌。再者，《韻籟》中匿母屬於中古娘母三等字，收有泥、娘、疑母等字，疑母字如：「凝、疑、擬、牛、倪、逆、孽、虐、業……等」。匿母音值擬定爲 n，顯示疑母字當時部分字也讀爲 n 聲母。

總合上述可得知，中古疑母到了《韻籟》，可讀爲零聲母 ø、舌尖鼻音 n 和捲舌濁擦音 ʐ 三種讀音。

綜上所述，本節觀察了清代七本韻書韻圖，試圖從中了解疑母變化的情況，依疑母是否失落音素加入零聲母的行列作爲分辨，將明代語料分爲兩類：疑母獨爲一類的語料、疑母併入零聲母的語料。筆者將清代七本語料統整一表格，標上時間、所反映的方音、現代方言分區歸屬，以及疑母的演變情況，再試圖就時間軸與空間軸的角度探索語料所反映的疑母演變情形。

〔表 16〕清代語料中疑母的音變情況

成書年代	書　　名	反映方言	隸屬方言區	疑母情形
西元 1654～1673	《五方元音》	北方音系		失落
西元 1744	《黃鍾通韻》	吉林、黑龍江省	北京官話〔註36〕黑吉、哈肇片	失落
西元 1763	《五聲反切正韻》	安徽省全椒	江淮官話 洪巢片	失落
西元 1775	《等韻精要》	山西省浮山	中原官話 汾河片	存在

〔註35〕黃凱筠《韻籟的音韻探討》（高雄：國立中山大學中國語文學系研究所碩士論文，2004 年），頁 53～62。

〔註36〕本文將《黃鍾通韻》歸列爲北京官話區，是依照《漢語官話方言研究》書中的方言分區而分類，《漢語官話方言研究》將東北官話納入北京官話區，是爲北京官話的遼沈片、黑吉片、哈肇片。

西元 1840	《音韻逢源》	北京話	北京官話 幽燕片	失落
西元 1878	《等韻學》	安徽桐城與樅陽	江淮官話 黃孝片	失落
西元 1889	《韻籟》	河北天津	冀魯官話 保堂片	失落

　　以時間軸而言，十七世紀中葉以後的清代語料，幾乎表現了疑母字零聲母化或音變至其他音讀的現象，從西元 1654～1673 年《五方元音》到西元 1889 年的《韻籟》，一直到西元 1889 年的《韻籟》皆顯示如此的現象。只有西元 1775 的《等韻精要》裡，中古微母和疑母皆仍然獨立，但相對於其他反映北方音系的韻書，中古微、疑兩母的存留應該是受作者的語言觀念所致。

　　而以空間軸來說，不論是反映北方音系的《五方元音》、東北方言的《黃鍾通韻》、北京話的《等韻學》，或是反映江淮官話的《五聲反切正韻》、《韻籟》及冀魯官話的《音韻逢源》，語料中皆顯示了疑母字的零聲母化現象。唯有反映山西浮山的《等韻精要》，屬於現代方言中原官話區的汾河片，疑母字仍獨立為一類，未消失成零聲母。

第三節　現代官話方言中疑母的發展

　　根據《漢語方音字彙》、《漢語官話方言研究》、《普通話基礎方言基本詞彙集・語音卷》，我們總共考察了八大官話區中的 67 個方言點，其中以疑母開口一二等字來說，共有 22 個方言點中疑母已經失落讀為零聲母，而其他 45 個方言點疑母或保存讀音 ŋ 或轉變為其他音讀 ŋ、n（ȵ）、ẓ、ɣ、ʐ。另外，今疑母音讀還包括讀為唇齒濁擦音 v 的類型。從疑母的現代官話音讀類型來看，雖然部分失落讀為 ø，但是還是有許多相異的讀音並存於不同的方言當中，呈現了既活潑又複雜的聲母類型。

　　中古疑母演變到現代官話中的類型可大致分為三種：一、零聲母型。二、承疑母而音變之類型。第二類型可再細分為 ŋ、n（ȵ）、ẓ、ɣ、ʐ 各類音讀。ŋ、ɣ 皆為軟顎發音，同發音部位；ŋ、n、ȵ 皆為鼻音，同發音方法；ẓ、ȵ 皆為齦齶音，同發音部位。三、唇齒濁擦音 v 母型。第三類的音變現象，並非承疑母

而來，而是比疑影喻合流爲零聲母後更晚的時間層，受到高元音 u 的影響而出現的讀音。

一、疑母演變類型在現代官話中的分佈

中古疑母演變到現代官話，今聲母類型可分爲三種不同的大類：一、零聲母型。二、承疑母而音變之類型。三、唇齒濁擦音 v 母型。其中又以第二類的情況最爲複雜，包含了中古疑母存留的 ŋ 聲母，還有承疑母而音變的各式音讀，如：ŋ、n（n̪）、ẑ、ɣ、z。以下主要以疑母開口一、二等字和合口音字的音變爲主，分別將八大官話區中的 67 個方言點，分爲此三種類型，從地理層面來了解疑母現今讀音類型的概況。

地圖圖示的設計上，由於本文出發點以零聲母爲主，因此我們特別將今讀類型與零聲母有關的方言點設計爲方型圖示類□，並依照不同的今讀類型現象再有所變化，而現代官話方言的今讀類型與零聲母無關的，則設計爲圓形圖示類○，也會依照今讀類型不同的狀況而有所變化。

（一）零聲母型（以疑母開口一、二等字為主）

北京官話：北京（幽燕片）、瀋陽（遼沈片）、哈爾濱（哈肇片）、黑河、齊
　　　　　齊哈爾（黑吉片）

膠遼官話：牟平（登連片）、丹東（營通片）

中原官話：徐州（洛徐片）、鄭州、商丘（鄭曹片）

蘭銀官話：靈武、銀川（銀吳片）、永登、蘭州（金城片）

西南官話：昆明（雲南片）、蒙自（雲南片）、喜德（川西片）

江淮官話：南京、揚州（洪巢片）、南通（秦如片）

晉語：長治（上黨片）、獲嘉（邯新片）

〔圖6〕中古疑母今聲母「零聲母型」的方言分佈圖

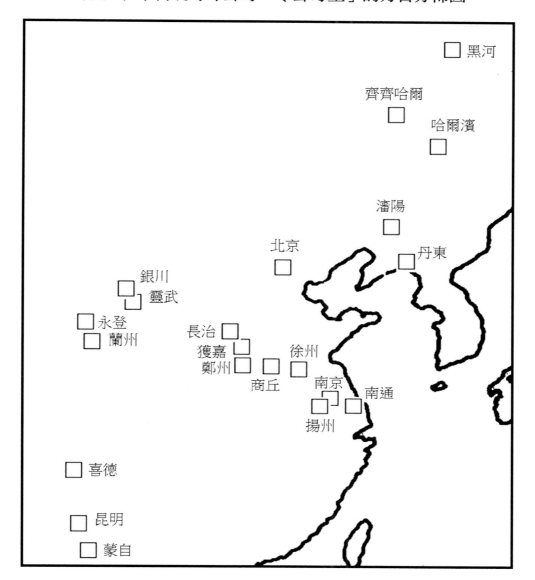

（二）承疑母而音變之類型（以疑母開口一、二等字為主）

北京官話：興城（錦興片）、巴彥（哈肇片）、長春、白城（黑吉片）

膠遼官話：青島、諸城（青萊片）

冀魯官話：唐山、天津、高陽（保唐片）、滄州、河間（滄惠片）、濟南、
　　　　　石家莊（石濟片）、利津（章利片）

中原官話：阜陽（鄭曹片）、信陽（信蚌片）、敦煌、西寧、寶雞（秦隴片）、
　　　　　運城（汾河片）、天水（隴中片）、西安（關中片）、吐魯番（南
　　　　　疆片）、曲阜（蔡魯片）

蘭銀官話：張掖（河西片）、烏魯木齊、塔密片吉木薩爾（塔密片）

西南官話：大方、成都（川黔片）、都江堰（西蜀片）、喜德（川西片）、
　　　　　大理（雲南片）、武漢（湖廣片）、荔浦（桂柳片）

江淮官話：紅安、安慶（黃孝片）、秦州（秦如片）、合肥（洪巢片）

晉　　語：嵐縣、離石（呂梁片）、忻州（五台片）、呼和浩特（張呼片）、
　　　　　大同（大包片）、志丹（志延片）、太原（並州片）

〔圖7〕中古疑母今聲母「承疑母而音變之類型」的方言分佈圖

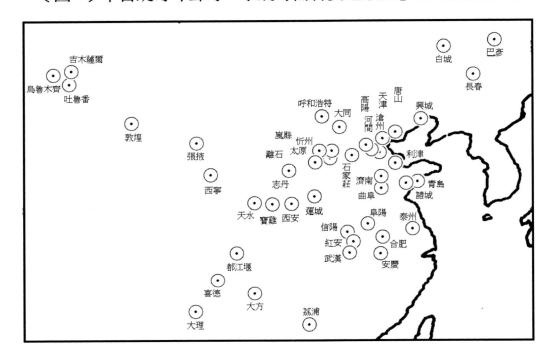

（三）唇齒濁擦音 v 母型（以疑母合口音字為主）

北京官話：瀋陽（遼沈片）、巴彥、哈爾濱（哈肇片）、齊齊哈爾、黑河（黑
　　　　　吉片）

膠遼官話：牟平（登連片）、諸城、青島（青萊片）、丹東（營通片）

冀魯官話：濟南、石家莊（石濟片）、利津（章利片）

中原官話：敦煌（秦隴片）、天水（隴中片）、吐魯番（南疆片）、信陽（信
　　　　　蚌片）、曲阜（蔡魯片）

蘭銀官話：靈武（銀吳片）、永登、蘭州（金城片）、吉木薩爾（塔密片）

江淮官話：南通（秦如片）

晉　　語：邯鄲（邯新片）、太原（並州片）、忻州（五台片）、呼和浩特
　　　　　（張呼片）、大同（大包片）、志丹（志延片）

〔圖 8〕中古疑母今聲母「唇齒濁擦音 v 母型」的方言分佈圖

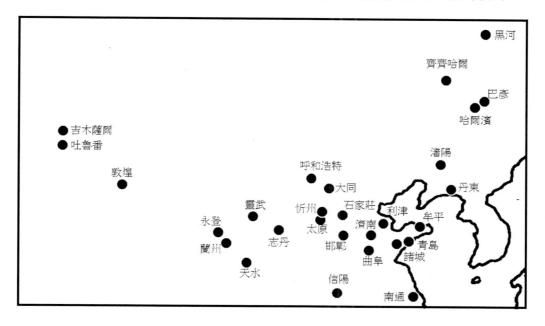

（四）疑母三類今聲母的分佈對照

　　中古來源為疑母的零聲母字，今聲母的音讀類型可以分為三類：零聲母型、承疑母而音變之類型、唇齒濁擦音 v 母型。我們將此三類的方言分佈，統合之後在地圖上標上地標，如此一來可以觀察中古來源為疑母的零聲母字，在八大官話方言區中的分佈情形為何。地圖上的地標皆以顏色表示，有些標示的方言點同時具備二種的今聲母類型，其代表的今聲母讀音說明如下：

　　　　　□ 零聲母型
　　　　　● 唇齒濁擦音v母型
　　　　　◎ 承疑母而音變型
　　　　　⊞ 零聲母型＋唇齒濁擦音v母型
　　　　　◐ 唇齒濁擦音v母型＋承疑母而音變型
　　　　　■ 零聲母型＋承疑母而音變型

〔圖9〕中古疑母今聲母三大類型的方言分佈圖

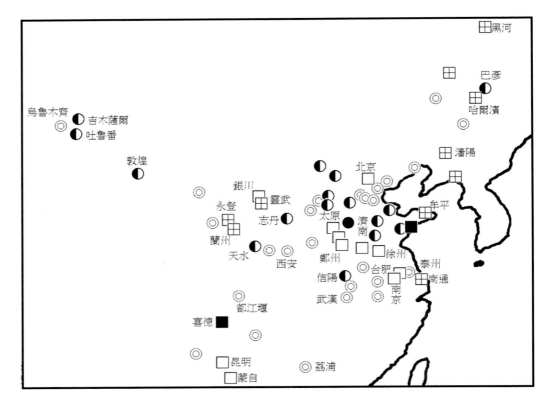

按影云以母的現代方言分佈來說，今聲母三大類型的「零聲母型」主要分佈於東岸，向西止步於永登一帶。「唇齒濁擦音 v 母型」於南最遠到南通一帶，北至黑河、西至烏魯木齊都有其分佈。而今聲母類型中的「承疑母而音變之類型」則分佈最爲廣泛，八大官話方言區中都有此類的音讀存在。

二、疑母演變類型在現代官話各區的情形

我們在中古的疑母字中，依《漢語官話方言研究》中所提供的「我、餓、牙、瓦、艾、捱、外、藕、岩、岸、眼、顏、昂、硬、鰐、岳、額」17 字爲準，考察共 67 個方言點，以下按照現代官話的分區，逐一將各方言區、片、點列出，並附上例字的音讀。同時，我們也試圖分析在現代各方言區中，疑母的類型演變。由於不同官話區中的疑母類型十分複雜，因此筆者先將各個官話區列出，再觀察中古來源爲疑母的例字之後，我們依照演變的情況，先分爲開口、合口來觀察，視情況再將開口疑母字分爲一二等、三四等兩類，之後依語料所呈現的情況分析各官話區中疑母的音變類型。

（一）北京官話區

北京官話區中古疑母的例字，先依條件分為：開口字、合口字兩大類，再進行分析北京官話區疑母的音變類型。

1. 古疑母開口字

方言片、點 例字		幽燕	錦興	遼沈	哈肇		黑吉			
		北京	興城	瀋陽	巴彥	哈爾濱	長春	白城	齊齊哈爾	黑河
我_{我我}	果開一 哿去疑	uɤ	uɤ	ɤ	uɤ	vɤ	uɤ	nɤ	vɤ	vɤ
餓	果開一 箇去疑	ɤ	nɤ	ɤ	nɤ	ɤ	nɤ	nɤ		ɤ
艾	蟹開一 泰去疑	ai	nai	ai	nai	ai	nai	ai	ai	ai
藕	流開一 厚上疑	ou	nou	əu	nəu	əu	nəu	nəu	nəu	
岸	山開一 翰去疑	an	nan	an	nan	an	nan	nan	an	an
昂	宕開一 唐平疑	aŋ	naŋ	aŋ	naŋ	aŋ	naŋ			aŋ	aŋ
鱷	宕開一 鐸入疑	ɤ	nɤ	ɤ	nɤ			ɤ	nɤ		
牙	假開二 麻平疑	ia	ia	ia	ia	ia	ia	ia	ia	ia
捱	蟹開二 佳平疑	ai	nai	ai	nai		ai			
岩	咸開二 銜平疑	ian	ian	ian	ian	ian	ian		ian	ian
眼	山開二 產上疑	ian	ian	ian	ian	ian	ian	ian	ian	ian
顏	山開二 刪平疑	ian	ian	ian	ian	ian	ian	ian	ian	ian
硬	梗開二 映去疑	iŋ	iŋ	iŋ	iŋ	iŋ	iŋ		iŋ	iŋ
岳	江開二 覺入疑	ye	yE	iau	yɛ	iau	yɛ	iau	iau	iau
額	梗開二 陌入曉	ɤ	nɤ	ɤ	nɤ	ɤ	nɤ	nɤ	ɤ	ɤ

字	音韻地位									
藝	蟹開三祭去疑	i	i	i	i	i	i	i	i	i
義	止開三寘去疑	i	i	i	i	i	i	i	i	i
疑	止開三之平疑	i	i	i	i	i	i	i	i	i
牛	流開三尤平疑	niou	niou	ȵiəu	ȵiəu	niəu	niou	niəu	niəu	niəu
驗	咸開三豔去疑	ian	ian	ian	ian	ian	ian	ian		ian
言	山開三元平疑	ian	ian	ian	ian	ian	ian	ian	ian	ian
銀	臻開三眞平疑	in	in	in	in	iŋ	yan	yaŋ	in	in
迎	梗開三庚平疑	iŋ	iŋ	iŋ	iŋ	ie	in	in	iŋ	iŋ
業	咸開三業入疑	ie	iE	ie	iɛ	nie	iŋ		ie	ie
孽	山開三薛入疑	nie	niE	ȵie	niɛ	ye	iɛ	ie	nie	nie
虐	宕開三藥入疑	nye	iau	iau	iau	ni	yɛ	ye		nye
逆	梗開三陌入疑	ni	ni	ȵi	ni	y	iau	iau	ni	ni
倪	蟹開四齊平疑	ni	ni	ȵi	ni		ni	ni		
研	山開四先平疑	ian	ian	ian	ian	yan	ian	ian	ian	ian

分析上述表格中的方言例字之後，我們就北京官話疑母開口一二等、開口三四等字兩類，分開討論。

（1）北京官話疑母開口一、二等字，今聲母的讀音共有兩種類型：

a）疑母讀 ∅

幽燕片北京、遼沈片瀋陽、哈肇片哈爾濱、黑吉片黑河、黑吉片齊齊哈爾、黑吉片黑河。其中除了哈爾濱、齊齊哈爾、黑河三個方言點的「我」字讀爲聲母v；齊齊哈爾的「藕」字讀 n，但屬例外現象，對

聲母類型分類沒有影響。

　　b）部分疑母讀 ø，部分疑母讀 n

　　錦興片興城、哈肇片巴彥、黑吉片長春、黑吉片白城

　　另外，開口一等字中的「我」字，雖然在哈肇片哈爾濱、黑吉片齊齊哈爾、黑吉片黑河三個方言點中讀爲聲母 v，屬特殊現象，不需另設一聲母類型作爲歸類。

　　若按前人研究成果，相較於本研究得出的疑母開口一二等今聲母類型，筆者的研究成果稍嫌不足，《北京官話語音研究》認爲影疑母開口一等字（含部分二等字）今聲母類型，共有六種：全讀零聲母、全讀〔n〕聲母、全讀〔ŋ〕聲母、部分讀零聲母，部分讀〔n〕聲母、讀〔n〕聲母或〔ŋ〕聲母因人而異、部分讀〔ŋ〕聲母，部分讀〔n〕聲母。〔註 37〕而爲本書所採用語料的《漢語官話方言研究》則指出，北京官話影疑母開口一、二等字今聲母共有五種類型：北京型：全讀零聲母、密雲型：全讀 n 聲母、房山型：全讀 ŋ 聲母、納河型：部分字讀零聲母，部分字讀 n 聲母、承德型：讀 n 聲母或 ŋ 聲母，因人而異。〔註 38〕以上二書的研究成果，是將影母、疑母兩母並列研究所得，與我們只從疑母而論，仍有所差異，然極具參考價值。

　　雖然，從本研究所舉列的例字，不若前人所分析之類型之多。不過，綜合前人研究成果，我們可得知北京疑母開口一二等字的今聲母類型，多顯示在零聲母、〔n〕聲母、〔ŋ〕聲母三者讀音的差別之中。

（2）北京官話疑母開口三、四等字

　　北京官話疑母開口三、四等字中，今聲母的讀音只有一種類型：「部分聲母讀 ø，部分聲母讀 n」，包括了幽燕片北京、錦興片興城、哈肇片哈爾濱、哈肇片巴彥、黑吉片長春、黑吉片白城、黑吉片齊齊哈爾、黑吉片黑河、遼沈片瀋陽。

　　其中有一點值得注意，在上述表格中可知哈肇片巴彥「牛」字讀 n̠，遼沈片瀋陽「牛、孽、逆、倪」亦讀爲 n̠，但是考察《普通話基礎方言基本詞彙集・語音卷》中北京官化區的各點方言，發現聲母 n 若與細音相配，實際音值常可

〔註37〕張世方：《北京官話語音研究》（北京：北京語言大學出版社，2010 年），頁 77。

〔註38〕錢曾怡主編：《漢語官話方言研究》（濟南：齊魯書社，2010 年），頁 78。

能讀爲 n̩，然而記音時仍記爲聲母 n。因此，不需要另立一音變類型爲「部分聲母讀 ø，部分聲母讀 n̩」。

2. 古疑母合口字

方言片、點　　例字		幽燕	錦興	遼沈	哈肇		黑吉			
		北京	興城	瀋陽	巴彥	哈爾濱	長春	白城	齊齊哈爾	黑河
外	蟹合一泰去疑	uai	uai	vai	vai	vai	uai	uei	vai	vai
瓦	假合二馬上疑	ua	ua	va	va	ua	ua	ua	ua	ua
魚	遇合三魚平疑	y	y	y	y	y	y	y	y	y
遇	遇合三遇去疑	y	y	y	y	y	y	y		y
危	止合三支平疑	uei	uei	vei	vei	vei	uei	uei	vei	vei
元	山合三元平疑	yan	yan	yan	yan	in	ian	ian	yan	yan
月	山合三月入疑	ye	yɛ	ye	yɛ	文 ye、iau	niɛ	nie	ye	ye
玉	通合三濁入疑	y	y	y	y	y	ni	ni	y	y

分析上述表格中的方言例字之後，我們可以得出北京官話疑母合口字中，今聲母的讀音三種類型：

（1）疑母讀 ø

幽燕片北京、錦興片興城

（2）部分疑母讀 ø，部分疑母讀 v

遼沈片瀋陽、哈肇片巴彥、哈肇片哈爾濱、黑吉片齊齊哈爾、黑吉片黑河。中古疑母字演變至今北京官話，出現了聲母讀爲 v 的音變現象，此聲母音讀不可能是從微母所存留下來的讀音，而應該是與合口音 u 有緊密的關連性，造成 v 聲母後起的現象。

（3）部分疑母讀 ø，部分疑母讀 n

黑吉片長春、黑吉片白城

（二）膠遼官話區

膠遼官話區中古疑母的例字，先依條件分為：開口字、合口字兩大類，再進行分析膠遼官話區疑母的音變類型。

1. 古疑母開口字

例字	方言片、點	登連	青萊		營通
		牟平	諸城	青島	丹東
我	果開一哿去疑	uo	və	uə	uo
餓	果開一箇去疑	uo	və	uə	ə
艾	蟹開一泰去疑	ai	ŋɛ	ɣɛ	ai
藕	流開一厚上疑	ou	ŋou	ɣou	ou
岸	山開一翰去疑	an	ŋã	ɣã	an
昂	宕開一唐平疑	aŋ	ŋɑŋ	ɣaŋ	aŋ
鱷	宕開一鐸入疑	uo	uo	ɣə	ə
牙	假開二麻平疑	ia	ia	ia	ia
捱	蟹開二佳平疑	iai	iɛ		iai
岩	咸開二銜平疑	ian	iã		ian
眼	山開二產上疑	ian	iã	ian	ian
顏	山開二刪平疑	ian	iã	ian	ian
硬	梗開二映去疑	iŋ	iŋ	ioŋ	iŋ
岳	江開二覺入疑	yuo	yuo	yə	yə
額	梗開二陌入曉	ə	ə	ɣə、ɣei	iə / ə
藝	蟹開三祭去疑	i	i	i	i
義	止開三寘去疑	i	i	i	i
疑	止開三之平疑	i	i	i	i
牛	流開三尤平疑	ȵiou / ȵioŋ	ȵiou / iou	iou	iou / ȵioŋ
驗	咸開三豔去疑	ian	iã	ian	ian
言	山開三元平疑	ian	iã	ian	ian
銀	臻開三眞平疑	in	iə̃	iẽ	in
迎	梗開三庚平疑	iŋ	iŋ	ioŋ	iŋ
業	咸開三業入疑	iə	iə	iə	iə
孽	山開三薛入疑	ȵiə	iə / ȵiə	iə	ȵiə

虐	宕開三藥入疑	yuo	yuo	yə	yə
逆	梗開三陌入疑	i / n̠i	i / n̠i	i	i
倪	蟹開四齊平疑	n̠i	i		i
研	山開四先平疑	ian	iã	ian	ian

分析上述表格中的方言例字之後，我們就膠遼官話疑母開口一二等、開口三四等字兩類，分開討論。

（1）疑母開口一、二等字

討論疑母開口一、二等字前，我們再將一、二等字分開討論，膠遼官話疑母開口一等字中，今聲母的讀音共有三種類型：

　　a）疑母讀ø

　　　登連牟平、營通片丹東

　　b）部分疑母讀ø，部分疑母讀ɣ

　　　青萊片青島

　　c）部分疑母讀ø，部分疑母讀ŋ

　　　青萊片諸城。只有「我、餓」兩字讀v，推測「我、餓」本讀零聲母，但受合口u的影響，有v聲母後起的現象。

再者，膠遼官話疑母開口二等字中，今聲母的讀音皆已讀爲零聲母：包含登連牟平、營通片丹東、青萊片青島其中只有「額」字青萊片青島存有讀ɣ聲母的現象，其餘皆讀零聲母。

（2）疑母開口三、四等字

分析上述表格中的方言例字之後，我們可以得出膠遼官話疑母開口三、四等字中，今聲母的讀音共有兩種類型：

　　a）疑母讀ø

　　　青萊片青島

　　b）部分疑母讀ø，部分疑母讀n̠

　　　登連片牟平、青萊片諸城、營通片丹東

《山東方言研究》中指出，在北京話中有少量的疑母字讀作n聲母，如：「倪、牛、凝、擬、睨、孽、臬、瘧、虐、逆」等字，但是在山東方言中，各地不同程度地存在讀爲零聲母的現象，而這種讀作零聲母的讀音大多存在於老

派、姓氏、地名之中〔註39〕。

2. 古疑母合口字

例字 \ 方言片、點		登連	青萊		營通
		牟平	諸城	青島	丹東
瓦	假合二馬上疑	uɑ	ɑ	ua	uɑ
外	蟹合一泰去疑	uai	vɛ	uɛ	uai
魚	遇合三魚平疑	y	y	y	y
遇	遇合三遇去疑	y	y	y	y
危	止合三支平疑	vei	uei		uei
元	山合三元平疑	yan	yã	yã	yan
月	山合三月入疑	yə	yə	yə	yə
玉	通合三濁入疑	y	y	y	y

　　膠遼官話的疑母合口字，今聲母的讀音已經全數演化為零聲母：包含登連片牟平、青萊片諸城、青萊片青島、營通片丹東。另外，古疑母合口字中，存有讀為v聲母的現象，如：「外」字在青萊片諸城讀v、「危」字在登連片牟平讀v。

（三）冀魯官話區

　　冀魯官話區中古疑母的例字，先依條件分為：開口字、合口字兩大類，再進行分析冀魯官話區疑母的音變類型。

1. 古疑母開口字

例字 \ 方言片、點		保唐			滄惠		石濟		章利
		高陽	唐山	天津	河間	滄州	濟南	石家莊	利津
我	果開一哿去疑	nɤ / uo	uo	uo	nɤ / uo		və	vo	və
餓	果開一箇去疑	nɤ / uo	nɤ	nɤ	nɤ / uo	nɤ	və / ŋə	ŋɤ	ŋə
艾	蟹開一泰去疑	ŋai	nai	nai	ŋai	nai	ŋɛ		iɑ
岩	咸開二銜平疑	ian	nian	ian	ian	ian	iã	ian	va

〔註39〕參考錢曾怡主編：《山東方言研究》（濟南：齊魯書社，2001年），頁58。

藕	流開一 厚上疑	ŋou	nou	nou	ŋou	nou	ŋou	ŋou	ŋɛ
岸	山開一 翰去疑	ŋan	nan		ŋan	nan	ŋã	ŋan	iɛ
昂	宕開一 唐平疑	ŋɑŋ	nɑŋ	nɑŋ	ŋɑŋ	nɑŋ	ŋɑŋ		vɛ
鰐	宕開一 鐸入疑						ŋə		ŋou
牙	假開二 麻平疑	ia	ia	ia	ia	ia	ia	ia	iã
捱	蟹開二 佳平疑	nai		ŋai		ɛ			ŋã
眼	山開二 產上疑	ian	nian	ian	ian	ian	iã	ian	iã
顏	山開二 刪平疑	ian	nian	ian	ian	ian	iã	ian	iã
硬	梗開二 映去疑	iŋ	iŋ	iŋ	iŋ	iŋ	iŋ	iŋ	ŋɑŋ
岳	江開二 覺入疑	iɑu / yɛ		ye	iɑu / yɛ		yə	iau	iŋ
額	梗開二 陌入曉	ŋɤ	nɤ	nɤ	iɛ / ŋɤ	nɤ	iə / ŋə	ŋɤ	ŋə
藝	蟹開三 祭去疑	i	i	i	i	i	i	i	i
義	止開三 寘去疑	i	i	i	i	i	i	i	i
疑	止開三 之平疑	i	i		i	i	i	i	i
牛	流開三 尤平疑	ȵiou	niou	niou	ȵiou	niou	ȵiou	niou	niou
驗	咸開三 豔去疑	ian	nian	ian	ian	ian	iã	ian	iã
言	山開三 元平疑	ian	nian	ian	ian	ian	iã	ian	iã
銀	臻開三 眞平疑	in	in	in	in	in	iẽ	in	iẽ
迎	梗開三 庚平疑	iŋ	iŋ	iŋ	iŋ	iŋ	iŋ	iŋ	iŋ

字	中古							
業	咸開三 業入疑	iɛ	iɛ	ie	iɛ	ie	iə	iɛ	iə
孽	山開三 薛入疑	ȵiɛ		nie	ȵiɛ	nie	ȵiə	nie	niə
虐	宕開三 藥入疑	ȵiɑu / ȵyɛ	nye	nye	ȵiɑu / ȵyɛ		yə	nyɛ	ɔ
逆	梗開三 陌入疑	ȵi		ni	ȵi	ni	i / ȵi	ni	i
倪	蟹開四 齊平疑	i / ȵi	ni	ni	i / ȵi	ni	ȵi	ni	
研	山開四 先平疑	ian	nian	ian	ian		iã	ian	iɑ̃

分析上述表格中的方言例字之後，我們就冀魯官話疑母開口一二等、開口三四等字兩類，分開討論。

（1）**疑母開口一、二等字中，今聲母的讀音共有三種類型：**

a）部分疑母讀 ø，部分疑母讀 n

　　保唐片唐山、保唐片天津、滄惠片滄州

b）部分疑母讀 ø，部分疑母讀 ŋ

　　石濟片濟南、石濟片石家莊、章利片利津

其中少數聲母讀為 v 的現象值得討論，「我」字在石濟片濟南、石濟片石家莊、章利片利津聲母讀 v，「餓」字在石濟片濟南聲母讀也讀為 v，但相較於其他官話地區的讀音可知，此二字本具有聲母讀 v 的傾向，不影響聲母類型的分類。但是「岩、昂」二字在章利片利津也出現聲母讀 v 的情形，就顯示利津此方言點，在疑母開口一、二等字的分類上，可考慮視為「部分聲母讀 ø，部分聲母讀 ŋ，部分聲母讀 v」。

c）部分疑母讀 ø，部分疑母讀 n，部分疑母讀 ȵ

　　保唐片高陽、滄惠片河間。

從上述表格，我們得知中古疑母演變至今天的高陽話、河間話，出現了讀為捲舌鼻音的 ȵ 聲母。然而，回頭細查《漢語官話方言研究》〔註40〕中對今疑母類型的分析，卻有所出入。書中對疑母今讀的討論，沒有提及疑母音變

───────────────

〔註40〕錢曾怡主編：《漢語官話方言研究》（濟南：齊魯書社，2010 年），頁 150。

而讀 ŋ̩ 聲母的情形，只有敘述今北京話中開口呼零聲母的字，來源大多為中古影疑母，這些字在冀魯官話中一般讀成輔音聲母，且又有 ŋ、n、ɣ 三種讀法，只有少數地方讀零聲母同北京話。又，據《普通話基礎方言基本詞彙集‧語音卷》所提供保唐片、滄惠片其他方言點的語料，也沒有中古疑母字讀為 ŋ̩ 聲母的例字。因此，無法根據以上討論，得知聲母 n 和聲母 ŋ̩ 是否是同一音位。暫且先將「部分聲母讀 ø，部分聲母讀 n，部分聲母讀 ŋ̩」納入疑母今聲母的類型。

（2）疑母開口三、四等字中，今聲母的讀音共有兩種類型：

 a）部分疑母讀 ø，部分疑母讀 n

  保唐片唐山和天津、滄惠片滄州、石濟片石家莊、章利片利津

 b）部分疑母讀 ø，部分疑母讀 n̩

  保唐片高陽、滄惠片河間、石濟片濟南

2. 古疑母合口字

例字	方言片、點	保唐			滄惠		石濟		章利
		高陽	唐山	天津	河間	滄州	濟南	石家莊	利津
瓦	假合二馬上疑	ua	ua		ua	ua	va		va
外	蟹合一泰去疑	uai	uai	uai	uai	uai	vɛ	vai	vɛ
魚	遇合三魚平疑	y	y	y	y	y	y	y	y
遇	遇合三遇去疑	y	y	y	y	y	y	y	y
危	止合三支平疑	uei	uei	uei	uei	uei	vei	vei	vei
元	山合三元平疑	yan	yan	yan	yan	yan	yã	yan	yã
月	山合三月入疑	yɛ	ye	ye	yɛ	ye	yə	yɛ	yə
玉	通合三濁入疑	y	y	y	y	y	y	y	y

分析上述表格中的方言例字之後，我們可以得出冀魯官話疑母合口字中，今聲母的讀音已經完全失落，全讀為零聲母。疑母合口字中，也包含了聲母讀

v 的情況，如：「瓦」字在石濟片濟南、章利片利津，聲母讀作 v；「危、外」二字則是在石濟片濟南、石濟片石家莊、章利片利津三點皆讀為 v 聲母。

（四）中原官話區

中原官話區中古疑母的例字，先依條件分為：開口字、合口字兩大類，再進行分析中原官話區疑母的音變類型。

1. 古疑母開口字

1.1　中原官話區中古疑母開口字的今讀

方言片、點 例字		洛徐 徐州	鄭曹			秦隴		
			鄭州	商丘	阜陽	寶雞	西寧	敦煌
我	果開一 哿去疑	uɤ	uo	uo	uo	ŋuo		ŋə
餓	果開一 箇去疑	ə	ɤ	ɤ	ɤ	ŋuo		ŋə
艾	蟹開一 泰去疑	ɛ	ai	ai	ɛ	ŋæ	nɛ	ŋɛ
藕	流開一 厚上疑	ou	ou	ou	ɣou	ŋou	nɯ	
岸	山開一 翰去疑	æ̃	an	an	ɣæ̃	ŋæ̃	nã	ŋã
昂	宕開一 唐平疑	ɑŋ	aŋ	aŋ	ɣã	ŋã		ŋɔŋ
鰐	宕開一 鐸入疑	ə		ɤ	ɤ			
牙	假開二 麻平疑	iɑ	ia	ia	ia	ia	ia	ia
捱	蟹開二 佳平疑	iɛ	ai					ŋɛ
岩	咸開二 銜平疑	iæ̃	ian		iæ̃	iæ̃	iã	
眼	山開二 產上疑	iæ̃	ian	ian	iæ̃			niã
顏	山開二 刪平疑	iæ̃	ian	ian	iæ̃	iæ̃	iã	iã
硬	梗開二 映去疑	iŋ	əŋ	əŋ	老 ɣəŋ、 新 iŋ		niə̃	niŋ

岳	江開二 覺入疑	yə	yo		yo	yo	yu	yə
額	梗開二 陌入曉	e		ɛ	老ɛˋ新ɤ	ŋei		ə
藝	蟹開三 祭去疑	i	i	i	i	i		i
義	止開三 寘去疑	i	i	i	i	i		i
疑	止開三 之平疑	i	i	i				ni
牛	流開三 尤平疑	niou	niou	niou	老ɣou、 新niou	ȵiou	niɯ	niou
驗	咸開三 豔去疑	iæ̃	ian	ian	iæ̃	iæ̃	iã	iã
言	山開三 元平疑	iæ̃	ian	ian	iæ̃	iæ̃	iã	iã
銀	臻開三 眞平疑	iə̃	in	in	iẽ	iəŋ	iə̃	iŋ
迎	梗開三 庚平疑	iŋ	iŋ	iŋ		iəŋ	iə̃	iŋ
業	咸開三 業入疑	iə	iɛ	iɛ	ie	ȵie	ni	
孽	山開三 薛入疑	iə	iɛ	niɛ	ie	ȵie	ni	niə
虐	宕開三 藥入疑	yə	yo		yo	ȵye	nyu	yə
逆	梗開三 陌入疑	ni	ni			ȵi		ni
倪	蟹開四 齊平疑	ni	i	ni		ȵi		ni
研	山開四 先平疑	iæ̃	ian	ian	iæ̃	iæ̃	iã	iã

1.2 中原官話區中古疑母開口字的今讀

方言片、點 例字		關中 西安	隴中 天水	南疆 吐魯番	汾河 運城	信蚌 信陽	蔡魯 曲阜
我	果開一 哿去疑	ŋɤ	ŋou	vɤ	ŋuo / uo	uə	vo

字	音韻						
餓	果開一箇去疑	ŋɤ	ŋuo	vɤ	ŋuo	ɣɤ	ŋɤ
艾	蟹開一泰去疑	ŋɛ	ŋai	ai	ŋai	ɣɛ	ŋai
藕	流開一厚上疑	ŋou	ŋou	ɣu	ŋou	ɣou	ŋou
岸	山開一翰去疑	ŋã	ŋan	an	ŋæ̃	ɣã	ŋan
昂	宕開一唐平疑	ŋãɣ	ŋaŋ	naŋ	ŋaŋ	ɣaŋ	ŋaŋ
鰐	宕開一鐸入疑		ŋuo		ŋuo		
牙	假開二麻平疑	na / ia	ia	ia	nia / ia	iɑ	ia
挜	蟹開二佳平疑	ŋɛ	ŋai	nai	lai / ŋai	iɛ	ŋai
岩	咸開二銜平疑	iã	ian	ian	iæ̃	iã	ian
眼	山開二產上疑	ȵiã	ȵian	ian	niæ̃	iã	ian
顏	山開二刪平疑	iã	ian		niæ̃	iã	ian
硬	梗開二映去疑	niəŋ	ȵin	niŋ	niŋ	iŋ	ŋən
岳	江開二覺入疑	yo	yɛ	yɣ	yo	ye	yo
額	梗開二陌入曉	ŋei	ŋei	ɣ	ɣ	ɣei	ŋɛ
藝	蟹開三祭去疑	i	i	i	i	i	i
義	止開三寘去疑	i	i	i	i	i	i
疑	止開三之平疑		i		ni	i	i
牛	流開三尤平疑	niou	ȵiou	niɣu	niou	niou	ȵiou
驗	咸開三豔去疑	iã	ian	ian	iæ̃	ian	iã

言	山開三 元平疑	niã / ia	ian	ian	iæ	ian	iɑ̃
銀	臻開三 眞平疑	iẽ	in	iŋ	ieĩ	in	iə̃
迎	梗開三 庚平疑	iəŋ	in	iŋ	iɛ / iŋ	in	iŋ
業	咸開三 業入疑	nie	iɛ	iɤ	niE	iɛ	ie
孽	山開三 薛入疑	nie	n̩iɛ	n̩iɤ	niE	niɛ	ie
虐	宕開三 藥入疑	yo	yɛ	yɤ	yo	yo	ye
逆	梗開三 陌入疑	ni		ni	ni	ni	i
倪	蟹開四 齊平疑	ni	n̩i	ni	ni	i	i
研	山開四 先平疑	iã	ian	ian	iæ	ian	iɑ̃

從上述表格中的方言例字，我們就疑母開口一二等、開口三四等字兩類，分開討論。

（1）疑母開口一、二等字：

我們依照一、二等條件的不同來進行分析，可以得出中原官話疑母開口一、二等字中，今聲母的讀音共有五種類型：

a）疑母讀ø，不論等呼

　　洛徐片徐州、鄭曹片鄭州、鄭曹片商丘

b）部分疑母讀ɣ（一等），部分疑母讀ø（二等）

　　鄭曹片阜陽、信蚌片信陽

c）部分疑母讀ŋ（一等），部分疑母讀n或n̩（二等），其他讀ø

　　秦隴片敦煌、汾河片運城、隴中片天水、關中片西安。

d）部分疑母讀ø，部分疑母讀n

　　秦隴片西寧、南疆片吐魯番。其中包含少數聲母讀為v的情形，「我、餓」兩字在南疆片吐魯番讀為v聲母，但不影響聲母類型的分類。

e）部分疑母讀ŋ（一等），部分疑母讀ø（二等）

秦隴片寶雞、蔡魯片曲阜。秦隴片寶雞疑母字在一、二等的分野比較清楚，蔡魯片曲阜的疑母二等字仍有些讀 ŋ 聲母。另外，唯一「我」字在蔡魯片曲阜讀爲 v 聲母，但不影響聲母類型的分類。

筆者依照本研究語料所做的分析，和《中原官話聲母研究》[註41]有許多相合之處，其書認爲中原官話的疑母一二等字，有四種演變的情況：一、開口一等字聲母大部分讀 ŋ，二等字聲母大部分讀 ȵ。二、開口一等字聲母大部分讀 ɣ，二等字大部分讀 ∅。三、開口一、二等字一律讀 n 母（細音前讀 ȵ，二者同一音位）。四、不論等乎一律讀爲 ∅（僅個別字例外）。

（2）疑母開口三、四等字：

分析上述表格中的方言例字之後，我們可以得出中原官話疑母開口三、四等字中，今聲母的讀音共有三種類型：

a）疑母讀 ∅

　　鄭曹片阜陽、蔡魯片曲阜

此類型中值得討論的是，中古疑母開口三等的「牛」字，在鄭曹片阜陽「牛」字有兩讀現象，舊讀爲 ɣou 老、新讀爲 niou 新，分別可讀爲聲母 ɣ 和聲母 n。而蔡魯片曲阜中「牛」字則讀爲 ȵ 聲母。「牛」字乃一孤立，可視爲例外歸字，不影響聲母類型的分辨。

b）部分疑母讀 ∅，部分疑母讀 n

　　洛徐片徐州、鄭曹片鄭州、鄭曹片商丘、秦隴片西寧、秦隴片敦煌、
　　關中片西安、南疆片吐魯番、汾河片運城、信蚌片信陽

c）部分疑母讀 ∅，部分疑母讀 ȵ

　　秦隴片寶雞、隴中片天水

2. 古疑母合口字

2.1　中原官話區中古疑母合口字的今讀

方言片、點〔例字〕		洛徐	鄭曹			秦隴		
		徐州	鄭州	商丘	阜陽	寶雞	西寧	敦煌
外	蟹合一泰去疑	uɛ	uai	uai	uɛ	uæ	uɛ	vɛ / vei

〔註41〕段亞廣：《中原官話音韻研究》（北京：中國社會科學出版社，2012年），頁81。

瓦	假合二馬上疑	ua	ua	ua	ua	ua	ua	va
魚	遇合三魚平疑	y	y	y	y	y	y	y
遇	遇合三遇去疑	y	y	y	y	y	y	y
危	止合三支平疑	ue	uei			uei	uei	vei
元	山合三元平疑	yæ̃	yan	yan	yæ̃	yæ̃	yã	yã
月	山合三月入疑	yə	yɛ	yo	yə	ye	yu	yə
玉	通合三濁入疑	y	y	y		y	y	y

2.2 中原官話區中古疑母合口字的今讀

方言片、點 / 例字		關中	隴中	南疆	汾河	信蚌	蔡魯
		西安	天水	吐魯番	運城	信陽	曲阜
外	蟹合一泰去疑	uai	vai	vai	uai	uɛ	vai
瓦	假合二馬上疑	ua	va	va	ua	uɑ	va
魚	遇合三魚平疑	y	y	y	y	y	y
遇	遇合三遇去疑	y	y	y	y	y	y
危	止合三支平疑	uei	vei	vei	uei	vei	vei
元	山合三元平疑	yã	yan		yæ̃	yan	yã
月	山合三月入疑	ye	yɛ	yɤ	yE	yɛ	ye
玉	通合三濁入疑	y	y	y	y	y	y

　　分析上述表格中的方言例字之後，我們可以得出中原官話疑母合口字中，今聲母的讀音已經完全失落，全讀爲零聲母。不過中原官話疑母合口字中，也包含了聲母讀 v 的情況，如：「外、瓦」二字在秦隴片敦煌、隴中片天

水、南疆片吐魯番、蔡魯片曲阜，聲母讀作 v；「危」字則是在秦隴片敦煌、隴中片天水、南疆片吐魯番、信蚌片信陽、蔡魯片曲阜皆讀爲 v 聲母。

《中原官話聲母研究》[註42] 認爲中古疑母合口韻在今天的中原官話中，大都讀爲零聲母，但存在著部分方言點零聲母合口呼演變爲濁擦音聲母 v，此現象應是影疑母合口呼合流之後所出現的晚近的層次，其過程是：疑 ŋu-、影 ʔu->øu->v-，顯示了疑母讀爲 v 應是高元音擦化的結果。

（五）蘭銀官話區

蘭銀官話區中古疑母的例字，先依條件分爲：開口字、合口字兩大類，再進行分析蘭銀官話區疑母的音變類型。

1. 古疑母一、二等字

例字 方言片、點		銀吳		金城		河西	塔密	
		靈武	銀川	永登	蘭州	張掖	吉木薩爾	烏魯木齊
我	果開一哿去疑	vɤ	və	ɤ／vɤ	白 vɤ、文 ɤ	və	vɤ	və
餓	果開一箇去疑	ɤ		ɤ		və	vɤ／ŋɤ	
艾	蟹開一泰去疑	ɛ	ɛ	ɛ	ɛ	ɣɛ	ŋai	
藕	流開一厚上疑	ou	ou	ou	əu	ɣou	ŋəu	nou
岸	山開一翰去疑	ã	æ̃	æ̃	ɛ̃	ɣæ̃	ŋan	ŋan
昂	宕開一唐平疑	ɑŋ		õ	ã	ɣæ̃		ŋaŋ
鰐	宕開一鐸入疑	ɤ	ə	ɤ		ɣɤ	ŋɤ	
牙	假開二麻平疑	ia	ia	ia	ia	ʑia	ia	ia
捱	蟹開二佳平疑	ɛ		ɛ	ɛ	ɣɛ		
岩	咸開二銜平疑	iã	iæ̃	iæ̃	iɛ̃	ʑiæ̃	iɛn	ian

[註42] 段亞廣：《中原官話音韻研究》（北京：中國社會科學出版社，2012 年），頁 81。

眼	山開二 產上疑	iã	iæ̃	iæ̃	iɛ̃	ʑiæ̃	iɛn	ian
顏	山開二 刪平疑	iã	iæ̃	iæ̃	iɛ̃	iæ̃	iɛn	ian
硬	梗開二 映去疑	iŋ	iŋ	in		ʑiɣ	n̠iŋ	
岳	江開二 覺入疑	yə	yə	yə	ye	ʑyə	yɛ	yɛ
額	梗開二 陌入曉	ɤ		ɤ	ɤ	ɣɤ	ŋɤ	ŋɤ
藝	蟹開三 祭去疑	i	i	ʅ	i	ʑi		i
義	止開三 寘去疑	i	i	ʅ	i	i		i
疑	止開三 之平疑	i	i	ʅ	i	ʑi	i	i、又ni
牛	流開三 尤平疑	n̠iu	niou	n̠iu	niəu	n̠iu	n̠iəu	niou
驗	咸開三 豔去疑	iã	iæ̃	iæ̃	iɛ̃	ʑiæ̃	iɛn	ian
言	山開三 元平疑	iã	iæ̃	iæ̃	iɛ̃	ʑiæ̃	iɛn	ian
銀	臻開三 眞平疑	iŋ	iŋ	iŋ	iə̃	ʑiɣ̃	iŋ	iŋ
迎	梗開三 庚平疑	iŋ	iŋ	in	iə̃	iɣ̃	iŋ	iŋ
業	咸開三 業入疑	iə	iə	iə	ie	ʑiə	iɛ	iɛ
孽	山開三 薛入疑	n̠iə	niə	n̠iə	nie	n̠iə	n̠iɛ	
虐	宕開三 藥入疑	lyə		lyə	ye	nə	yɛ	yɛ
逆	梗開三 陌入疑	n̠i	ni	m̩	ni	n̠i	n̠i	ni
倪	蟹開四 齊平疑	mi		m̩	ni	mi	n̠i	ni
研	山開四 先平疑	iã	iæ̃	iæ̃	iɛ̃	ʑiæ̃	iɛn	ian

　　分析上述表格中的方言例字，我們就蘭銀官話疑母開口一二等、開口三四等字兩類，分開討論。

　　（1）疑母開口一、二等字：

　　討論疑母開口一、二等字的同時，也必須觀察是否因一、二等字條件不同，而影響疑母的讀音演變。我們可以得出蘭銀官話疑母開口一、二等字中，今聲母的讀音共有三種類型：

　　　　a）疑母讀 ∅

　　　　　銀吳片靈武、銀吳片銀川，金城片永登、金城片蘭州。其中包含少數聲母讀爲 v 的情形，「我」字在銀吳片靈武和銀川，金城片永登和蘭州讀爲 v 聲母，但不影響聲母類型的分類。

　　　　b）部分疑母讀 ɣ（一等），部分疑母讀 ʐ（二等）

　　　　　河西片張掖。其中包含少數聲母讀爲 v 的情形，只有「我、餓」字在河西片張掖讀爲 v 聲母，但不影響聲母類型的分類。

　　　　c）部分疑母讀 ∅，部分疑母讀 ŋ

　　　　　塔密片烏魯木齊、塔密片吉木薩爾。吉木薩爾中「硬」字讀 nʑ，烏魯木齊中「藕」字讀 n，但皆只是孤例。另外，還有少數聲母讀爲 v 的情形，「我」字在烏魯木齊、吉木薩爾讀爲 v 聲母。「餓」字在吉木薩爾存有一字兩讀現象，可讀爲 ŋ 或 v 聲母，

　　（2）疑母開口三、四等字：

　　分析上述表格中的方言例字之後，我們可以得出蘭銀官話疑母開口三、四等字中，今聲母的讀音共有二種類型：

　　　　a）部分疑母讀 ∅，部分疑母讀 n 或 nʑ

　　　　　銀吳片銀川、金城片蘭州、塔密片烏魯木齊、塔密片吉木薩爾、金城片永登、銀吳片靈武。上述四方言點，疑母開口三、四等字大多以讀爲零聲母，除了「疑、牛、孽、逆、虐、倪」這些特殊字，讀爲非零聲母的 n、nʑ、m、l 聲母。

　　　　b）部分疑母讀 ∅，部分疑母讀 nʑ，部分疑母讀 ʐ

　　　　　河西片張掖。張掖方言點中的「虐」字讀 nʑ、「倪」字讀 m，但只是孤例。

2. 古疑母合口字

方言片、點 例字		銀吳		金城		河西	塔密	
		靈武	銀川	永登	蘭州	張掖	吉木薩爾	烏魯木齊
外	蟹合一泰去疑	vɛ	vɛ	vɛ	vɛ	vɛ	vai	vai
瓦	假合二馬上疑	va	va	va	va	va	va	va
魚	遇合三魚平疑	y	y	ʮ	y	y	y	y
遇	遇合三遇去疑	y	y	ʮ		ʐy	y	y
危	止合三支平疑	vei		vii	vei	vii	vei	
元	山合三元平疑	yã	yæ	yæ	yɛ̃	ʐyæ	yɛn	yan
月	山合三月入疑	yə	yə	yə	ye	ʐyə	yɛ	yɛ
玉	通合三濁入疑	y	y	ʮ	y	ʐy	y	y

　　分析上述表格中的方言例字之後，我們可以得出蘭銀官話疑母合口字中，今聲母的讀音共有兩種類型：

（1）疑母讀 ø

　　　銀吳片靈武、銀吳片銀川、金城片永登、金城片蘭州、塔密片吉木薩爾、塔密片烏魯木齊。

　　不過疑母合口字聲母讀 ø 之中，也包含了聲母讀 v 的情況，如：「外、瓦」二字在上述的方言點中聲母皆讀作 v；「危」字則是在銀吳片靈武、金城片永登、金城片蘭州、塔密片吉木薩爾讀爲 v 聲母。

（2）疑母讀 ʐ

　　　河西片張掖

　　於此分類類型中，唯「魚」字讀零聲母。另外，也包含了聲母讀 v 的情況，如：「外、瓦、危」三字在河西片張掖讀爲 v 聲母。

（六）西南官話區

　　西南官話區中古疑母的例字，先依條件分爲：開口字、合口字兩大類，

再進行分析西南官話區疑母的音變類型。

1. 古疑母開口字

例字	方言片、點	川黔		西蜀	川西	雲南			湖廣	桂柳
		大方	成都	都江堰	喜德	昆明	大理	蒙自	武漢	荔浦
我	果開一哿去疑	o	ŋo	o	ŋo	o	ŋo	o	o	ŋo
餓	果開一箇去疑	o		o	o	o			o	ŋo
艾	蟹開一泰去疑	ŋai	ŋai	ŋai	æ	ɛ	ŋai	æ	ŋai	ŋai
藕	流開一厚上疑	ŋəu	ŋəu	ŋəu	ɤu	əu	ŋəu	əu	ŋou	ŋəu
岸	山開一翰去疑	ŋan	ŋan	ŋã	æn	ã	ŋã	ã	ŋan	ŋan
昂	宕開一唐平疑	ŋaŋ	ŋaŋ	ŋaŋ	aŋ	ã	iɛ̃	ĩ	ŋaŋ	ŋaŋ
鰐	宕開一鐸入疑	o		o	o	o	ŋɔ̃	白 ɔ̃、文 ĩ	o	
牙	假開二麻平疑	ia	ia	ia	ia	ia	ia	ia	ia	ia
捱	蟹開二佳平疑	ŋai		ŋai	æ	ɛ			ŋai	ŋai
岩	咸開二銜平疑	ŋai		ŋai	æ	ɛ		ĩ	ŋai	ŋan
眼	山開二產上疑	ian	ian	iɛ̃	iɛ̃	iæ̃	iɛ̃	ĩ	iɛn	en
顏	山開二刪平疑	ian	ian	iɛ̃	iɛ̃	iæ̃	iɛ̃	ĩ	iɛn	en
硬	梗開二映去疑	ŋen	ŋən	ŋən	en	ɔ̃	ŋã	ã	ŋən	ŋən
岳	江開二覺入疑	io	yo	io	io	io			io	io
額	梗開二陌入曉	ŋe	ŋe	ŋe	e	ə	io	io	ŋɤ	ŋə
藝	蟹開三祭去疑	i		i	i	i	i	i	i	ŋi
義	止開三寘去疑	i		i	i	i	i	i	ni	ŋi

疑	止開三之平疑	li		ni	i	i		ni	ni	ŋi
危	止合三支平疑	uei		uei	uei	uei	uei	uei	uei	uəi
牛	流開三尤平疑	liəu	niəu	n̠iəu	niɤu	niəu	niəu	iəu	niou	ŋiəu
驗	咸開三豔去疑	lian		n̠iɛ̃	iɛ̃	iæ̃	iɛ̃	ĩ	niɛn	nen
言	山開三元平疑	ian	ian	iɛ̃	iɛ̃	iæ̃	iɛ̃	ĩ	iɛn	en
銀	臻開三眞平疑	in	in	in	in	ĩ	ĩ	ĩ	in	in
迎	梗開三庚平疑	in	in	in	in	ĩ	ĩ	ĩ	in	ŋin
業	咸開三業入疑	lie	nie	nie	ie	ie	niɛ	ni	nie	ŋe
孽	山開三薛入疑	lie		n̠ie	nie	nie	niɛ	ni	nie	ne
虐	宕開三藥入疑	lio	yo	n̠io	nio	lio	nio	nio	io	ŋio
逆	梗開三陌入疑	li	nie	n̠ie	ni	ni	ni	ni	ni	ni
倪	蟹開四齊平疑	li		n̠i	ni	ni		ni	ni	ni
研	山開四先平疑	lian		n̠iɛ̃	iɛ̃	iæ̃	iɛ̃	ĩ	niɛn	nen

　　分析上述表格中的方言例字之後，我們就西南官話疑母開口一二等、開口三四等字兩類，分開討論。

　（1）疑母開口一、二等字中，今聲母的讀音共有兩種類型：

　　a）疑母讀 ∅

　　　雲南片昆明、雲南片蒙自、川西片喜德。喜德疑母開口一、二等字中，
　　　唯「我」字讀爲聲母 ŋ。

　　b）部分疑母讀 ∅，部分疑母讀 ŋ

　　　川黔片大方、川黔片成都、西蜀都江堰、川西片喜德、雲南片大理、
　　　湖廣片武漢、桂柳片荔浦

（2）疑母開口三、四等字中，今聲母的讀音共有四種類型：

a）部分疑母讀 ø，部分疑母讀 n

川黔片成都、川西片喜德、雲南片大理和蒙自、湖廣片武漢、雲南片昆明。雲南片昆明只有「虐」一字讀 l

b）部分疑母讀 ø，部分疑母讀 l

川黔片大方

c）部分疑母讀 ø，部分疑母讀 ŋ 或 n

桂柳片荔浦

d）部分疑母讀 ø，部分疑母讀 ȵ 或 n

西蜀片都江堰

2. 古疑母合口字

方言片、點 例字		川黔		西蜀	川西	雲南			湖廣	桂柳
		大方	成都	都江堰	喜德	昆明	大理	蒙自	武漢	荔浦
外	蟹合一泰去疑	uai	uai	uai	uæ	uɛ	uai	uæ	uai	uai
瓦	假合二馬上疑	ua	ua	ua	ua	ua	ua	ua	ua	ua
魚	遇合三魚平疑	y	y	y	y	i	y	i	y	y
遇	遇合三遇去疑	y	y	y	y	i	y		y	y
元	山合三元平疑	yan	yan	yɛ̃	yɛ̃	iæ̃	yɛ̃	ĩ	yɛn	yɛn
月	山合三月入疑	ye	ye	io	ye	ie	yɛ		ye	ye
玉	通合三濁入疑	y	y	y	y	i	y	i	y	y

分析上述表格中的方言例字之後，我們可以得出西南官話疑母合口字中，今聲母的讀音已經完全失落，全讀爲零聲母，沒有例外。

（七）江淮官話區

江淮官話區中古疑母的例字，先依條件分爲：開口字、合口字兩大類，再進行分析北京官話區疑母的音變類型。

1. 古疑母開口字

方言片、點 / 例字		洪巢			黃孝		秦如	
		南京	揚州	合肥	紅安	安慶	南通	秦州
我	果開一 哿去疑	o	o	o	ŋo	ŋo	ũ / ŋ	ŋɷ
餓	果開一 箇去疑	o	o	o	ŋo	uo	u	又 ŋɷ、 ŋɷ
艾	蟹開一 泰去疑	ae	iɛ	ɛ	ŋai	ŋɛ	ɛ	ŋa
藕	流開一 厚上疑	əɯ	ɵ	zʅ	ŋəu	ŋeu	ɤɯ	ŋɯ
岸	山開一 翰去疑	aŋ	æ̃	zʅæ̃	ŋan	ŋan	ũ / ɛ̃	ɷ̃
昂	宕開一 唐平疑	aŋ	aŋ	ã	ŋaŋ	ŋan	aŋ	ŋõ
鰐	宕開一 鐸入疑	oʔ			ŋo	ŋo	aʔ	
牙	假開二 麻平疑	ia	ia	ia	ia	ia	a / ia	文 ia、 白 ŋo
捱	蟹開二 佳平疑	ae			ŋai		ɛ	
岩	咸開二 銜平疑	ien		ĩ	ŋai		ɛ	ŋã
眼	山開二 產上疑	ien		ĩ	ŋan / iɛn		ɛ̃	ŋã
顏	山開二 刪平疑	ien		ĩ	iɛn		ɛ̃	ŋã
硬	梗開二 映去疑	ən	ən		ŋən	ŋən	əŋ	ŋɛ̃
岳	江開二 覺入疑	ioʔ	iaʔ	yæʔ	io	io	iaʔ	iɑʔ
額	梗開二 陌入曉	əʔ	əʔ	əʔ	ŋæ	ŋe	əʔ	ŋɛʔ
藝	蟹開三 祭去疑	i	i	ʅ	ȵi	i	i	i
義	止開三 寘去疑	i	i	ʅ	ȵi	i	i	i

疑	止開三之平疑	i	i	ɿ	ŋi	i	i	i
牛	流開三尤平疑	liɯ	liɵ	liɵ	ȵioŋ / ȵiəu	白 ŋe、文 ŋiɵ	lieu	niɤɯ / ɤɯ
驗	咸開三豔去疑	ien	ĩ	ĩ	ȵiɛn	ĩ		ĩ
言	山開三元平疑	ien	ĩ	ĩ	iɛn	ĩ	ien	ĩ
銀	臻開三眞平疑	in	in	in	in	iŋ	in	iŋ
迎	梗開三庚平疑	in	in	in	in	iŋ	in	iŋ
業	咸開三業入疑	ieʔ	iɛʔ	iæʔ	ȵie	iʔ	ie	iɪʔ
孽	山開三薛入疑	lieʔ		liæʔ	ȵie	liʔ	lie	niɪʔ
虐	宕開三藥入疑	ioʔ	tʼiaʔ	lyæʔ	ȵio	niɑʔ		niaʔ
逆	梗開三陌入疑	liʔ			ȵi	liʔ	li	niɪʔ
倪	蟹開四齊平疑	li	li	ɿ	ȵi	ni	li	ni
研	山開四先平疑	ien / lien	ĩ	ĩ	ȵiɛn			ĩ

　　分析上述表格中的方言例字之後，我們就江淮官話疑母開口一二等、開口三四等字兩類，分開討論。

　　（1）疑母開口一、二等字中，今聲母的讀音共有三種類型：

　　a）疑母讀 ∅

　　　　洪巢片南京、洪巢片揚州、秦如片南通。秦如片南通的「我」字有兩
　　　　讀，可讀爲零聲母或 ŋ 聲母。

　　b）多數疑母讀 ŋ，部分疑母讀 ∅

　　　　黃孝片紅安、黃孝片安、慶秦如片秦州

　　c）部分疑母讀 ∅，少數疑母讀 ʐ̩

　　　　洪巢片合肥

《安徽江淮官話語音研究》〔註 43〕指出疑母開口洪音字的今讀有四種：一、讀 ŋ。二、讀 ʐ。三、讀 ɣ。四、讀 ∅。筆者本研究語料分析中，疑母開口洪音一二等字未見類型讀 ɣ 的例字。

（2）疑母開口三、四等字中，今聲母的讀音共有三種類型：

a）多數疑母讀 ∅，部分疑母讀 l

洪巢片南京、洪巢片揚州、洪巢片合肥、黃孝片安慶、秦如片秦州。據《普通話基礎方言基本詞彙集·語音卷》所示，黃孝片安慶的聲母系統中 n 和 l 可自由變讀，以 l 爲常。又「牛」字在安慶讀爲 ŋ，只是孤例。

b）多數疑母讀 nʑ，部分疑母讀 ∅

黃孝片紅安

c）部分疑母讀 ∅，部分疑母讀 n

秦如片南通

2. 古疑母合字

方言片、點 例字		洪巢			黃孝		秦如	
		南京	揚州	合肥	紅安	安慶	南通	秦州
瓦	假合二 馬上疑	ua	ua	ua	ua	ua	ua	uo
外	蟹合一 泰去疑	uae	ɜu	ɜu	uai	ɜu	vɛ	ua
魚	遇合三 魚平疑	y	y	ɥ	ɥ	y	y	y
遇	遇合三 遇去疑	y	y	ɥ	ɥ	y	y	y
危	止合三 支平疑	uəi	uəi		uei		vəi	ue
元	山合三 元平疑	yen	yĩ	yĩ	yũ	yen	yen	yõ
月	山合三 月入疑	yeʔ	yiʔ	yæʔ	ɥæ	ye	yʊʔ	yʔ
玉	通合三 濁入疑	y	y	ɥ	ɥ	y	ioʔ / y	

〔註 43〕孫宜志：《安徽江淮官話語音研究》（合肥：黃山書社，2006 年）。

分析上述表格中的方言例字之後，我們可以得出江淮官話疑母合口字中，今聲母的讀音已經完全失落，全讀為零聲母。不過江淮官話疑母合口字中，也包含了聲母讀 v 的情況，如：「外、危」二字在秦如片南通，聲母讀作 v。

（八）晉語區

晉語區中古疑母的例字，先依條件分為：開口字、合口字兩大類，再進行分析晉語疑母的音變類型。

1. 古疑母開口字

1.1　晉語區中古疑母開口字的今讀

例字 \ 方言片、點		呂梁		上黨	邯新	
		嵐縣	離石	長治	獲嘉	邯鄲
我	果開一 哿去疑	ŋiɛ	ŋa	uə	uɤ	
餓	果開一 箇去疑	ŋiɛ	ŋɔ	ə	ɤ	ŋɤ
艾	蟹開一 泰去疑	ŋei	nɜɯ	æ	ai	ŋai
藕	流開一 厚上疑	ŋəu	ŋəu	əu	ou	ŋəu
岸	山開一 翰去疑	ŋiẽ	白 ŋi、文 ŋæ	ɑŋ	an	ŋã
昂	宕開一 唐平疑	ŋuə	白 ɕiɔ	ɑŋ	aŋ	ŋaŋ
鰐	宕開一 鐸入疑		ŋəʔ			ŋɤ
牙	假開二 麻平疑	nia	nia	ia	ia	ia
捱	蟹開二 佳平疑	niai	nie	æ	ai	
岩	咸開二 銜平疑	iẽ		iɑŋ	ian	
眼	山開二 產上疑	niaŋ	niæ	iɑŋ	nian	iã
顏	山開二 刪平疑	niaŋ / iaŋ	i、白 niæ、文 ai	iɑŋ	ian	iã
硬	梗開二 映去疑	niəŋ	白 nie、文 niəŋ	iŋ	iŋ	iəŋ

岳	江開二覺入疑	iEʔ		yəʔ	yaʔ	iʌʔ
額	梗開二陌入曉	ŋieʔ	ŋəʔ	əʔ	aʔ	ŋʌʔ
藝	蟹開三祭去疑	i	ɿ	i	i	i
義	止開三寘去疑	i	ɿ	i	i	i
疑	止開三之平疑	i	ɱ	i	i	i
牛	流開三尤平疑	niɐu	niɐu	niəu	niou	niəu
驗	咸開三豔去疑	iẽ	i	iɑŋ	ian	iã
言	山開三元平疑	iẽ	i	iɑŋ	ian	iã
銀	臻開三眞平疑	niəŋ / iəŋ	niəŋ	iŋ	in	iən
迎	梗開三庚平疑	iəŋ	iəŋ	iŋ	iŋ	iəŋ
業	咸開三業入疑	ie	iəʔ	iəʔ	iɐʔ	iɛ
孽	山開三薛入疑	niəʔ	niəʔ	iəʔ	niɐʔ	
虐	宕開三藥入疑	niEʔ	iəʔ	iəʔ	yaʔ	
逆	梗開三陌入疑	niəʔ		niəʔ	niʔ	ni
倪	蟹開四齊平疑	ni	ɱ	ni	ni	
研	山開四先平疑	iẽ	i	iɑŋ	ian	iã

1.2 晉語區中古疑母開口字的今讀

方言片、點 / 例字		並州 / 太原	五台 / 忻州	大包 / 大同	張呼 / 呼和浩特	志延 / 志丹
我	果開一哿去疑	ɣɤ	ɜɤ	vo	vɣ	nuə

餓	果開一箇去疑	ɣɤ	ŋɛ	nɤ	ŋɤ	nuə
艾	蟹開一泰去疑	ɣai	ŋæ	nɛe	ŋɛ	nai
藕	流開一厚上疑	ɣəu	ŋəu	ŋəu	ŋəu	ŋəu
岸	山開一翰去疑	ɣæ̃	ŋã	næ	ŋæ̃	næ
昂	宕開一唐平疑	ɣɒ̃	ŋã	nɒ	ŋã	ŋã
鰐	宕開一鐸入疑					
牙	假開二麻平疑	nia	nia / ia	ia	ia	ia
捱	蟹開二佳平疑	ɣai	ŋæ	nɛe	ŋɛ	nae
岩	咸開二銜平疑	ie	iɛ̃	iɛ	ie	iæ
眼	山開二產上疑	nie	niã	niɛ	nie	niæ
顏	山開二刪平疑	ie	iɛ̃	iɛ	ie	iæ
硬	梗開二映去疑	niŋ	niəŋ	ɣeiŋ	nĩŋ	iɣ
岳	江開二覺入疑	ɣəʔ	iɛʔ	yaʔ	yaʔ	yəʔ
額	梗開二陌入曉	ɣəʔ	ŋɔʔ	naʔ	ŋaʔ	ŋaʔ
藝	蟹開三祭去疑	i	i	i	i	i
義	止開三寘去疑	i	i	i	i	i
疑	止開三之平疑	i	i	i	i	i
牛	流開三尤平疑	niəu	niəu	niəu	niəu	niəu
驗	咸開三豔去疑	ie	iɛ̃	iɛ	ie	iæ

言	山開三元平疑	ie	iɛ̃	iɛ	ie	iæ
銀	臻開三眞平疑	iŋ	iən	iɤ	ĩŋ	iɤ̃
迎	梗開三庚平疑	iŋ	iən	iɤ	ĩŋ	iɤ
業	咸開三業入疑	iəʔ	iɛ	iaʔ	iaʔ	iə / iəʔ
孽	山開三薛入疑	niəʔ	niɛʔ	niaʔ	niaʔ	niəʔ
虐	宕開三藥入疑	iəʔ	niɛʔ	niaʔ	niaʔ	iəʔ
逆	梗開三陌入疑	niəʔ	niəʔ	niəʔ	niəʔ	niəʔ
倪	蟹開四齊平疑	ni	ni	ni	ni	ni
研	山開四先平疑	ie	iɛ̃	iɛ	ie	iæ

　　分析上述表格中的方言例字之後，我們就晉語疑母開口一二等、開口三四等字兩類，分開討論。

　　（1）疑母開口一、二等字中，今聲母的讀音共有五種類型：

　　a）疑母讀 ø

　　　上黨片長治、邯新片獲嘉。邯新片獲嘉中唯「眼」一字讀爲 n 聲母。

　　b）部分疑母讀 ŋ（一等），部分疑母讀 ø（二等）

　　　邯新片邯鄲

　　c）部分疑母讀 ŋ（一等），部分疑母讀 n（二等），其他讀 ø

　　　呂梁片嵐縣、呂梁片離石、五台片忻州、張呼片呼和浩特。

　　d）多數疑母讀 n，部分疑母讀 ŋ，其他讀 ø（不分等呼）

　　　大包片大同、志延片志丹

　　e）部分疑母讀 ɣ，部分疑母讀 n 或 ø

　　　並州片太原

　　（2）疑母開口三、四等字：

　　分析上述表格中的方言例字之後，我們可以得出晉語疑母開口三、四等字中，今聲母的讀音類型只有一種：「聲母幾乎讀 ø，少數聲母讀 n」，包含呂

梁片嵐縣、呂梁片離石、上黨片長治、邯新片獲嘉、邯新片邯鄲、並州片太
原、五台片忻州、張呼片呼和浩特、大包片大同、志延片志丹皆是如此。晉
語各方言點中，疑母字如：「疑、牛、孽、虐、逆、倪」存有讀為 n 的聲母。

2. 古疑母合口字

2.1　晉語區中古疑母合口字的今讀

方言片、點　　例字		呂梁		上黨	邯新	
		嵐縣	離石	長治	獲嘉	邯鄲
外	蟹合一 泰去疑	uei / uai		uæ	uai	
瓦	假合二 馬上疑	ua	ua	uɑ	ua	ua
魚	遇合三 魚平疑	ny		y	y	y
遇	遇合三 遇去疑	y		y	y	
危	止合三 支平疑	uei	uɛe	uei	uei	vei
元	山合三 元平疑	ye	yɪ	yẽ	yan	yã
月	山合三 月入疑	yeʔ	yəʔ	yəʔ	yɛʔ	yʌʔ
玉	通合三 濁入疑	y		yəʔ	yʔ / y	y

2.2　晉語區中古疑母合口字的今讀

方言片、點　　例字		並州	五台	大包	張呼	志延
		太原	忻州	大同	呼和浩特	志丹
外	蟹合一 泰去疑	vai	uæ	vɛe	vɛ	vei
瓦	假合二 馬上疑	va	vɑ	va	va	va
魚	遇合三 魚平疑	y	y	y	y	y
遇	遇合三 遇去疑	y	y	y	y	y

危	止合三 支平疑	vei	vei	vɛe	vei	vei
元	山合三 元平疑	ŋan	ỹã	yɛ	ye	yæ
月	山合三 月入疑	yəʔ	yɔʔ	yaʔ	yaʔ	yəʔ
玉	通合三 濁入疑	y	y	y	y	y

　　分析上述表格中的方言例字之後，我們可以得出晉語疑母合口字，今聲母的讀音已經完全失落，全讀爲零聲母。只有呂梁片嵐縣，「魚」字聲母讀作 n；並州片太原，「元」字聲母讀作 ŋ。另外「外、瓦、危」在邯新片邯鄲、並州片太原、五台片忻州、張呼片呼和浩特、大包片大同、志延片志丹讀作 v 聲母。

第四節　小結——歷時與共時下的疑母演變

一、疑母的歷時演變

　　王力《漢語史稿》所言，疑母轉變爲零聲母是發生於零聲母擴大階段中的第二階段，大約是十四世紀《中原音韻》之時，此時疑影母開始合流，而成爲零聲母。竺家寧師則在〈近代漢語零聲母的形成〉〔註44〕一文中，運用宋代《九經直音》進一步考證影疑母的合流情況，認爲影疑母合流的時間點可再推前至宋代。

　　明代時期，從本文所觀察的語料中，我們發現八本語料中有五本皆顯示了疑母已經和影母合流，歸併於零聲母的行列之下。其中只有《書文音義便考私編》、《元韻譜》、《西儒耳目資》還未顯示出疑母零聲母化的情形。

　　進入清朝之後，除了《等韻精要》中疑母仍獨爲一類之外，其他本文所觀察的語料皆顯示了疑母零聲母化的概況，表示此時的疑母已經幾乎失落其音素。而再觀察現代官話漢語方言，各方言區中疑母合口字幾乎全數零聲母化；疑母開口字，讀音演變的情況則比較複雜，可能讀作 ∅、n、ŋ、ɳ、ʐ、ɣ、l 七

〔註44〕竺家寧：〈近代漢語零聲母的形成〉，收錄於《近代音論集》（台灣學生書局，1994年），頁 125～137。

種類型。

以下，我們將本章所觀察的十五本明清韻書，作一整理表格，標示出成書年代、反映方言區、疑母零聲母化的現象及當時的擬音，方便觀察明清兩代中疑母零聲母化的現象。

〔表 17〕明清語料中疑母的演化

	成書年代	書　名	反映方言區	疑母	
				存在與否	擬音
1	西元 1442	《韻略易通》	北方音系	失落	∅
2	西元 1543〜1581	《青郊雜著》	中原官話鄭曹片	失落	∅
3	西元 1587	《書文音義便考私編》	江淮官話洪巢片	存在	ŋ
4	西元 1602	《重訂司馬溫公等韻圖經》	北京官話幽燕片	失落	∅
5	西元 1603	《交泰韻》	中原官話鄭曹片	失落	∅
6	西元 1611	《元韻譜》	冀魯官話石濟片	存在	ŋ
7	西元 1626	《西儒耳目資》	江淮官話洪巢片	存在 / 失落	g、∅
8	西元 1642	《韻略匯通》	北方音系	失落	∅
9	西元 1654〜1673	《五方元音》	北方音系	失落	∅
10	西元 1744	《黃鍾通韻》	北京官話黑吉、哈肇片	失落	∅
11	西元 1763	《五聲反切正韻》	江淮官話洪巢片	失落	∅、n
12	西元 1775	《等韻精要》	中原官話汾河片	存在	ŋ
13	西元 1840	《音韻逢源》	北京官話幽燕片	失落	∅、n
14	西元 1878	《等韻學》	江淮官話黃孝片	失落	∅
15	西元 1889	《韻籟》	冀魯官話保堂片	失落	∅、n

二、疑母的共時分佈

經過本文對中古疑母字在現代官話方言今讀的觀察，我們製做了一份簡易的整理表格，表中先依分爲疑母開口字、疑母合口字兩類，再將各地方言出現地今聲母類型羅列於橫排，縱排則依各官話分言區分立如下：

〔表 18〕各官話方言區中疑母今讀類型

疑母字 / 官話區	開口字								合口字		
	∅	n	ŋ	ȵ	ɳ	ɣ	ʐ	l	∅	v	ʐ
北京官話	■	■							■	■	
膠遼官話	■		■		■				■		
冀魯官話	■	■		■					■	■	
中原官話	■	■							■	■	
蘭銀官話	■	■				■			■	■	■
西南官話	■	■				■			■		
江淮官話	■						■	■	■	■	
晉　　語	■			■					■	■	

中古疑母開口字演變至今，聲母的類型十分豐富，而疑母合口字則演變結果比較一致，以下針對疑母合口字、疑母開口字分類說明之：

（一）疑母合口字

今天北方各官話區的方言，疑母合口字幾乎都讀作零聲母，可說是全面性的聲母失落現象。而在一些方言區中，也有疑母合口字讀作 v 聲母的現象，應是受到元音 u 的影響，合口乎零聲母字前容易產生唇齒濁擦音 v。並且在觀察過各方言區的疑母合口字之後，發現當疑母合口字讀作零聲母時，存在 u 元音；當疑母合口字讀作 v 聲母時，則 u 元音不存，這樣的似乎像 v 聲母是元音 u 的替代音讀，如北京官話、蘭銀官話、江淮官話、晉語。另外，蘭銀官話的疑母合口字也有讀爲 ʐ 聲母的字例，發生在河西片的張掖，張掖疑母合口三四等字的聲母讀作 ʐ，只有合口三四等字有聲母 ʐ，合口一二等字則沒有 ʐ 聲母的讀法。

（二）疑母開口字

中古疑母開口字，相較於疑母合口字來說，在現代官話方言的今聲母類型

中有更多變的樣貌，今聲母的讀音包括：ø、n、ŋ、ȵ、ʐ、ɣ、l 七種。若以音讀常見的程度來說，疑母開口字今聲母讀作 ø、n、ŋ、ȵ 最爲常見。

　　疑母開口字讀作 ø、ŋ、n、ɣ、ʐ 四種聲母類型的讀音，應該是明清時代影疑母合流以後，經過共同演變所產生出來的類型。而疑母開口字讀作 ȵ、ʐ 的今讀音，和泥娘母字的讀音相同，可能是疑母在齊齒呼和撮口呼前沒有併入影母，而是變成和泥娘母相同的 ȵ 聲母，因爲 ŋ 聲母與 i、y 相拼時，協同發音的作用使 ŋ 變成 ȵ，然後吸引少數影母字也讀 ȵ 聲母；另一可能是影疑母合流讀零聲母以後又受到泥娘母的影響而讀 ȵ 聲母。依目前材料來看，在影疑母讀 ȵ 聲母的字中，疑母字更多一些。且有的方言，像西南官話的地區，讀 ȵ 的只有疑母字而沒有影母字。〔註45〕

〔註45〕趙學玲：〈漢語方言影疑母字聲母的分合類型〉收錄於《語言研究》第 27 卷第 4 期，2007 年，頁 74～75。

第四章　明代微母字的演變及
其現代方言分佈

　　《切韻》音系唇音只有幫、滂、並、明四母。大約 8 世紀中葉以後，重唇音「幫、滂、並、明」由合口三等韻分化出「非、敷、奉、微」，此後輕重唇音分化，清唇音「非、敷、奉、微」產生了，這一現象反映在宋人三十六母中。到了《中原音韻》（1324 年）時期，非、敷、奉合併為母，微母演變為零聲母。而今天，官話方言中以保留有一個輕擦音母的居多。因此，本文主要觀察明、清兩代以來清唇音「微」母的演變情形，看其如何失落音素而演變為零聲母。接著在對照現今官話方言區中的語音現象，看中古來源是「微」母的零聲母字又是怎樣分佈以及演變。

第一節　明代微母的發展

一、明代語料中的微母現象

　　首先，為了瞭解明代微母存在與失落的現象，筆者盡力考察了明代的等韻語料，共八部韻書韻圖，同時參考了前人研究的成果，將微母是否留存的現象列出簡單的表格，並描述語料所記錄的微母留存或消失的情況：

〔表 19〕明代語料中微母的音變情況

	書　　名	作　者	成書年代	微母存在與否
1	《韻略易通》	蘭茂	西元 1442	存在〔註1〕
2	《青郊雜著》	桑紹良	西元 1543～1581	存在〔註2〕
3	《書文音義便考私編》	李登	西元 1587	存在〔註3〕
4	《重訂司馬溫公等韻圖經》	徐孝	西元 1602	失落〔註4〕
5	《交泰韻》	呂坤	西元 1603	存在〔註5〕
6	《元韻譜》	喬中和	西元 1611	存在〔註6〕
7	《西儒耳目資》	金尼閣	西元 1626	存在／失落〔註7〕
8	《韻略匯通》	畢拱辰	西元 1642	存在〔註8〕

　　由上表可以得知明代八部語料中微母的概略情況，其中《重訂司馬溫公等韻圖經》中的微母已經全數失落而為零聲母，《西儒耳目資》中則顯示了微母逐漸失落的階段，其餘《韻略易通》、《青郊雜著》、《書文音義便考私編》、《交泰韻》、《元韻譜》、《韻略匯通》等六部語料中的微母，則未全數失落，仍讀為 v 聲母，以下將針對各本語料作逐步詳細的討論：

二、微母尚獨立為一類的明代語料

（一）《韻略易通》微母獨為 v 聲母

　　《韻略易通》中早梅詩的「無」字，代表這一本韻書記錄了微母的語音

〔註1〕　張玉來：《韻略易通音系研究》（天津：天津古籍出版社，1999 年）。

〔註2〕　李秀珍：《青郊雜著》台北：文化大學中國文學研究所碩士論文，1996 年）。

〔註3〕　權淑榮：《書文音義便考私編》音系研究（台北：國立臺灣大學中國文學研究所碩士論文，1998 年）。

〔註4〕　劉英璉：《重訂司馬溫公等韻圖經研究》高雄：國立高雄師範大學中國文學研究所碩士論文，1987 年）。

〔註5〕　趙恩梃：呂坤《交泰韻》研究（台北：國立臺灣師範大學國文研究所碩士論文，1998 年）。

〔註6〕　廉載雄：喬中和《元韻譜》研究（台北：國立政治大學中國文學系碩士論文，2000 年）。

〔註7〕　張玉來：《韻略匯通》音系研究（山東：山東教育出版社，1995 年）。

〔註8〕　王松木：《西儒耳目資》所反映的明末官話音系（嘉義：國立中正大學中國文學研究所碩士論文，1994 年）。

仍然存在的現象。其中「一」母（零聲母）和「無」母的分立，表示了微母字在《韻略易通》中應該仍然還是獨立的一個聲母，並且與帶有零聲母的合口音節形成對立。在《韻略易通》所舉的十個合口三等韻中，無母只在「江陽、眞文、山寒、西微、呼模」五韻中有字，而東、鍾、尤三韻的微母字則讀同重唇音。

蘭茂的韻書編排條例爲「以韻爲綱，以聲爲序，分列四呼，別以五聲」。以二十個韻部爲綱，次序是東洪、江陽、眞文、山寒、端桓、先全、庚晴、侵尋、緘咸、廉纖、支辭、西微、居魚、呼模、皆來、蕭豪、戈何、家麻、遮蛇、幽樓。同一部韻部中，再按早梅詩的次序把不同聲母的字分別列開，相同聲母的字歸在同一聲母。聲母次序爲「東風破早梅，向暖一支開，冰雪無人見，春從天上來。」「分列四呼」是在同韻同聲之下，按韻頭的不同分列「開齊合撮」四呼（序次不一定是開合齊撮），把同呼的字歸並在一起。「別以五聲」則是在同韻同聲之下分別陰平、陽平、上聲、去聲、入聲，韻書中陰陽平都注平，中間用○分開，實際有陰陽之分，韻書中陰陽平次序不固定。

「冰、破、梅、風、無」這五個聲母傳統上稱爲唇音，其音值分別是「p、p'、m、f、v」，張玉來《韻略易通音系研究》將「無」的音值擬爲濁擦音「v」，張氏認爲陸志韋 1947c 將「無」擬爲「w」的說法，還有可以再修正的空間，故將「無」改擬爲「v」，跟「f」相配，兩者有清濁對立的關係。〔註9〕

（二）《青郊雜著》

《青郊雜著》的二十個聲母以「盛世詩」代之，詩爲「國開王向德，天乃貴禎昌，仁壽增千歲，苞磐民弗忘」，共有二十個字。詩中的每一字代表一個聲母，而且把詩詞按照五位、五品的次序排列，使初學者一目了然。此聲母系統與明代蘭茂《韻略易通》（1442）中的「早梅詩」二十母相等。

《青郊雜著》的反切系統中，中古屬於「微」母的字只用於微母字作反切上字，而微母字也從不作其他聲母字的反切上字。又從韻字的排列也可以看出這一現象，平上去入相承的韻字中，微母字都和微母字相隨排列，中間不夾雜其他聲母字。例如下表：

〔註9〕參見張玉來：《韻略易通音系研究》（天津：天津古籍出版社，1999 年），頁 22。

	浮平	上	去	淺入
灰部	微襪脾切	尾襪比切	味襪敝切	
模部	無轍蒲切	武轍圃切	務轍布切	
眞部	文勿焚切	吻勿粉切	問勿忿切	勿文汶切
元部		晚轍反切	萬轍販切	
陽部	亡轍防切	罔轍昉切	妄轍放切	

　　由此可以確定桑紹良的微母，讀立而不與其他聲母混讀。從現代的北方官話來看，這些微母字都有合口介音或元音，聲母讀爲「ø」或「v」。桑氏二十個聲母中的影母讀爲「ø」，那麼微母字的音值便應該擬作是「v」〔註10〕。

（三）《書文音義便考私編》

　　《書文音義便考私編》作者爲李登，李氏將三十六字母刪併之後，而訂定了當時的聲母系統，共爲二十一聲類：見、溪、疑、曉、影、奉、微、邦、平、明、端、透、尼、來、照、穿、審、日、精、清、心。觀察《書文音義便考私編》中微母的中古聲母來源，除了一組影母合口字、三組明母開口字以及中古以母合口三等字之外，其他皆爲微母合口三等字。微母在《書文音義便考私編》中仍是獨立的且自爲一類，微母之下的例字，其中古來源也同樣都是微母字。而中古的微母字在《書文音義便考私編》中，亦沒有讀作其他聲母的現象。因此可以知道微母一類是仍然保留的，並且在《書文音義便考私編》中是一獨立的聲母，並且沒有發生與其他的聲母混讀的情形。考量《書文音義便考私編》聲母的系統性，權淑榮推斷這個階段中的微母與影母代表著不同的聲母，而微母又與唇齒音部位相同，故按照漢語語音史音變的規律，其研究合理推測將微母的音值擬爲「v」〔註11〕。

（四）《交泰韻》

　　《交泰韻》聲母系統共有二十個聲類，分別是幫滂、明、非、微、端、透、泥、精、清、心、照、穿、審、見、溪、影、曉、來、日。楊秀芳、耿振生、李新魁、何九盈皆對《交泰韻》的二十類聲母做出擬音，其中楊、耿

〔註10〕參看李秀珍：《青郊雜著》台北：文化大學中國文學研究所碩士論文，1996年）。

〔註11〕權淑榮：《書文音義便考私編音系研究》（台北：國立臺灣大學中國文學研究所碩士論文，1998），頁72～73。

兩家比李、何兩家多擬了一個「v」聲母。楊秀芳（1987：355～356）說：「呂坤新造的反切中，屬於中古微母字作反切上字，而微母字也從不作其他聲母字的反切上字。……平上去（入）相承的韻字中，微母字都和微母字相隨排列，中間不夾雜其它聲母的字。……可以確定呂坤方言微母的讀音與其他聲母並不相同。」

再者，觀察《交泰韻》中文韻、陽韻、齊韻中的例字，可以發現《交泰韻》中微母仍然存在，趙恩梃「呂坤《交泰韻》研究」（1998 年）將微母的擬音擬為「v」，並且將微母的例字整理如下：

三文	文（微）	吻（微）	問（微）	勿（微）
五冊	食免（微）	晚（微）	萬（微）	轍（微）
七陽	亡（微）	罔（微）	妄（微）	
十一齊	微（微）	尾（微）	未（微）	
十三模	無（微）	武（微）	務（微）	

從以上可知，《交泰韻》中的微母仍獨立存在，且音值仍擬作「v」。

（五）《元韻譜》

《元韻譜》中仍有微母的存在，歸入微母的例字其來源主要也是中古的微母字，所以按此可以推測微母在當時仍是存在的。《元韻譜》中的輕唇音微母，主要來源於中古明母合口三等字，但東韻三等、尤韻出現例外，如「夢、霧、曼、蔓、礎、鋩」等字仍然讀為明母，此現象與《中原音韻》、《洪武正韻》、《韻略易通》一致。《元韻譜》微母仍然被保留，但他的來源卻與中古不完全一致，微母之下不僅收錄了中古的微母字，而且還收入了很多中古的明母字。必須注意的是，這些中古的明母字並不能讀成微母，將他們歸入微母之下，也不是實際語音的反應，而是完全搬照《五音集韻》的做法，承襲了《五音集韻》之舊〔註12〕。因此我們在考察微母字之時，也要留心這個現象，不可等將中古明母字與微母字等同視之。

筆者考察《元韻譜》中的韻字，發現微母字幾乎在《元韻譜》中仍然歸入微母之下，代表微母還沒有零聲母化，其韻字製成表格分列如下：

〔註12〕詳細論證參考汪銀峰：〈《元韻譜》微母來源考〉收錄於《東疆學刊》第一期，2001年，頁 85～88。

〔表20〕《元韻譜》微母之例字

韻目	字母	聲調	例　　字	《廣韻》來源
回韻	微	下平	微、薇、溦	微
琰韻	微	上	晚、挽、輓、椀、睌、鋄	微
養韻	微	上	罔、網、輞、惘、魍、蓈、誷	微
虎韻	微	上	武、碔、斌、䳘、嫵、憮、廡、膴、舞、甒	微

　　唐末宋初之時，「微」母由「明」母合口三等字分化而出，成爲一唇齒鼻音「ɱ-」。到了元明之際，「微」母再由「ɱ-」演變成同部位之唇齒擦音「v-」，爾後再經過了半元音「w-」之過程，逐漸聲母完全失落而形成了零聲母「ø」，其演變過程如下：

$$m- \rightarrow ɱ- \rightarrow v- \rightarrow w- \rightarrow ø-$$

　　視其上述所描述的演變過程，筆者對此不禁有所疑問，在《元韻譜》（1611年）中我們仍然發現微母的存在，並且這些微母字的來源也就是中古微母字，因此微母在《元韻譜》時期確實仍應保留，還沒有消失成零聲母。然而《元韻譜》已經是十七世紀的語料，那這時期的微母是否已從原來的「v」聲母逐漸有所轉變，若是如此《元韻譜》的「微」母的音值又該擬爲什麼呢？林協成「《元韻譜》音論研究」（2002年）的研究中認爲，「微」母在十七世紀的時候，已經從唇齒擦音「v」變爲半元音「w」，而《元韻譜》乃是十七世紀之作，故或許可以將《元韻譜》中的「微」母擬定微爲「w」。〔註13〕

（六）《韻略匯通》

　　《韻略匯通》（1642）在體例上沿襲了《韻略易通》的架構，《匯通》在聲母音系中反映了北方官話 ŋ- 與 v- 存留與消失的中間狀態，《韻略匯通》在聲母上無 ŋ-，有 v-。相較於《五方元音》的聲母無 ŋ-，無 v-，以及《西儒耳目資》的聲母有 ŋ-，無 v-。我們可以知道《韻略匯通》正處於北方官話 ŋ- 與 v- 逐漸消失的中間狀態。〔註14〕

　　「無」、「一」兩母在現代漢語中讀爲零聲母，「無」母是代表了中古的微

〔註13〕林協成：《元韻譜音論研究》（台北：中國文化大學中國文學研究所碩士論文，2002年），頁119。

〔註14〕張玉來：《韻略匯通研究》（山東：山東教育出版社，1995年），頁7。

母，傳統上作為「f」的濁音。《韻略匯通》中「無、為」兩個聲母互為另一字的反切上字，他們是「微，無非切」與「無，微夫切」，因此根據系聯原則，其切語上字互用，則聲母必然共為一類，因此可知當時微母也仍然存在。在音值方面，陸志韋也將《韻略匯通》中的「無」擬作「w」，然而張玉來《韻略匯通研究》亦提出陸氏的擬音應該還可以再加修正，張氏認為《韻略匯通》的「微」母字還是以擬作「v」比擬作「w」為佳，因為這時的 ø 母（一母）合口應是「w」，如果將「無」訂為「w」就容易與一母發生衝突。雖然語音歷史演化上「v」曾經過「w」的過程，這是因為 u 的圓唇作用，使得唇齒的「v」很容易圓唇化而成為「w」，而進一步再與 ø 母合流，但是張氏認為在《韻略匯通》中還沒有發展到「w」這個階段，仍然應該與《韻略易通》相同擬為「v」〔註15〕。

　　《韻略易通》與《韻略匯通》共同使用早梅詩二十字來表示聲類，可以說這兩部韻書的聲類是完全一致的。因此，我們可以知道無論是《韻略易通》還是《韻略匯通》，根據張玉來的研究，此二書的「微」母音值皆為「v」，這兩本書相距了二百年間，然而聲母「微」的音值張玉來皆擬作同樣，表示這兩本韻書中皆沒有出現零聲母化的現象，筆者不禁疑問微母雖還未消失，但兩百年之中的音值是否皆沒有什麼變化呢？。

三、微母逐漸消失的明代語料

　　《西儒耳目資》中可以看到微母同時有「v」與「ø」兩種音值，因為「微」字在《西儒耳目資》書中同時存有「vi」與「ui」兩種拼音，表示兩種讀音都在當時能夠通用，可知《西儒耳目資》的「微」字同時有零聲母化和未零聲母化的情形，我們可以將這個現象視作微母處於逐漸消失的狀態。並且金尼閣〈兌考〉中已將微母同時歸為物「v」、自鳴「ø」兩類，可以知道明代末年的時候，微母雖然已經開始有失落的現象而歸於零聲母合口，但是亦同時存在還未失落的讀音，因此大抵上微母仍能自成一類。而中古重唇明母演化為輕唇微母，其條件為三等合口性質，從微母音值在演變為零聲母，其音變規律為〔註16〕：

〔註15〕張玉來：《韻略匯通研究》（山東：山東教育出版社，1995 年），頁 56～57。

〔註16〕王松木：《西儒耳目資》所反映的明末官話音系（嘉義：國立中正大學中國文學研究所碩士論文，1994 年），頁 80。

$$明 \rightarrow 微 \quad / \quad \_ 三等合口 \rightarrow 物 \text{ v}$$
$$\searrow 自鳴 \emptyset$$

四、微母於北方音系開始失落

　　《重訂司馬溫公等韻圖經》（以下簡稱《等韻圖經》）是《合併字學篇韻便覽》一書的韻圖。由明末人徐孝著，張元善校刊，初刊於萬曆三十四（1606）年。《等韻圖經》的編排體例首先分爲十三攝，之後各攝皆分爲開合二圖，總共二十五圖。每一圖內，橫排列二十二聲母：見、溪、端、透、泥、幫、滂、明、精、清、心、心、影、曉、來、非、敷、微、照、穿、稔、審。

　　《等韻圖經》中的心、敷、微三母，皆是虛擬的聲母，他們都不領韻字，但這三母的性質也有所不同，在此先不討論徐孝對心、心兩母的審音。關於敷微二母，徐孝在《字母總括》中說：「非母正唇獨佔一，敷微輕唇不立形。」另外在《便覽引證》中亦云：「微母無形，以存輕唇之音。」從徐孝所言之中我們可以知道，敷微二母在當時的實際語音中皆已經消失了，但是徐孝不敢輕易將其去除，徐孝在韻圖中仍保留了輕唇音的位置，這或許是受到存古思想的影響，而對舊等韻的一種因襲〔註17〕。在《圖經》之中原本屬於中古的微母字，被歸入零聲母的影母之中，如：壘攝合口「味」、臻攝合口「問」、臻攝合口「文」、山攝合口「山」、宕攝合口「望」。因此微母在《圖經》中其實只是徒流形式而已，此時「v」已經不存在實際的語音之中。

　　《等韻圖經》的影母來自中古的影、喻、微、疑和日母的止攝開口三等字，徐孝在《便覽引證》中指出：「吳無、椀晚、玩萬、悟勿之類，母雖居二三音，實爲一味，不當分別考，其三等仍立，微母無形，以存輕唇之音」「或言：『王、忘』非一音者，因『王、往、忘』在韻圖無形之中，學者經代難於通便，致以『王、往』做『陽、養』者亦有之矣，通不知惟獨之『惟』與精微之『微』相並，洪武韻可考已明，『惟』字既入於「微」，則『王』字豈可不入於『忘』乎！」從上述可知徐孝在《引證》中舉了幾組例子來說明當時微母已經消失的現象。〔註18〕當時的學者亦無法分辨微母與零聲母的差別，只

〔註17〕郭力：〈《重訂司馬溫公等韻圖經》心、敷、微三母試析〉收錄於《漢字文化》第四期，1989年，69頁。

〔註18〕郭力：〈《重訂司馬溫公等韻圖經》的聲母系統〉收錄於《古漢語研究》第二期，

能從歷代的韻圖中看見兩者不同的痕跡，但是時音已無法分辨，說明了《等韻圖經》中微母字與影母合流，變成了零聲母早已經是實際語音的反應。

　　西元 1442 年的《韻略易通》微母皆仍然存在，直至西元 1642 年《韻略匯通》也仍存有微母，但是西元 1606 年《等韻圖經》的時代，微母在北方官話中卻已經消失，《等韻圖經》中的微母都已歸入影母之下。《韻略匯通》和《等韻圖經》雖然能夠代表的時代範圍相去不遠，但是微母的存在與消失卻十分不同，因此我們只能推論這種相異或許有兩種可能，一為地域性所造成的現象，在《等韻圖經》所顯示的地域微母已經零聲母化，但是《韻略匯通》還沒發生。又或者我們可以考慮兩者在音值的擬定上可以再調整，《等韻圖經》的微母字雖然都歸入影母之下，但是當時的實際口語是否還存有聲母「v」，如呂昭明「《合併字學集篇》一字多音現象研究」所言，而《韻略匯通》的「無」字是否又該如張玉來的研究改擬為「v」，或是原來的擬音「w」是更好的選擇。

　　《四聲領率譜》是《等韻圖經》的反切總譜，它為《等韻圖經》的所有音節（包括有形的和無形的）都設立了反切。即使微母在《等韻圖經》之中，只是虛設的聲母，然而《四聲領率譜》仍然為其設立反切上字，「紋尾」就是徐孝為微母立的反切上字，如此一來微母在《四聲領率譜》中便有其相應的位置。〔註19〕因此，《四聲領率譜》中雖然具有微母的反切上字存在，但是不能代表當時讀音中微母仍然保留。

　　我們還可以觀察《四聲領率譜》中的影母的反切例證，進而發現影母的來源即是從中古的微母，以下的五個微母字，便是已經零聲母化的例證：

〔表 21〕《等韻圖經》之《四聲領率譜》的微母例字對照表〔註20〕

例字	《四聲領率譜》		《廣韻》	
	反切	聲母／韻部	反切	聲母／韻部
文	桅門	（影／渾）	無分	（微／文）
晚	翁滿	（影／　）	無遠	（微／阮）

2004 年，頁 23。

〔註19〕郭力：〈《重訂司馬溫公等韻圖經》心、敷、微三母試析〉收錄於《漢字文化》第四期，1989 年，頁 70。

〔註20〕參見王曉萍：《四聲領率譜音系研究》（台北：國立中正大學中國文學系碩士論文，1999 年），頁 40。

味	翁最	（影／會）	無沸	（微／未）
問	午悶	（影／混）	亡運	（微／問）
望	烏謗	（影／晃）	巫放	（微／漾）

　　如上表所示，文、晚、味、問、望這五個微母字，沒有歸入微母中，卻歸入了零聲母的影母，可知微母此一聲母乃是虛設，並不含實際的歸字。王曉萍「《四聲領率譜》音系研究」（1999 年）指出從觀察《四聲領率譜》可以得知中古微母字皆列於影母的位置，如同《中古音入門》中提到「微紐則在十七世紀時零聲母化，這種現象，最早見於徐孝的《重訂司馬溫公等韻圖經》」，兩者所表露的語音現象是互相映證並且吻合的，因此我們可以肯定地說《四聲領率譜》時代微母已經零聲母化了。

　　綜上所述，本節觀察了明代八本韻書韻圖，試圖了解明代的微母字演變的情形，依微母是否失落音素加入零聲母的行列作爲分辨，將明代語料分爲三類：微母尚獨立爲一類的語料、微母逐漸消失的語料、微母失落的語料。筆者將明代八本語料統整一表格，標上時間、所反映的方音、現代方言分區歸屬，以及微母的演變情況，再試圖就時間軸與空間軸的角度探索語料所反映的日母演變情形。

〔表 22〕明代語料所反映地方音及微母的音變

成書年代	書　名	反映方言	隸屬方言區	微母情形
西元 1442	《韻略易通》	北方音系		存在
西元 1543～1581	《青郊雜著》	河南濮州	中原官話鄭曹片	存在
西元 1587	《書文音義便考私編》	南京方言	江淮官話洪巢片	存在
西元 1602	《重訂司馬溫公等韻圖經》	北京話	北京官話幽燕片	失落
西元 1603	《交泰韻》	河南商丘寧陵	中原官話鄭曹片	存在
西元 1611	《元韻譜》	河北內丘	冀魯官話石濟片	存在
西元 1626	《西儒耳目資》	南京話	江淮官話洪巢片	存在／失落
西元 1642	《韻略匯通》	北方音系		存在

　　以時間軸而言，西元 1602 的《重訂司馬溫公等韻圖經》首次產生了微母失落演變爲零聲母的情形，另外 1626 年的《西儒耳目資》則呈現微母存在與失落之間的狀態，表示微母已經開始零生母化。相對地，其他明代的語料中微母則一致獨立不與其他聲母相混。

　　而以空間軸來說，反映北京話的《重訂司馬溫公等韻圖經》屬於現代方言北京官話區的幽燕片，率先產生了微母零聲母化的演變。時代稍晚，反映南京話的《西儒耳目資》（1626 年）屬於現代方言江淮官話區的洪巢片，也出現了微母零聲母化的現象。表示不論在北京話或南京話都出現了微母零聲母化，從語料上來看，可以肯定《重訂司馬溫公等韻圖經》是第一本微母零生母化的語料，微母字可說是從北方音系開始失落了。

第二節　清代微母的發展

一、清代語料中的微母現象

　　首先，爲了瞭解清代微母存在與失落的現象，筆者盡力考察了明代的等韻語料，共七部韻書韻圖，同時參考了前人研究的成果，將微母是否留存的現象列出簡單的表格，並描述語料所記錄的微母留存或消失的情況：

〔表 23〕清代語料中微母的音變情況

	書　　名	作　者	成書年代	微母存在與否
1	《五方元音》	樊騰鳳	西元 1654～1673	失落〔註21〕
2	《黃鍾通韻》	都四德	西元 1744	存在〔註22〕
3	《五聲反切正韻》	吳烺	西元 1763	失落〔註23〕
4	《等韻精要》	賈存仁	西元 1775	存在〔註24〕

〔註21〕石俊浩：《五方元音研究》（台北：文化大學中國文學研究所碩士論文，1992 年）。

〔註22〕郭繼文：《黃鍾通韻音系研究》（雲林：雲林科技大學漢學資料整理研究所碩士論文，2009 年）。

〔註23〕張淑萍：《五聲反切正韻研究》（嘉義：國立中正大學中國文學系碩士論文，2003 年）。

〔註24〕宋珉映《等韻精要音系研究》（台南：國立成功大學歷史語言研究所碩士論文，1993 年）。

5	《音韻逢源》	裕恩	西元 1840	失落 [註25]
6	《等韻學》	許惠	西元 1878	失落 [註26]
7	《韻籟》	華長忠	西元 1889	失落 [註27]

由上表可以得知明代八部語料中微母的概略情況，其中《等韻精要》中的微母仍未失落，保存其讀爲 v 聲母的讀音，《黃鍾通韻》中微母雖然獨立爲一類，但音值恐已有轉變，其餘《五方元音》、《五聲反切正韻》、《音韻逢源》、《等韻學》、《韻籟》等五部語料中的微母，則已經全數失落，演化而讀爲 ø 聲母，以下將針對各本語料作逐步詳細的討論：

二、微母失落的清代語料

（一）《五方元音》

《五方元音》聲母有二十字母，與《韻略匯通》相較之下，少了「無」母，但將原本的「一」母分爲「雲」、「蛙」二母。李新魁認爲《五方元音》實際上只有十九個聲母，只是爲湊齊二十之數，所以分立一母。蛙母來源爲中古影母、喻母、疑母以及微母字。例外字有：來母、溪母、曉母、見母。

《五方元音》中微母歸入蛙母底下，變爲零聲母。《五方元音》有「雲」、「蛙」兩個零聲母，是因「開合歸之於蛙，齊撮歸之於雲」，只是因爲洪細而分，並非聲母實際上有所差別 [註28]。從明代開始直到清代的《五方元音》，中古影、喻、爲、疑、微母已經完全合流，現代漢語零聲母之範圍基本確立。《五方元音》的零聲母與現代漢語之間所存在的不同只在於：「而兒耳爾二貳」等字在《五方元音》仍讀「日母」，尚未變爲零聲母，以及尚未產生韻母 ɚ。

（二）《五聲反切正韻》

《五聲反切正韻》一書特地強調正韻二字，書中亦強調「一本天籟」的

〔註25〕鄭永玉《音韻逢源音系字研究》（台北：東吳大學中國文學系碩士論文，1996 年）。

〔註26〕王麗雅：《許惠等韻學研究》（嘉義：國立嘉義大學中國文學系研究所碩士論文，2007 年）。

〔註27〕黃凱筠《韻籟的音韻探討》（高雄：國立中山大學中國語文學系研究所碩士論文，2004 年）。

〔註28〕參考石俊浩：《五方元音研究》（台北：文化大學中國文學研究所碩士論文，1992 年），頁 68～71。

精神。作者吳烺將三十六字母歸併成十九母，並且捨棄了「字母」的觀念，改用「縱音」的觀念來取代字母。《五聲反切正韻》的縱音第三位，列於此類的字的廣韻（中古）聲母都是影、以、疑、云、微等零聲母。從韻圖歸字來看，中古聲母微影母的「翁、雍、盎」、中古聲母爲云母的「王、羽、旺」、中古聲母爲以母的「用、容、勇」、中古聲母爲微母的「萬、未、務」、中古聲母爲疑母的「宜、昂、魚」，都放在縱字第三中，藉此來判斷，縱音第三聲母的音值即爲零聲母。由此可知，《五聲反切正韻》中微母已經失落爲零聲母了。

　　吳烺卻只將三十六母歸併爲十九母，但是縱音卻共有二十位，其中縱音第十八位在三十二韻圖中沒有例字，不過吳烺對第十八位卻有發音方法的描寫。縱音第十八位的音值爲何，由於吳烺《五聲反切正韻》受方以智的影響甚多，可以相互比較對照。方以智是將聲母歸併爲二十類，多出了「微」母（v-），且微母的位置恰好就在十八位上。吳烺的十九聲母，已經將微母歸併到疑、影、喻一類中，也就是零聲母，而且十八位吳烺所言的發音方法爲「鼻與齶相合」，與微母 v 也並不相合，所以第十八位則應該不是微母〔註29〕。

（三）《韻籟》

　　《韻籟》的聲類總共分爲五十母，數量如此之多是因四呼分立的緣故。將《韻籟》的五十聲母與中古三十六聲母比較之後，可以發現中古的喻母、影母、疑母、微母和爲母已包含於《韻籟》的零聲母中。分別是「額」聲包含了三十六母的影母和疑母；「葉」聲包含喻母、影母、疑母；「渥」聲包含喻母、影母、疑母、微母和爲母；「月」聲包含爲母、喻母、影母和疑母〔註30〕。因此，我們知道《韻籟》中的微母已消失零聲母化了，並且從以上可知《韻籟》的零聲母來源與現代國語幾乎是完全相同。

（四）《音韻逢源》、《等韻學》

　　《音韻逢源》共分爲二十一聲母，以下討論氐、尾、胃、畢各母所收的例

〔註29〕引自張淑萍：《五聲反切正韻研究》（嘉義：國立中正大學中國文學系碩士論文，2003 年），頁 87～89。

〔註30〕黃凱筠《韻籟的音韻探討》（高雄：國立中山大學中國語文學系研究所碩士論文，2004 年），頁 77。

字來源。氏母包括中古疑母，以及少數的影、喻、日母字，照理說中古疑母到
《中原音韻》時已轉為零聲母，與喻、影母相混，但《音韻逢源》仍保留中古
之疑母。尾母底下的字則是源於中古泥、娘二母及少數疑母字，此些疑母字顯
示出中古到北京話的轉變，讀為 n，與泥、娘二母合流了。另外，二十一聲母
中的胃母，其來源為中古影、喻、為三個聲母，以及少數疑母字，可將其擬為
零聲母 ø。而《音韻逢源》另一聲母畢母，來源則包括了中古的微母、以及少
數影母字。從以上可見，《音韻逢源》仍存在著微、疑兩母獨立的情形，但其音
值卻有值得商榷之處。

　　鄭永玉（1996）認為《音韻逢源》的聲母系統中存在著尖團之分與微、
疑兩母獨立的情形，並不合於當時北京音。也無法以現代北京音的分布狀況
來理解疑、微獨立的原因。又參考了滿文注音後，發現滿文注音是以同音來
表示氏、胃兩母，畢母的滿文注音則是以 w 標音，而清滿文字母 w 的音值為
半元音，而滿文所代表的這三項音值是沒有對立的，故氏三、胃十七、畢十
九三母很可能屬於同音，作者將三者的讀音都擬為零聲母 ø〔註31〕。由此可知，
《音韻逢源》之時影、喻、為、微等母，已經合流皆讀成了零聲母。

　　另外，清代的《等韻學》聲母系統共有二十二個聲母，第三十四雨音母
[øy]，其中古來源為喻、影、疑（合）；第三十六羽音母[øu]的中古來源為微母、
疑母、影母（合）。由此可見，《等韻學》中的微母已經歸併到零聲母底下，
產生零聲母化而讀做 ø 聲母了。

三、微母單獨為一類的清代語料

（一）《黃鍾通韻》

　　《黃鍾通韻》所列聲母共二十二類，歌、柯、呵、喔、得、搦、特、勒、
勒、知、痴、詩、日、白、拍、默、佛、倭、皆、O、思、日。中古微母字主
要對應韻圖中的是「倭」母，而對《黃鍾通韻》的「倭」母，究竟音值該如何
擬定，則前人對此多有所討論。

　　應裕康認為「倭」母應擬作唇齒鼻音 ɱ，或者也可以擬為零聲母 ø，但由

〔註31〕轉引自郭繼文：《黃鍾通韻音系研究》（雲林：雲林科技大學漢學資料整理研究所
　　　　碩士論文，2009 年），頁 82～88。

於考慮到系統性故不可擬爲無聲母。陳雪竹則認爲保留倭母，可能是反映東北方音的語音現象，現今東北官話中，零聲母合口呼字大都讀 v 聲母，在《黃鍾通韻》中的零聲母合口呼字有列入倭母的情況，如「威、委、外、灣」等字，故將倭母的音值擬作 v〔註 32〕。王松木引述常瀛生所言，以爲早年北京話處於音節開頭位置的 w，可以說是沒有採用 v 型發音的，這與滿語有 w 無 v 是有關係的。因此王松木以爲將清代滿語與遼東漢語用作音值擬測的參照點，可將倭母擬成半元音 w〔註 33〕。郭繼文（2009）則認爲微母在十七世紀之後才變爲零聲母，因此《黃鍾通韻》中的倭母應該可視爲中古微母變爲零聲母的過渡階段，中古微母的演變過程是 m＞ɱ＞v＞w＞ø，因此將《黃鍾通韻》歸爲半元音 w 的演變階段之中，而將「倭」母擬爲 w〔註 34〕。

（二）《等韻精要》

《等韻精要》韻圖將聲母分爲二十一母，韻母分爲十二類。因此從語音骨架上，屬於表現官話區時音的韻圖，但聲母中仍然保留（疑）、勿（微）母。《等韻精要》唇音中的勿母全部都來自中古微母，宋珉映（1993）認爲勿母全部來自中古微母，也應沒有雜入影母之中，故將勿母擬爲 v〔註 35〕。在《等韻精要》裡，中古微母和疑母仍然獨立。勿母字全部來自中古微母，並沒有雜入餘ㄜ、母之中；智於蟹ㄋㄞ、母字也都來自中古疑母，只有一個「御」字見於餘母中。《等韻精要》一書所收的零聲母共有一百二十三個字，其中來自中古疑、日母的只有「御」、「呢」二字而已，其他都來自中古影、喻三、喻四母字。

《等韻精要》沒有反應疑母的零聲母化，應該是由於作者的語言觀念所致，當時北方話裡疑母應該已經消失。而「御」入餘母，雖然只有一例，但

〔註 32〕陳雪竹：〈《黃鍾通韻》聲母簡析〉，收於《內蒙古大學學報》（人文社會科學版）第 34 卷第 5 期，頁 56。

〔註 33〕王松木〈等韻研究的認知取向——以都四德「黃鍾通韻」爲例〉，收於《漢學研究》第 21 卷第 2 期，頁 358。

〔註 34〕參考郭繼文：《黃鍾通韻音系研究》（雲林：雲林科技大學漢學資料整理研究所碩士論文，2009 年），頁 67。

〔註 35〕宋珉映《等韻精要音系研究》（台南：國立成功大學歷史語言研究所碩士論文，1993 年），頁 19。

極可能是時音的流露。微母字在《等韻精要》裡也仍然獨立，在現代北方話裡，中古的影、喻三、喻四、疑、微等諸母都合流爲零聲母，而在少數方言裡，仍然保持 ŋ 和 v。

綜上所述，本節觀察了明代清代七本韻書韻圖，試圖了解明代的微母字演變的情形，依微母是否失落音素加入零聲母的行列作爲分辨，將明代語料分爲二類：微母尚獨立爲一類的語料、微母失落的語料。筆者將清代七本語料統統整一表格，標上時間、所反映的方音、現代方言分區歸屬，以及微母的演變情況，再試圖就時間軸與空間軸的角度探索語料所反映的微母演變情形。

〔表24〕清代語料所反映的方音及微母的音變

成書年代	書　　名	反映方言	隸屬方言區	微母情形
西元 1654～1673	《五方元音》	北方音系		失落
西元 1744	《黃鍾通韻》	吉林、黑龍江省	北京官話 黑吉、哈肇片	存在
西元 1763	《五聲反切正韻》	安徽省全椒	江淮官話 洪巢片	失落
西元 1775	《等韻精要》	山西省浮山	中原官話 汾河片	存在
西元 1840	《音韻逢源》	北京話	北京官話 幽燕片	失落
西元 1878	《等韻學》	安徽桐城與樅陽	江淮官話 黃孝片	失落
西元 1889	《韻籟》	河北天津	冀魯官話 保堂片	失落

以時間軸而言，十七世紀中葉以後的清代語料，大多顯示微母字零聲母化的情形，從最早的《五方元音》、《五聲反切正韻》（1763 年）、《音韻逢源》（1763 年）、《等韻學》（1878 年），到西元 1889 年的《韻籟》，微母字字皆歸入零聲母之下。只有《黃鍾通韻》（1744 年）、《等韻精要》（1775 年）兩本語料，微母還未零聲母化，而以空間軸來說，反映東北方言的《黃鍾通韻》，屬於現代方言北京官話區的黑吉片與哈肇片，以及反映反映北京話的《等韻學》，屬於現代方言北京官話區的幽燕片，兩部語料一則反映微母存在，一則反映失落，然而《黃鍾通韻》的研究者認爲微母應擬作 w，表示微母已經開

始朝失落邁進，顯示北京官話的微母最終仍走到音素失落一途。而，反映安徽桐城、樅陽的《韻籟》，屬於現代方言江淮官話區的黃孝片，同樣反映江淮官話洪巢片的《五聲反切正韻》，此兩本語料皆顯示微母已經零聲母化。只有反映中原官話汾河片的《等韻精要》，微母字仍獨立未演變爲零聲母。不論在北京官話區、冀魯官話區、江淮官話區都有微母字零聲母化的現象。從明代《重訂司馬溫公等韻圖經》開始，微母零聲母化的情形已經擴展到各個方言區了。

第三節　現代官話方言中微母的發展

　　根據《漢語方音字彙》、《漢語官話方言研究》、《普通話基礎方言基本詞彙集・語音卷》，我們總共考察了八大官話區中的 67 個方言點，其中 36 個方言點中微母仍未失落，而 31 個方言點微母已失落。另外，根據《普通話基礎方言基本詞彙集・語音卷》中對各方言的音系說明，我們發現其中 9 個方言點〔註36〕有下述的語音現象，該方言聲母系統中無 v 母，但是在實際發音時，零聲母合口呼字多帶有唇齒摩擦音。我們考察現代官話之後，發現有許多方言的聲母系統中存有聲母 v，然而來源並非全是中古的微母字，還有來自中古云、以、影、疑母的字。此章以中古微母的探討範圍爲主，故其他來源之字先不作討論，待他章再議。

　　中古微母演變到現代官話中的類型可大致分爲二種：一、零聲母型。二、唇齒濁擦音 v 母型。第一種類型微母讀爲零聲母，但其中有某些方言點有以下的現象，方言中的聲母系統已經沒有 v 讀音，然而許多零聲母合口字在發音之時，卻或重或清帶有 v 的唇齒磨擦音，這可能是零聲母合口字在實際發音之際，由於與 u 介音的密切語音關系所造成的。另外，微母及其他非微母字存有讀 v 聲母的現象，則可能是一種後起的音變，而非古音殘留的緣故。有上述現象的方言點包括：北京官話的瀋陽、長春；膠遼官話的青島；冀魯官話的濟南、高陽；西南官話的成都、昆明；江淮官話的合肥；晉語區的長治。

〔註36〕實際觀察有 13 個方言點，但和本文所觀察的方言點重複的爲 9 個，故列出 9 點，包含瀋陽、長春、青島、濟南、高陽、成都、昆明、合肥、長治，其他的四個是大連、重慶、柳州、歙縣。

一、微母演變類型在現代官話中的分佈

中古微母演變到現代官話，今聲母類型可分爲兩種不同的大類：一、零聲母型。二、唇齒濁擦音 v 母型。以下分別將八大官話區中的 67 個方言點，分爲此二種類型，從地理層面來了解微母現今讀音類型的概況。地圖圖示的設計上，由於本文出發點以零聲母爲主，因此我們特別將今讀類型與零聲母有關的方言點設計爲方型圖示類□，並依照不同的今讀類型現象再有所變化，而現代官話方言的今讀類型與零聲母無關的，則設計爲圓形圖示類○，也會依照今讀類型不同的狀況而有所變化。

地圖圖示的設計上，由於本文出發點以零聲母爲主，因此我們特別將今讀類型與零聲母有關的方言點設計爲方型圖示類□，並依照不同的今讀類型現象再有所變化，而現代官話方言的今讀類型與零聲母無關的，則設計爲圓形圖示類○，也會依照今讀類型不同的狀況而有所變化。

（一）零聲母型

北京官話：北京（幽燕片）、興城（錦興片）、長春、白城（黑吉片）

膠遼官話：牟平（登連片）、營通（營通片）

冀魯官話：高陽、唐山、天津（保唐片）、河間、滄州（滄惠片）

中原官話：徐州（洛徐片）、鄭州、商丘、阜陽（鄭曹片）

西南官話：大方、成都（川黔片）、都江堰（西蜀片）、喜德（川西片）、昆明（雲南片）、武漢（湖廣片）、荔浦（桂柳片）

江淮官話：南京、揚州、合肥（洪巢片）、紅安、安慶（黃孝片）

晉　　語：嵐縣、離石（呂梁片）、長治（上黨片）、獲嘉、邯鄲（邯新片）

（地圖於後頁）

〔圖10〕中古微母今聲母「零聲母型」的方言分佈圖

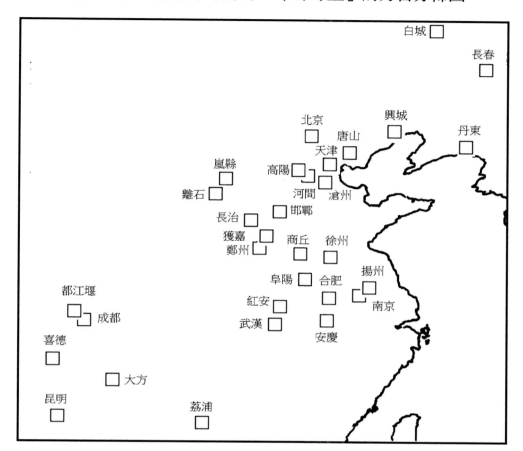

（二）脣齒濁擦音 v 母型

北京官話：瀋陽（遼沈片）、齊齊哈爾、黑河（黑吉片）、巴彥、哈爾濱（哈
　　　　　肇片）

膠遼官話：諸城、青島（青萊片）

冀魯官話：濟南、石家莊（石濟片）、利津（章利片）

中原官話：西安（關中片）、敦煌、寶雞、西寧（秦隴片）、天水（隴中片）、
　　　　　吐魯番（南疆片）、運城（汾河片）、曲阜（蔡魯片）、信陽（信
　　　　　蚌片）

銀吳官話：靈武、銀川（銀吳片）、永登、蘭州（金城片）、張掖（河西片）、
　　　　　吉木薩爾、烏魯木齊（塔密片）

西南官話：大理、蒙自（雲南片）

江淮官話：秦州、南通（秦如片）

晉語官話：太原（並州片）、忻州（五台片）、大同（大包片）、呼和浩特（張
　　呼片）、邯鄲（邯新片）、志丹（志延片）

〔圖11〕中古微母今聲母「唇齒濁擦音ｖ母型」的方言分佈圖

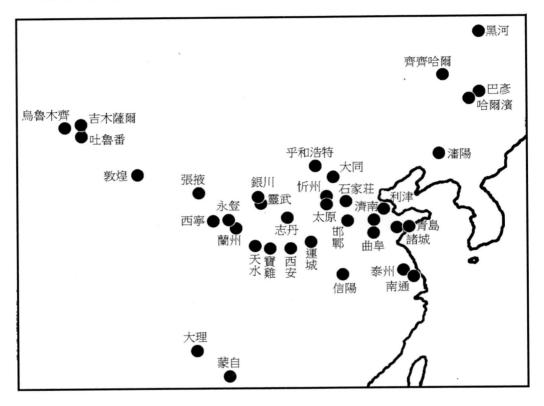

（三）微母今聲母二大類的分佈對照

　　中古來源是微母的零聲母字，今聲母的音讀類型可以分爲二\類：零聲母
型、唇齒濁擦音ｖ母型。我們將此二類的方言分佈，統合之後在地圖上標上
地標，如此一來可以觀察中古來源是微母的零聲母字，在八大官話方言區中
的分佈情形爲何。地圖上的地標皆以顏色表示，其代表的今聲母讀音說明如
下：

　　　　□　零聲母型
　　　　●　唇齒濁擦音ｖ母型
　　　　⊞　零聲母型＋唇齒濁擦音ｖ母型

〔圖 12〕中古微母今聲母二大類型的方言分佈圖

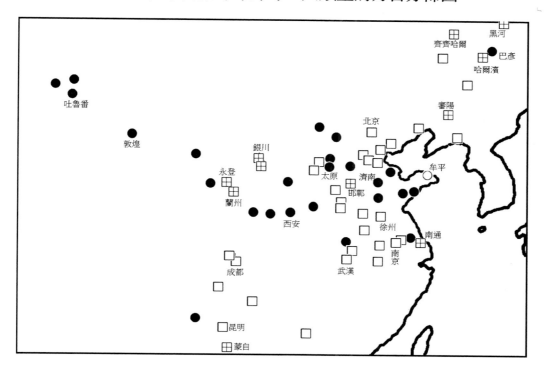

　　按地理分佈而言，中古微母字今聲母類型為「唇齒濁擦音 v 母型」，而且不與「零聲母型」相混的大多分佈在黃河流域與長江流域之間的地帶，並延伸到西部，在蘭銀官話區、中原官話區、晉語區十分強勢。而靠近大陸東部，從北至南則大多音讀類型為「零聲母型」或與「唇齒濁擦音 v 母型」相混，推測可能是受到普通話的影響，東部微母字讀作零聲母的比例大過西部地方言地區。

二、微母演變類型在現代官話各區的情形

　　我們在中古的微母字中，依《漢語官話方言研究》中所提供的「武、尾、味、晚、萬、文、問、忘、襪、物」10 字為準，考察共 67 個方言點之後，見得 31 個方言點中微母已經零聲母化了，以下按照現代官話的分區，逐一將各方言區、片、點列出，並附上例字的音讀：

（一）北京官話區

北京官話區中古微母字的今讀

方言片、點 例字		幽燕	錦興	黑吉				遼沈	哈肇	
		北京	興城	長春	白城	齊齊哈爾	黑河	瀋陽	巴彥	哈爾濱
武	遇合三 麌上微	u	u	u	u	vu	u	vu	u	vu
尾	止合三 尾上微	uei	i / uei	uei	uei	vei	vei	vei	i / vei	vei
味	止合三 未去微	uei	uei	uei	uei	vei	vei	vei	vei	vei
晚	山合三 阮上微	uan	uan	uan	uan	van	van	van	van	van
萬	山合三 願去微	uan	uan	van	uan	van	van	van	van	van
文	臻合三 文平微	uən	uən	uən	uən	vən	vən	vən	vən	vən
問	臻合三 問去微	uən	uən	uən	uən	vən	vən	vən	vən	vən
忘	宕合三 漾去微	uaŋ	uaŋ	uaŋ	uaŋ	vaŋ	vaŋ	vaŋ	vaŋ	vaŋ
襪	山合三 月入微	ua	ua	ua	ua	va	va	va	va	va
物	臻合三 物入微	u	u	u	u	vu	u	vu	u	vu

分析上述表格中的方言例字之後，我們可以得出北京官話微母今聲母的讀音共有兩種類型：

1　微母讀 ø

　　幽燕片北京、錦興片興城、黑吉片長春、黑吉片白城。沒有例外，止攝開口三等字都讀 ø 聲母。

2　微母讀 v

　　遼沈片瀋陽、哈肇片巴彥、哈肇片哈爾濱、黑吉片黑河、黑吉片齊齊哈爾。

從上述表格可知，北京官話中的北京、興城、長春、白城的中古微母例字今日都讀爲零聲母 ø，只有其中黑吉片的長春方言的「萬字」讀爲「van」，此爲例外。而《普通話基礎方言基本詞彙集・語音卷》列出的長春方言的聲母表中，沒有將 v 列入，而只有零聲母 ø，可知在實際讀音上「萬」帶有 v 母，但

並不構成音位。

　　北京官話區中的瀋陽、齊齊哈爾、黑河、巴彥、哈爾濱，除了瀋陽、巴彥的「武」、「物」二字讀爲零聲母，其他中古微母例字皆讀作唇齒濁擦音的 v母。與零聲母型的北京官話區對照之下，可見東北官話中古微母字讀 v 母的比例占較高，零聲母型中只有黑吉片 2 點讀零聲母，上列表格中讀東北官話微母字讀 v 母的則有 5 點方言點。仔細觀察北京官話區中古微母字的今讀，我們可以看到若與〔u〕韻母組合則可能有零聲母或 v 母兩種讀法，但若是和非〔u〕韻母搭配時，皆讀作 v 聲母，代表〔u〕韻母是決定聲母是否讀作 v聲母的一個重要因素。從歷代韻書推測可知微母讀音應該從《重訂司馬溫公等韻圖經》即消失了，然而現今北京官話中 v 母存在的普遍現象，應該是古音存流的痕跡，又或是讀音後起的另外一種現象呢？

　　陳保亞（1999：470）文章中提及，關於現今北京話中合口呼零聲母的變異現象，是十分有趣的語言現象，原本中古微母的讀音漸漸從 v＞w＞u＞ø，直到消失在北京音之中，然而如今北京話不只將原本中古微母的字又讀成 v母，甚至將此種讀音擴散到不是微母的範圍之外，讓我們意識到語言的靈活性及與口腔發音構造密不可分的關連。北京話中合口呼零聲母的變異大約是從 20 世紀的 80 年代開始，北京話合口呼零聲母的 v 聲母化逐漸開始劇烈起來，並且漸漸進入到普通話之中。起初這種 v 聲母化的語音現象是從年輕群體中開始的，而如今已經幾乎被社會各階層的群眾接受，並且在講述普通話的央視新聞與電視節目中都可聽見，表示如此後起的聲母 v 已經變得十分普遍[註37]。現金目前北京話的上述現象的演變條件大致是：〔uo〕、〔o〕韻母的字讀〔w〕聲母；非〔uo〕、〔o〕韻母的字讀〔v〕聲母。

（二）膠遼官話區

膠遼官話區中古微母字的今讀

方言片、點 例字		登連	營通	青萊	
		牟平	丹東	青島	諸城
武	遇合三 麌上微	u	u	u	u

〔註37〕 參考張世方：《北京官話語音研究》（北京：北京語言大學出版社，2010 年），頁 98～100。

尾	止合三 尾上微	uei	uei	uei	vei
味	止合三 未去微	uei	uei	uei	vei
晚	山合三 阮上微	uan	uan	uã	uã
萬	山合三 願去微	uan	uan	uã	uã
文	臻合三 文平微	uən	uən	uẽ	uə̃
問	臻合三 問去微	uən	uən	uẽ	uə̃
忘	宕合三 漾去微	uaŋ / maŋ	uaŋ	uaŋ	vaŋ
襪	山合三 月入微	ua	ua	ua	va
物	臻合三 物入微	u	u	u	u

　　分析上述表格中的方言例字之後，我們可以得出膠遼官話微母今聲母的讀音共有兩種類型：

　　1　微母讀 ∅

　　　登連牟平、營通片丹東、青萊片青島

　　2　微母讀 v

　　　青萊片諸城

　　膠遼官話中的牟平、營通、青島中的中古微母例字，今日都讀為零聲母 ∅，其中登連片牟平的「忘」有兩讀「uaŋ、maŋ」。

　　膠遼官話中的諸城，中古微母例字中「武、晚、萬、文、問、物」今日都讀為零聲母，而「尾、味、忘、襪」的聲母則讀為唇齒濁擦音的 v 母，《普通話基礎方言基本詞彙集·語音卷》所考察的諸城音系聲母表中有 v 母，具有其音位性。同樣屬於膠遼官話，與其他零聲母型的方言點比對之下，v 母型則比較弱勢，而同屬青萊片的青島聲母也沒有 v 母，青島的中古微母例字皆讀為零聲母 ∅。

（三）冀魯官話區

　　冀魯官話區中古微母字的今讀

方言片、點 例字		保唐			滄惠		石濟		章利
		高陽	唐山	天津	河間	滄州	濟南	石家莊	利津
武	遇合三麌上微	u	u	u	u	u	u	vu	u
尾	止合三尾上微	i / uei	uei	uei	i / uei	uei	i / vei	vei	i
味	止合三未去微	uei	uei	uei	uei	uei	vei	vei	vei
晚	山合三阮上微	uan	uan	uan	uan	uan	vã	van	vã
萬	山合三願去微	uan	uan	uan	uan	uan	vã	van	vã
文	臻合三文平微	vẽ	uən	uən	uən	uən	uən	vən	vẽ
問	臻合三問去微	vẽ	uən	uən	uən	uən	uən	vən	vẽ
忘	宕合三漾去微	uaŋ	uaŋ	uaŋ	uaŋ	uaŋ	vaŋ	vaŋ	vaŋ
襪	山合三月入微	ua	/	/	ua	ua	va	va	vɑ
物	臻合三物入微	u	u	u	u	u	u	vu	u

　　分析上述表格中的方言例字之後，我們可以得出冀魯官話微母今聲母的讀音共有兩種類型：

　　1　微母讀 ø

　　　　保唐片高陽、保唐片唐山、保唐片天津、滄惠片河間、滄惠片滄州、

　　2　微母讀 v

　　　　石濟片濟南、石濟片石家莊、章利片利津

　　濟魯官話區中的唐山、天津、河間、滄州四個方言點，中古微母例字今日都讀零聲母 ø，沒有例外。其中的保唐片的高陽話則「文、問」兩字讀爲「vẽ」，聲母是脣齒濁擦音，高陽話的方言讀音是按《漢語官話方言研究》書中所記，《普通話基礎方言基本詞彙集・語音卷》則無此方言點，故無法兩相對照。然而，從保唐片的整體來看，中古微母字已經零聲母化，且文、問兩字與其他例字讀音不同，並非合口呼字，推測應是文、問及其同音字仍保存了聲母 v 讀，不過聲母 v 仍不具音位性，故仍將高唐列爲微母演變的零聲母型。

　　冀魯官話的方言點濟南、石家莊、利津，除了濟南的「武」、「尾」（兩讀）、「文」、「問」、「物」讀爲零聲母，利津的「武」、「尾」、「物」也讀爲零聲母之外，石家莊則全數例字都讀爲唇齒濁擦音的 v 母。同零聲母型的冀魯官話相較，可清楚見到保唐片、滄惠片的中古微母字讀爲零聲母，而石濟片、章利片則讀爲 v 聲母。

（四）中原官話區

1.1　中原官話區中古微母字的今讀

方言片、點 / 例字		洛徐	鄭曹			秦隴		
		徐州	鄭州	商丘	阜陽	寶雞	西寧	敦煌
武	遇合三麌上微	u	u	u	u	u	uə̃	ɣ
尾	止合三尾上微	ue	i	uei	ue		uei	vei
味	止合三未去微	ue	uei	uei	ue	uei	uei	vei
晚	山合三阮上微	uæ̃	uan	uan	uæ̃	uæ̃	uã	vã
萬	山合三願去微	uæ̃	uan	uan	uæ̃	uæ̃	uã	vã
文	臻合三文平微	uə̃	uən	uən	uẽ	vən	vɣŋ	vəŋ
問	臻合三問去微	uɑŋ	uən	uən	uẽ	vən	vɣŋ	vəŋ
忘	宕合三漾去微	uɑŋ	uaŋ	uaŋ	uã	uã	uɔ̃	vɔŋ
襪	山合三月入微	uɑ	ua	uɑ	uɑ		ua	va
物	臻合三物入微	u	u	u	u	uo	ɣ	

1.2　中原官話區中古微母字的今讀

方言片、點 / 例字		蔡魯	關中	隴中	南疆	汾河	信蚌
		曲阜	西安	天水	吐魯番	運城	信陽
武	遇合三麌上微	u	vu	vu	vu	vu	u

尾	止合三 尾上微	i / vei	uei	vei	vei / i	vei	vei
味	止合三 未去微	uei	uei	vei	vei / i	vei	vei
晚	山合三 阮上微	uã	vã	van	van	væ̃	van
萬	山合三 願去微	uã	vã	van	van	væ̃	van
文	臻合三 文平微		vẽ	vei	uə̃	vən	
問	臻合三 問去微		vẽ	vei	uə̃	vən	
忘	宕合三 漾去微	uaŋ	vaɣ / uaɣ	vaŋ	vɑŋ	vɑŋ	vɑŋ
襪	山合三 月入微	ua	va	va	va	va	va
物	臻合三 物入微	u	vu	vu	vu	vo	u

　　分析上述表格中的方言例字之後，我們可以得出中原官話微母今聲母的讀音共有兩種類型：

　　1　微母讀 ∅

　　　洛徐片徐州、鄭曹片鄭州、鄭曹片商丘、鄭曹片阜陽、秦隴片寶雞、秦隴片西寧、蔡魯片曲阜

　　2　微母讀 v

　　　關中片西安、秦隴片敦煌、隴中片天水、南疆片吐魯番、汾河片運城、信蚌片信陽

　　從以上中原官話的五個方言點徐州、鄭州、商丘、阜陽，得知中古微母例字已經全面零聲母化，沒有例外都讀為零聲母 ∅。而其中寶雞、西寧的「文、問」二字讀 v 母，曲阜的「尾」有兩讀「i、vei」，其餘例字則皆讀為零聲母。《普通話基礎方言基本詞彙集·語音卷》中寶雞音系和西寧音系的聲母系統皆沒有列入 v 母，而只列零聲母 ∅。

　　中原官話中的西安、敦煌、天水、吐魯番、運城、信陽，皆仍於聲母系統中存有唇齒濁擦音 v 母，除了信陽的「武、物」讀零聲母，吐魯番的「尾、

味」有零聲母與 v 母兩讀，且「文、問」二字讀作零聲母之外，其他中古微母的例字皆讀作 v 母。

（五）蘭銀官話區

蘭銀官話區中古微母字的今讀

方言片、點 例字		銀吳		金城		河西	塔密	
		靈武	銀川	永登	蘭州	張掖	吉木薩爾	烏魯木齊
武	遇合三 麌上微	vu	vu	vu	vu	vu	vu	vu
尾	止合三 尾上微	vei	vei	vii	vei	vii	vei / i	vei
味	止合三 未去微	vei	vei	vii	vei	vii		vei
晚	山合三 阮上微	vã	væ̃	væ̃	vɛ̃	væ̃	van	van
萬	山合三 願去微	vã	væ̃	væ̃	vɛ̃	væ̃	van	van
文	臻合三 文平微	vəŋ	vəŋ	vən	ə̃	vəɣ	vəŋ	vəŋ
問	臻合三 問去微	vəŋ	vəŋ	vən	ə̃	vəɣ	vəŋ	vəŋ
忘	宕合三 漾去微	vɑŋ	vɑŋ	võ	vã	væ̃	vɑŋ	vɑŋ
襪	山合三 月入微	va	va	va	va	va	va	va
物	臻合三 物入微	vu	vu	vu	vɤ	vu		və

分析上述表格中的方言例字之後，我們可以得出蘭銀官話微母今聲母的讀音只有一種類型：「微母讀 v」，包括：銀吳片靈武、銀吳片銀川、金城片永登、金城片蘭州、河西片張掖、塔密片吉木薩爾、塔密片烏魯木齊。

蘭銀官話的靈武、銀川、永登、蘭州、張掖、吉木薩爾、烏魯木齊，除了金城片蘭州的「文、問」二字讀為零聲母，塔密片吉木薩爾的「尾」字有零聲母與 v 母兩讀之外，其他方言點得中古微母例字皆整齊的讀作唇齒濁擦音 v 母。又，僅就本論文所參考的語料中，我們發現中古微母演變至現代官話的零聲母

型，沒有出現在蘭銀官話的分布區內，而全數歸爲唇齒濁擦音 v 母此一演變的類型。

（六）西南官話區

西南官話區中古微母字的今讀

方言片、點 例字		川黔		西蜀	川西	雲南			湖廣	桂柳
		大方	成都	都江堰	喜德	昆明	大理	蒙自	武漢	荔浦
武	遇合三 麌上微	u	u	u	u	u	vu	vu	u	u
尾	止合三 尾上微	uei	uei	uei	uei	uei	vei	vei	uei	uəi
味	止合三 未去微	uei	uei	uei	uei	uei	vei	vei	uei	uəi
晚	山合三 阮上微	uan	uan	uã	uæn	uaŋ	vã	vã	uan	uan
萬	山合三 願去微	uan	uan	uã	uæn	uã	vã	vã	uan	uan
文	臻合三 文平微	uen	uən	uən	uen	uə̃	və̃	və̃	uən	uən
問	臻合三 問去微	uen	uən	uən	uen	uə̃	və̃	və̃	uən	uən
忘	宕合三 漾去微	oŋ	uaŋ	uaŋ	uaŋ	uã	vã	vã	uaŋ	uaŋ
襪	山合三 月入微	ua	ua	ua	ua	ua	va / ua		ua	ua
物	臻合三 物入微	u	u	o	u	u		vu	u	u

分析上述表格中的方言例字之後，我們可以得出西南官話微母今聲母的讀音共有兩種類型：

1　微母讀 ∅

川黔片大方、川黔片成都、西蜀片都江堰、川西片喜德、雲南片昆明、湖廣片武漢、桂柳片荔浦。

2　微母讀 v

雲南片大理、雲南片蒙自

西南官話中的七個方言點：大方、成都、都江堰、喜德、昆明、武漢、荔

浦，中古微母例字今日都讀爲零聲母，沒有例外。

西南官話中雲南片的大理、蒙自兩個方言點，從表格中可見中古微母字今日皆讀作唇齒濁擦音 v 母，沒有例外。與前述零聲母型的雲南片的昆明相較之下，可見雲南片中中古微母或有走零聲母化此一演變途徑，或有存留濁擦音 v 母的類型。

（七）江淮官話區

江淮官話區中古微母字的今讀

方言片、點 例字		洪巢			黃孝		秦如	
		南京	揚州	合肥	紅安	安慶	南通	秦州
武	遇合三 麌上微	u	u	u	u	u	u	u
尾	止合三 尾上微	uəi / i	uəi	/	uei	uei	ue	vəi
味	止合三 未去微	uəi / i	uəi	/	uei	uei	ue	vəi
晚	山合三 阮上微	uaŋ	uæ̃	uæ̃	uan / ŋan	uan	uã	vɛ̃
萬	山合三 願去微	uaŋ	uæ̃	uæ̃	uan	uan	uã	vɛ̃
文	臻合三 文平微	un	uən	uən	uən	uən	vuɛ̃	vəŋ
問	臻合三 問去微	un	uən	uən	uən	uən	vuɛ̃	vəŋ
忘	宕合三 漾去微	uaŋ	uaŋ	/	uaŋ	無	uõ	uaŋ
襪	山合三 月入微	uaʔ	uæʔ	uæʔ	ua	ua	uɑʔ	væʔ
物	臻合三 物入微	uʔ	uəʔ	uəʔ	u	ue	ʒuɛʔ	vəʔ

分析上述表格中的方言例字之後，我們可以得出江淮官話微母今聲母的讀音共有兩種類型：

1　微母讀 ∅

洪巢片南京、洪巢片揚州、洪巢片合肥、黃孝片紅安、黃孝片安慶、秦如片南通。

2 微母讀 v

秦如片秦州

上述江淮官話中的南京、揚州、合肥、紅安、安慶各方言點，中古微母例字今日皆讀作零聲母 ø，除了黃孝片紅安的「晚」有兩讀「ø、ŋ」，秦如片南通的「文、問」兩字讀作 v 母。《普通話基礎方言基本詞彙集・語音卷》中所提南通音系聲母表中沒有列入 v 母，而只存零聲母，故南通在此列入微母演變後的零聲母型之中。

江淮官話區的秦州此點，中古微母例字幾乎今日都讀作脣齒濁擦音 v 母，只有「武」、「忘」兩字讀作零聲母。表中列出同為秦如片的南通互相比較，又江淮官話除了秦州一點微母字今讀 v 母之外，其餘南京、揚州、合肥、紅安、安慶、南通各點皆歸於零聲母化的演化類型之中。

（八）晉 語

1.1 晉語區中古微母字的今讀

方言片、點 例字		呂梁		上黨	邯新	
		嵐縣	離石	長治	獲嘉	邯鄲
武	遇合三 麌上微	u	u	u	u	u
尾	止合三 尾上微	iꞯuei	uɛe	iꞯuei	iꞔfei	vei
味	止合三 未去微	uei	uɛe	uei	uei	vei
晚	山合三 阮上微	uaŋ	uæ	uaŋ	uan	vã
萬	山合三 願去微	uaŋꞔfaŋ	uæ	uaŋ	uan	vã
文	臻合三 文平微	uɐŋ	uaŋ	vəŋ	uəŋ	vəŋ
問	臻合三 問去微	uɐŋ	uaŋ	uŋ	un	vəŋ
忘	宕合三 漾去微	uə	uo	uaŋ	uaŋ	vaŋ
袜	山合三 月入微	uaʔ	uaʔ	uaʔ	ua	vʌʔ

物	臻合三物入微	uəʔ	uəʔ	uəʔ	uʔ	u

1.2 晉語區中古微母字的今讀

例字	方言片、點	並州 太原	五台 忻州	大包 大同	張呼 呼和浩特	志延 志丹
武	遇合三麌上微	vu	u	vu	vu	u
尾	止合三尾上微	i / vei	i / vei	i / fɛe	i / vei	i / vei
味	止合三未去微	vei	vei	vɛe	vei	vei
晚	山合三阮上微	væ̃	vã	væ	væ̃	væ
萬	山合三願去微	væ̃	vã	væ	væ̃	væ
文	臻合三文平微	vəŋ	vəŋ	vəɣ	və̃ŋ	vɤ̃
問	臻合三問去微	vəŋ	vəŋ	vəɣ	və̃ŋ	vɤ̃
忘	宕合三漾去微	vɒ̃	vɛ / vã	vɒ	vã	vã
袜	山合三月入微	vaʔ	vaʔ	vaʔ	vaʔ	vaʔ
物	臻合三物入微	vəʔ	vɔʔ	vəʔ	vəʔ	vəʔ

　　分析上述表格中的方言例字之後，我們可以得出晉語區微母今聲母的讀音
共有兩種類型：

　　1　微母讀 ∅

　　　呂梁片嵐縣、呂梁片離石、上黨片長治、邯新片獲嘉。

　　2　微母讀 v

　　　並州片太原、五台片忻州、大包片大同、張呼片呼和浩特、邯新片邯
　　　鄲、志延片志丹。

　　從上述表格可知，晉語中的嵐縣、離石、長治、獲嘉的中古微母例字今

日都讀爲零聲母 ø，除了邯新片獲嘉的「尾」有兩讀「i、fei」，呂梁片嵐縣的「萬」亦有兩讀「uaŋ、faŋ」之外，只有其中上黨片的長治方言將「文」讀爲「vəŋ」，仍保留聲母讀唇齒濁擦音的情況。而《普通話基礎方言基本詞彙集・語音卷》列出的長治音系的聲母表未列入 v 母，而只有零聲母 ø，可知在實際讀音上「文」帶有 v 母，但並不構成音位。另外，長治話的「文」的讀音與其他微母例字相異，「文」並非零聲母合口呼字。

晉語的六個方言點：太原、忻州、大同、呼和浩特、邯鄲、志丹，中古微母例字今日皆讀作唇齒濁擦音 v 母，除了太原、忻州、邯鄲、志丹的「武」讀爲零聲母，邯鄲的「物」讀作零聲母，太原、忻州、大同、呼和浩特、志丹的「尾」皆有零聲母與 v 母的兩讀現象之外。與零聲母型的晉語地區相較，呂梁片、上黨片的方言點微母例字讀爲零聲母，並州、五台、大包、張呼、志延各片的方言點則今讀爲 v 母，而邯新片則現象稍有分歧，邯鄲的微母字今讀 v 母，獲嘉的微母字今則讀爲零聲母。

《晉方言語音史研究》提及晉方言中有些字還保留著古微母讀爲明母的痕跡，在本文所引用的語料中雖然未發現這類現象，但是值得我們注意像是並州片的「無」字仍有讀作〔mu〕、〔mə〕的音讀。呂樑片方山方言也將「霧雲塔」的「霧」字讀作〔mu〕不讀〔u〕。五台片中也多將「探望」的「望」字讀作〔mo〕／〔mao〕。微母字讀作明母的例字雖然不多，但是確實地反映了《切韻》前的讀音〔註38〕。王力（1980a：131）曾言微母在《切韻》時代是明母的一部份讀 m，到了唐末宋初明母分化，除了東韻三等字之外，合口字變讀爲唇齒音 ɱ。ɱ 發音方法和 m 相同，但是發音部位和 v 相同。因此在北方話中逐漸變微讀音 v。因此晉方言中，微母的今聲母類型除了讀作 ø 與 v 之外，還有讀作 m 的音讀類型，只是爲數甚少。

我們考察現代官話之後，發現有許多方言的聲母系統中存有 v 聲母，然而來源並非全是中古的微母字，還有來自中古云、以、影、疑母的字。此章以中古微母的探討範圍爲主，故其他來源之字先不作討論，在其他討論云、以、影、疑、日母的章節中我們會再詳細討論。

〔註38〕喬全生：《晉方言語音史研究》（北京：中華書局，2008 年），頁 73～75。

第四節　小結──歷時與共時下的微母演變

一、微母的歷時演變

　　唇音字在六朝隋唐時代，只有重脣音「幫、滂、並、明」，而王力認爲晚唐、五代的時候，重脣音和清脣音產生分化，從唐代末期到宋代這一段時間，行成清脣音「非、敷、奉、微」，清脣音是在「三等合口」的條件下所產生。

　　明代時期，西元 1602 反映北京官話的《重訂司馬溫公等韻圖經》首次產生了微母字零聲母化的情形。而反映江淮官話區洪巢片的《西儒耳目資》（1626年），也顯示了微母正處於音值讀作 v 與 ø 之間的狀況。除了上述兩本語料之外，明代的微母字大部分仍然讀爲 v 聲母。進入清朝之後，在本文所觀察的七本語料中，微母字幾乎已經失落音素，全面零聲母化了。再觀察現代官話漢語方言，各方言區中，微母字大多數音素失落，讀爲零聲母；也有不少地區仍獨作 v 聲母，我們要考慮是否存在逆向音變的情況。從中古到現代，微母字的演變過程大致如下：

中古早期　　中古後期　　　近代　　現代北方官話

m（三等合口）→ ɱ → ṁ　　→ v　　⟷　　ø

＼　　v

　　以下，我們將本章所觀察的十五本明清韻書，作一整理表格，標示出成書年代、反映方言區、微母零聲母化的現象及當時的擬音，方便觀察明清兩代中微母零聲母化的現象。

〔表 25〕明清語料中微母的演化

	成書年代	書　　名	反映方言區	微母	
				存在與否	擬音
1	西元 1442	《韻略易通》	北方音系	存在	v
2	西元 1543～1581	《青郊雜著》	中原官話 鄭曹片	存在	v
3	西元 1587	《書文音義便考私編》	江淮官話 洪巢片	存在	v
4	西元 1602	《重訂司馬溫公等韻圖經》	北京官話 幽燕片	失落	ø

5	西元 1603	《交泰韻》	中原官話 鄭曹片	存在	v
6	西元 1611	《元韻譜》	冀魯官話 石濟片	存在	w
7	西元 1626	《西儒耳目資》	江淮官話 洪巢片	存在／失落	v、ø
8	西元 1642	《韻略匯通》	北方音系	存在	v
9	西元 1654～1673	《五方元音》	北方音系	失落	ø
10	西元 1744	《黃鍾通韻》	北京官話 黑吉、哈肇片	存在	w
11	西元 1763	《五聲反切正韻》	江淮官話 洪巢片	失落	ø
12	西元 1775	《等韻精要》	中原官話 汾河片	存在	v
13	西元 1840	《音韻逢源》	北京官話 幽燕片	失落	ø
14	西元 1878	《等韻學》	江淮官話 黃孝片	失落	ø
15	西元 1889	《韻籟》	冀魯官話 保堂片	失落	ø

二、微母的共時分佈

　　經過本文對中古微母字在現代官話方言今讀的觀察，我們整理並製作了一份簡易的表格，表中將各地方言出現的今聲母類型羅列於橫排，縱排則依各官話分言區及各區的方言片分立如下：

〔表 26〕各官話方言區中微母的今讀類型

官話區	微母字今聲母	合口字（含四等） ø	合口字（含四等） v	官話區	微母字今聲母	合口字（含四等） ø	合口字（含四等） v
北京官話	幽燕	■		蘭銀官話	銀吳		■
	錦興				金城		■
	黑吉	■	■		河西		■
	遼沈		■		塔密		■
	哈肇		■	西南官話	川黔	■	
膠遼官話	登連	■			西蜀	■	
	營通				川西	■	
	青萊	■	■		雲南	■	

大區	片			大區	片		
冀魯官話	保唐	■		江淮官話	湖廣	■	
	滄惠	■			桂柳	■	
	石濟		■		洪巢	■	
	章利		■		黃孝	■	
中原官話	洛徐	■			秦如		■
	鄭曹	■		晉語	呂梁	■	
	秦隴	■			上黨	■	
	蔡魯	■			邯新	■	
	關中		■		並州		■
	隴中		■		五台		■
	南疆		■		大包		■
	汾河		■		張呼		■
	信蚌		■		志延		■

我們先依各方言區來說明微母字今讀的情形：

（一）北京官話

北京官話中的幽燕片、錦興片，中古微母今聲母幾乎讀作零聲母。而黑吉片、遼沈片、哈肇片則是有今聲母讀作零聲母、v 聲母並呈，或是讀 v 聲母的情形。

（二）膠遼官話

膠遼官話的登連片、營通片，中古微母今聲母幾乎讀作零聲母。而青萊片微母的今聲母同時可讀作零聲母、v 聲母。

（三）冀魯官話

冀魯官話的保唐片、滄惠片，中古微母今聲母幾乎讀作零聲母。而石濟片、章利片微母的今聲母讀作 v 聲母。

（四）中原官話

中原官話的洛徐片、鄭曹片、蔡魯片，中古微母今聲母幾乎讀作零聲母。而秦隴片微母的今聲母同時可讀作零聲母、v 聲母。關中片微母的今聲母讀作 v 聲母。

（五）蘭銀官話

中原官話的銀吳片、金城片、河西片、塔密片，中古微母今聲母幾乎讀零

聲母。

（六）西南官話

西南官話的川黔片、西蜀片、川西片、湖廣片、桂柳片，中古微母今聲母幾乎讀作零聲母。而雲南片微母的今聲母同時可讀作零聲母、ｖ 聲母。

（七）江淮官話

江淮官話的洪巢片、黃孝片，中古微母今聲母幾乎讀作零聲母。而秦如片微母的今聲母同時可讀作零聲母、ｖ 聲母。

（八）晉語

江淮官話的呂梁片、上黨片，中古微母今聲母幾乎讀作零聲母。而邯新片微母的今聲母同時可讀作零聲母、ｖ 聲母。並州片微母的今聲母讀作 ｖ 聲母。

現代官話方言區中，中古微母字今聲母讀爲「唇齒濁擦音 ｖ 母」的現象仍十分普遍，北京官話、中原官話、蘭銀官話、晉語區中今聲母讀 ｖ 母的比例占有 50%以上。中古微母字讀音爲唇齒濁擦音 ｖ，在漢語官話方言區中的微母字仍然讀作 ｖ 聲母，原因有二：包括承襲古音而保存微母，還有先發生了零聲母化後發生逆向音變。第二種音變是因爲合口乎零聲母字前容易產生唇齒濁擦音 ｖ，此時若微母合口字讀作零聲母時，存在 ｕ 元音；當疑母合口字讀作 ｖ 聲母時，則 ｕ 元音不存，ｖ 聲母與元音 ｕ 之間，就像是替代音讀的關係。

第五章　明清日母字的演變及其現代方言分佈

　　《切韻》系統中的聲母，只有喻四一個零聲母，而在現代官話方言中卻有不少零聲母，主要來源包括了中古的喻母、疑母、影母，以及微母、日母等。關於零聲母來源之一的日母，從明清以至現代聲母讀音是如何演變的將是本章討論的重點。關於日母轉變為零聲母的時代，據王力《漢語史稿》所言，零聲母約經歷過三階段性的擴大。其中，除了喻三、喻四、疑、影之外，還包括微、日二母，是中古以後零聲母的第三次擴大。

　　日母的演變情形可以分兩部分來觀察，一部分是止攝開口三等日母字，一部分是非止攝開口三等日母字。王力認為在元代時，日母分化為 r、ʐ 兩母，r 後來轉變為為 ʐ，同時 ʐ（耳母）轉變為捲舌音 ər，二母仍不相混。因此，止開三和非止開三的日母字已經有了語音區別〔註1〕。因此，我們在觀察明清語料和現代官話方言時，也必須特別注意止攝開口日母字和非止攝開口日母字的歷史音韻演變。並以前人研究為基礎，繼續以明清語料為探討對象，觀察日母的音讀變化，再以現代官話的方言語料了解中古日母今日的音讀類型，進而了解日母從近代至現代的演變史。

〔註1〕王力：《漢語語音史》（中國社會科學出版社，1985 年），頁 316。

第一節　明代日母的發展

一、明代語料中的日母現象

　　首先，爲了瞭解明代日母存在與失落的現象，筆者盡力考察了明代的等韻語料，共八部韻書韻圖，同時參考了前人研究的成果，將日母是否留存的現象列出簡單的表格，並描述語料所記錄的日母留存或消失的情況：

〔表27〕明代語料中日母的音變情況

	書　　名	作者	成書年代	日母存在與否
1	《韻略易通》	蘭茂	西元 1442	存在〔註2〕
2	《青郊雜著》	桑紹良	西元 1543～1581	存在〔註3〕
3	《書文音義便考私編》	李登	西元 1587	存在〔註4〕
4	《重訂司馬溫公等韻圖經》	徐孝	西元 1602	止開三日母失落〔註5〕
5	《交泰韻》	呂坤	西元 1603	存在〔註6〕
6	《元韻譜》	喬中和	西元 1611	存在〔註7〕
7	《西儒耳目資》	金尼閣	西元 1626	止開三日母失落〔註8〕
8	《韻略匯通》	畢拱辰	西元 1642	存在〔註9〕

　　由上表可得知明代八部語料中日母的概況，《韻略易通》、《青郊雜著》、《書文音義便考私編》、《交泰韻》、《元韻譜》、《韻略匯通》六部語料中的日母仍

〔註2〕張玉來：《韻略易通音系研究》（天津：天津古籍出版社，1999年）。

〔註3〕李秀珍：《青郊雜著》台北：文化大學中國文學研究所碩士論文，1996年）。

〔註4〕權淑榮：《書文音義便考私編》音系研究（台北：國立臺灣大學中國文學研究所碩士論文，1998年）。

〔註5〕劉英璉：《重訂司馬溫公等韻圖經研究》高雄：國立高雄師範大學中國文學研究所碩士論文，1987年）。

〔註6〕趙恩挺：呂坤《交泰韻》研究（台北：國立臺灣師範大學國文研究所碩士論文，1998年）。

〔註7〕廉載雄：喬中和《元韻譜》研究（台北：國立政治大學中國文學系碩士論文，2000年）。

〔註8〕張玉來：《韻略匯通》音系研究（山東：山東教育出版社，1995年）。

〔註9〕王松木：《西儒耳目資》所反映的明末官話音系（嘉義：國立中正大學中國文學研究所碩士論文，1994年）。

然存有其聲母，止攝開口三等日母字還未加入零聲母的行列，而《重訂司馬溫公等韻圖經》、《西儒耳目資》二本韻書的止攝開口三等日母字已經歸於零聲母之下，其他非止開三的日母字則未發生聲母失落現象，以下將逐一針對各本語料作一詳細的討論：

二、日母止開三未併入零聲母的語料

（一）《韻略易通》

《韻略易通》中以早梅詩代表聲母系統的 20 個字母，「東風破早梅，向暖一支開，冰雪無人見，春從天上來」中的「人」母，來源爲中古的日母字。《韻略易通》中的舌尖後音「枝、春、上、人」，可系統性地一同觀察，張玉來將「枝、春、上、人」分別擬作 tʂ、tʂˊ、ʂ、ʐ，雖然將「人」母擬爲 ʐ，但是張玉來認爲濁擦音 ʐ，可能不是眞正與輕擦音 ʂ 相配的濁擦音。王力先生曾擬爲 ɻ，作爲閃音，後來也做了修正。因此，「人」母具體音值應該使用哪個音標還不能確定，故先以 ʐ 表示。另外張玉來也表示，日母出現在洪音前爲 ʐ，細音前爲 ʒ，可以擬爲一組音，同時含有兩種變體〔註10〕。

再者，觀察中古日母止攝三等開口字，如：「而、兒、輀、洏、耳、爾、邇、餌、珥、駬、二、貳、樲、咡、䣍、毦」，在《韻略易通》中歸入十一支辭韻，聲母屬「人」字，止攝開口三等日母字還未歸入聲母「一」母。

（二）《青郊雜著》

桑紹良《青郊雜著》的二十個聲母以「盛世詩」代之，詩爲「國開王向德，天乃貴禎昌，仁壽增千歲，苞磐民弗忘」，共有二十個字。詩中的每一字代表一個聲母，本書聲母系統可歸納爲二十個聲母：見、溪、影、曉、端、透、泥、來、知、徹、日、審、精、清、心、幫、滂、明、非、微。此聲母系統與明代蘭茂《韻略易通》（1442）中的「早梅詩」二十母相等。

《青郊雜著》聲母系統中的角音，包括了中古的舌上音知、徹、澄，正齒音照、穿、牀、審、禪以及半齒音日母字。中古時期的日母在《青郊雜著》時，已經有所演變，李秀珍根據系統性將角音中的「知、徹、審、日」擬音爲 tʃ、tʃˊ、ʃ、ʒ，將「日」母擬爲爲同部位的擦音 ʒ，爲現代國語的舌尖後擦

〔註10〕張玉來：《韻略易通音系研究》（天津：天津古籍出版社，1999 年），頁23、26。

音的前身〔註11〕。高龍奎先生則以爲《青郊雜著》角音聲母的擬音，可以參考張玉來先生對《韻略易通》的研究，將其擬爲一組 tʂ，同時含有兩組變體 tʂ、tʃ〔註12〕，在和韻母拼讀時，洪音前爲 tʂ、tʂˊ、ʂ、ʐ，細音前爲 tʃ、tʃˊ、ʃ、ʒ。因此，《青郊雜著》的「日」母可擬爲含有 ʒ、ʐ 兩種變體的讀音 ʐ。

（三）《書文音義便考私編》

《書文音義便考私編》作者爲李登，李氏將三十六字母刪併之後，而訂定了當時的聲母系統，共爲二十一聲類：見、溪、疑、曉、影、奉、微、邦、平、明、端、透、尼、來、照、穿、審、日、精、清、心。李登聲母系統中的「正齒音」包含中古的舌上音「知、徹、澄」正齒音的「照、穿、床、審、禪」以及半齒音「日」母。中古的「知、照」系在此時已經合流爲一類。作者將正齒音「照、穿、審、日」四母擬爲 tʂ、tʂˊ、ʂ、ʐ，可知此時的日母音值擬讀爲 ʐ〔註13〕。

另外，日母止攝開口三等字，在《書文音義便考私編》中歸入支部，聲母屬日母，如：「兒、而、栭、爾、邇、耳、珥、餌、駬、二、貳、樲」等字，表示止開三等日母字還爲零聲母化，此時也還沒有 ɚ 韻母的產生。

（四）《交泰韻》

《交泰韻》聲母系統共有二十個聲類，分別是幫滂、明、非、微、端、透、泥、精、清、心、照、穿、審、見、溪、影、曉、來、日。聲母的擬音必須考量到系統性，因此從照系字與日母搭配來看，耿振生先生的擬音爲舌葉音 tʃ、tʃˊ、ʃ、ʒ，而其他李新魁、何九盈、楊秀芳三家的擬音則爲舌尖後音 tʂ、tʂˊ、ʂ、ʐ。再者，考量到商丘方言音系，發現其照系字與日母多讀爲舌尖後音 tʂ、tʂˊ、ʂ、ʐ，而非舌葉音 tʃ、tʃˊ、ʃ、ʒ。除了上述之外，作者考量到明代的官話韻書，如蘭茂《韻略易通》、徐孝《重訂司馬溫公等韻圖經》、喬中

〔註11〕 參看李秀珍：《青郊雜著》（台北：文化大學中國文學研究所碩士論文，1996 年），頁 53～55。

〔註12〕 參看高龍奎：〈《青郊雜著》的聲母〉，收於《漢語的歷史探討——慶祝楊耐思先生八十壽誕學術論文集》，2011 年，頁 287～288。

〔註13〕 參考權淑榮：《書文音義便考私編音系研究》（台北：國立臺灣大學中國文學研究所碩士論文，1998），頁 78～80。

和《元韻譜》、金尼閣《西儒耳目資》等所反映的聲母中，照系字與日母都讀為舌尖後音，因此《交泰韻》中的照系字與日母的音值擬為 tʂ、tʂʻ、ʂ、ʐ，應該是可信的〔註14〕。

另外，中古的泥、娘、日母也出現了部分的合流現象，故有部分的日母字在此時演變而讀為 n 聲母，將此合流現象的相關字例，列於下方〔註15〕。

第一類、娘、日母部分合流。

1.《交泰韻》韻目：二真

《交泰韻》字例	紉	恁	鉮	
《廣韻》聲母	娘	日	娘	

2.《交泰韻》韻目：七陽

《交泰韻》字例	娘	浼	釀	諹
《廣韻》聲母	娘	日	娘	娘

第二類、泥、娘、日母部分合流。

1.《交泰韻》韻目：二真

《交泰韻》字例	舋	恁	賃	蓮
《廣韻》聲母	日	日	泥	娘

由上表可知，在同韻目之中可見，中古來源為泥、娘、日母的字例，已經有相混的情況，這顯示了泥、娘、日母部分已經合流，《交泰韻》中的日母有部分字已經演變讀為聲母 n。

（五）《元韻譜》

《元韻譜音論研究》討論前人研究後，將《元韻譜》的聲母系統分為二十一母，並將齒音聲母分為「下齒」、「上齒」、「半齒」三類，其中的半齒音包括「容、閏、仍、日」四母。在「戎閏仍日」四母的例字中，除了配以柔律（合口呼）之「映」韻去聲的「戎」字（穠用切，娘母）及配以柔呂（撮

〔註14〕參考趙恩梃：呂坤《交泰韻》研究（台北：國立臺灣師範大學國文研究所碩士論文，1998 年），頁 209。

〔註15〕引於趙恩梃：呂坤《交泰韻》研究（台北：國立臺灣師範大學國文研究所碩士論文，1998 年），頁 107。

口呼）的「挼」字（奴何切，泥母）二字之外。其餘的例字，他們的中古來源皆爲「日」母。作者將「日」母擬音爲 z_i[註16]。從下表中的例字，我們可以發現止攝開口三等的「耳」字仍然歸屬於日母之下，沒有轉變爲零聲母的現象。

〔表28〕《元韻譜》日母之例字[註17]

韻目	字母	聲調	例　字	《廣韻》來源
盈韻	戎	下平	戎莪絨狨駥毧氄	日
影韻		上		日
映韻		去		娘
盈韻	闰	下平	茸揖楫稕緝姳髶	日
影韻		上	偄稕宂氄	日
映韻		去	宂鴝宂	日
盈韻	仍	下平	仍	日
盈韻		下平	仍芿迈扔礽陾珥耳	日
影韻	日	上	耳	日
映韻		去	扔仍認	日

（六）《韻略匯通》

《韻略匯通》（1642）在體例上沿襲了《韻略易通》的架構，《匯通》的聲母共二十個：冰、破、梅、風、無、東、天、暖、來、早、從、雪、枝、春、上、人、見、開、向、一。其中，「人」字聲母的中古來源爲日母，張玉來將「人」母擬爲 z_i[註18]。

《匯通》完整保存了中古「日」母的聲類，陸志韋先生擬作 z_i。張玉來認爲《匯通》的「人」母不能做 z_i 來看待，但是由於習慣的關係，在音標的處理上仍使用 z_i。根據金有景先生的研究[註19]，將山東方言中的日母今讀拿來和

〔註16〕林協成：《元韻譜音論研究》（台北：中國文化大學中國文學研究所碩士論文，2002年），頁93、121。

〔註17〕林協成：《元韻譜音論研究》（台北：中國文化大學中國文學研究所碩士論文，2002年），頁94。

〔註18〕張玉來：《韻略匯通研究》（山東：山東教育出版社，1995年），頁57。

〔註19〕參考金有景：《論日母》，收於《羅常培紀念論文集》，頁345。

《韻略匯通》對照，日母的讀法大致有 ø、l̩z、l 三種，三種讀音之中，讀 ø 的居多，l 主要出現在「而耳爾兒鉺二貳」等止攝三等韻字裡，l̩z 出現在少數方言裡。因此，張玉來認爲《韻略匯通》的人母音色斷不能是 z̩，也許是 l̩z，也許是 l，但音值究竟爲何還沒有定論〔註20〕。

　　另外，中古日母止攝三等開口字，如：「而、兒、輀、洏、耳、爾、邇、餌、珥、駬、二、貳、樲、咡、刵、耗」，《韻略匯通》還未歸入零聲母「一」母。《韻略匯通》比起《韻略易通》時代晚了二百年，照理來說止開三日母字應該已經發生變化，但或許因爲作者遵守舊有體例架構，而未能將止開三日母字的音變現象顯示於語料中。

三、日母止開三併入零聲母的語料

（一）《重訂司馬溫公等韻圖經》

　　《重訂司馬溫公等韻圖經》（以下簡稱《等韻圖經》）二十二聲母：見、溪、端、透、泥、幫、滂、明、精、清、[心]、心、影、曉、來、非、敷、微、照、穿、稔、審。《等韻圖經》的影母涵蓋了中古影、疑、喻三、喻四、微、日六母字，讀成零聲母，書中所含的日母字即是中古止攝開口日母字，在《等韻圖經》時期已經歸入零聲母之下。根據李思敬研究，ɚ 韻母的產生，約在明代初期（1407～1471）。韻書中最早見的 ɚ 韻母的產生便是起於《司馬溫公等韻圖經》，書中將「兒、爾、二」等字歸入了零聲母的影母之下，表示這些字已經和其他的日母字分途發展〔註21〕。

　　《四聲領率譜》是《等韻圖經》的反切總譜，它爲《等韻圖經》的所有音節（包括有形的和無形的）都設立了反切。《四聲領率譜》中的「正齒音」包含照、穿、稔、審四母。要討論《四聲領率譜》的「稔」母之前，我們必須分成兩部分來觀察：一是中古日母未零聲母化的現象，二是中古日母讀作零聲母 ø 的現象。

　　《四聲領率譜》中「稔」母的中古來源爲「日」母字，《四聲領率譜》稔母只出現在開、合口篇的洪音。考量到明末《四聲領率譜》照系已經擬爲捲舌音，

〔註20〕參考張玉來：《韻略匯通研究》（山東：山東教育出版社，1995 年），頁 55～56。

〔註21〕李思敬：《漢語兒〔ɚ〕音史研究》（台北：臺灣商務印書館，1986 年）。

以及參考現代北京方言中日母的讀音，因此與照、穿、審同列的稔母，王曉萍也將其擬爲捲舌音的 z [註22]。將《四聲領率譜》中稔母的字例及反切，試舉如下：

〔表29〕《等韻圖經》之《四聲領率譜》的稔母例字對照表 [註23]

例字	《四聲領率譜》反切、聲、韻	《廣韻》反切、聲、韻
仍	饒呈（稔／能）	如乘（日／蒸）
戎	如蟲（稔／同）	如融（日／東）
饒	然晃（稔／豪）	如招（日／宵）
如	戎逐（稔／局）	人諸（日／魚）
	如垂（稔／回）	儒佳（日／脂）

再者，《四聲領率譜》中的喉音「影」，分別來自中古的影、疑、云（喻三）、以（喻四）、微、日母六母。其中來自日母止攝開口三等字的「而、爾、二」三字，顯示出止開三的日母字已經歸入零聲母底下，與其他的日母字分流了。

〔表30〕《等韻圖經》之《四聲領率譜》的影母例字對照表 [註24]

例字	《四聲領率譜》反切、聲、韻	《廣韻》反切、聲、韻
而	敖慈（影／慈）	如之（日／之）
爾	安子（影／子）	兒氏（日／紙）
二	哀自（影／次）	而至（日／至）

《四聲領率譜》中這樣的例子只有三例，可見日紐的止攝字，在十七世紀時出現了零聲母化的情形，日母的止攝開口三等字沒有變成舌尖後濁擦音，反而併入了零聲母的行列。

〔註22〕參見王曉萍：《四聲領率譜音系研究》（台北：國立中正大學中國文學系碩士論文，1999年），頁38。

〔註23〕轉引自王曉萍：《四聲領率譜音系研究》（台北：國立中正大學中國文學系碩士論文，1999年），頁36。

〔註24〕轉引自王曉萍：《四聲領率譜音系研究》（台北：國立中正大學中國文學系碩士論文，1999年），頁40。

（二）《西儒耳目資》

《西儒耳目資》中的日母字 j 行，據羅常培（1930a：290～291）分析利瑪竇記音與〈音韻經緯全局〉所收字例，發現 j 行所收例字除了中古來源的日母字之外，還包括疑紐的「阮」字，喻紐的「銳」字以及從泥紐變來的「阮」字，j 行並不只專屬於日紐字。王松木將《西儒耳目資》中日母音值擬爲 ẓ，雖然從〈音韻經緯全局〉來看，「者 ch、撦 ch´、石 x、日 j」有兼配洪細的情況，甚至有一字洪細二讀的現象，多數人以爲捲舌音聲母後皆細音，容易產生發音困難而造成音素失落，因此主張將細音前的知、照系字擬爲舌尖面音。然而音素的失落應該有其發展的時間，並非一接觸及失落，且現代方言中也仍有捲舌音配細音的現象。故王松木主張將「者 ch、撦 ch´、石 x、日 j」擬爲捲舌音，後可接細音，將日母擬作捲舌音 ẓ〔註25〕。

《西儒耳目資》中已經出現日母部份失落音素的現象，書中日母讀爲零聲母有三字：而、爾、二。「而、爾、二」中古皆屬止攝開口日母字，此三字在《西儒耳目資》中編的《列音韻譜》內皆歸於第二十五攝 ul。李思敬研究中指出，金尼閣的時代兒系字的音值是 ul，只有陽平、上聲、去聲有字，陰平、入聲沒有字。而在有字的聲調中，ul 韻母只是自成音節，不和任何聲母拼合成字。ul 的標音沒有聲母，表示兒系字已經等同歸於零聲母，金尼閣所標的 ul 音即爲兒系字的音值 ɚ〔註26〕。因此，我們可以知道《西儒耳目資》止開三日母字，已經走上零聲母化的道路。

綜上所述，本節觀察了明代八本韻書韻圖，試圖從中找尋日母演變的蹤跡，依日母是否失落音素加入零聲母的行列作爲分辨，將明代語料分爲兩類：日母止開三未併入零聲母的語料、日母止開三已經併入零聲母的語料。發現日母止攝開口三等字最早在西元 1602 的《重訂司馬溫公等韻圖經》中，已經歸入零聲母影母底下，接著西元 1626《西儒耳目資》也顯示日母止攝開口字的零聲母化情形。筆者將明代八本語料統整一表格，標上時間、所反映的方音、現代方言分區歸屬，以及日母的演變情況，再試圖就時間軸與空間軸的角度探索語料所反映的日母演變情形。

〔註25〕王松木：《西儒耳目資》所反映的明末官話音系（嘉義：國立中正大學中國文學研究所碩士論文，1994 年），頁 78。

〔註26〕李思敬：《漢語兒〔ɚ〕音史研究》（台北：臺灣商務印書館，1986 年），頁 49～51。

〔表31〕明代語料所反映的方音及日母的音變

成書年代	書　名	反映方言	隸屬方言區	日母情形
西元 1442	《韻略易通》	北方音系	北方音系	存在
西元 1543～1581	《青郊雜著》	河南濮州	中原官話鄭曹片	存在
西元 1587	《書文音義便考私編》	南京方言	江淮官話洪巢片	存在
西元 1602	《重訂司馬溫公等韻圖經》	北京話	北京官話幽燕片	止開三日母失落
西元 1603	《交泰韻》	河南商丘寧陵	中原官話鄭曹片	存在
西元 1611	《元韻譜》	河北內丘	冀魯官話石濟片	存在
西元 1626	《西儒耳目資》	南京話	江淮官話洪巢片	止開三日母失落
西元 1642	《韻略匯通》	北方音系	北方音系	存在

　　以時間軸而言，西元 1602 的《重訂司馬溫公等韻圖經》首次產生了日母止攝開口字的零聲母化情形，而相對於時代相差不遠又同樣反映北方官話的《元韻譜》（1611 年），卻沒有出現止攝開口日母字的零聲母化。另外，照時間來說同樣反映北方官話的《韻略匯通》（1642 年）中，日母字應該出現部分失落音素，但可能因爲承襲《韻略易通》的關係而沒有反映出來。

　　而以空間軸來說，反映北京話的《重訂司馬溫公等韻圖經》屬於現代方言北京官話區的幽燕片，率先產生了部分日母零聲母化的演變。時代稍晚，反映南京話的《西儒耳目資》（1626 年）屬於現代方言江淮官話區的洪巢片，也出現了日母止開三等字併入零聲母的現象。表示不論在北京話或南京話都出現止攝開口日母字的零聲母化，雖然《重訂司馬溫公等韻圖經》比《西儒耳目資》時間早了二十多年，但因爲沒有完全同時間點的語料能夠比較，也不能斷定日母止攝開口字是從北方音系開始失落零聲母。

第二節　清代日母的發展

一、清代語料中的日母現象

　　首先，筆者考察了清代的等韻語料，試圖瞭解清代日母存在與失落的現

象，前後共觀察七部韻書韻圖，同時參考了前人研究的成果，將日母是否留存的現象列出簡單的表格，並描述語料所記錄的日母留存或消失的情況：

〔表 32〕清代語料中日母的音變情況

	書　　名	作者	成書年代	日母存在與否
1	《五方元音》	樊騰鳳	西元 1654～1673	存在〔註27〕
2	《黃鍾通韻》	都四德	西元 1744	止開三日母失落〔註28〕
3	《五聲反切正韻》	吳烺	西元 1763	存在〔註29〕
4	《等韻精要》	賈存仁	西元 1775	止開三日母失落〔註30〕
5	《音韻逢源》	裕恩	西元 1840	止開三日母失落〔註31〕
6	《等韻學》	許惠	西元 1878	止開三日母失落〔註32〕
7	《韻籟》	華長忠	西元 1889	止開三日母失落〔註33〕

由上表可得知清代七部語料中日母的概況，《黃鍾通韻》、《等韻精要》、《音韻逢源》、《等韻學》、《韻籟》等六部語料中日母的止攝開口三等字皆已失落為零聲母，而非止開三的日母字則多讀為 ʐ 聲母，只有《五方元音》、《五聲反切正韻》兩本語料中日母的止攝開口三等字則還未失落為零聲母，以下將逐一針對各本語料作一詳細的討論：

二、日母止開三未併入零聲母的語料

（一）《五方元音》

《五方元音》聲母有二十字母，分別是：「梆、匏、木、風、斗、土、鳥、

〔註27〕石俊浩：《五方元音研究》（台北：文化大學中國文學研究所碩士論文，1992 年）。

〔註28〕郭繼文：《黃鍾通韻音系研究》（雲林：雲林科技大學漢學資料整理研究所碩士論文，2009 年）。

〔註29〕張淑萍：《五聲反切正韻研究》（嘉義：國立中正大學中國文學系碩士論文，2003 年）。

〔註30〕宋民映《等韻精要音系研究》（台南：國立成功大學歷史語言研究所碩士論文，1993 年）。

〔註31〕鄭永玉《音韻逢源音系字研究》（台北：東吳大學中國文學系碩士論文，1996 年）。

〔註32〕王麗雅：《許惠等韻學研究》（嘉義：國立嘉義大學中國文學系研究所碩士論文，2007 年）。

〔註33〕黃凱筠《韻籟的音韻探討》（高雄：國立中山大學中國語文學系研究所碩士論文，2004 年）。

雷、竹、蟲、石、日、剪、鵲、系、雲、金、橋、火、蛙」二十母，與《韻略匯通》相較之下，少了「無」母，但將原本的「一」母分爲「雲」、「蛙」二母。李新魁認爲《五方元音》實際上只有十九個聲母，只是爲湊齊二十之數，所以分立一母。《五方元音》聲母中存有日母，並且自成一類，但日母與泥母之間存有少許相混的情形，日母混入泥母的例字如：絍、您、賃；泥母混入日母的例字如：蒸、吶。中古來源的日母字，在《五方元音》存有讀爲聲母 n 的情形，但只是少數。此時期日母主要的讀法，歷代學者在擬音上也有許多不同看法，多數人擬作 z̞，如：趙蔭棠、陸志韋、李新魁、耿振生；或擬作 ɻ，如：王力、龍庄偉認爲日母應該是捲舌閃音 ɽ。

　　另外，止攝開口日母字「二而耳兒餌爾貳洱邇珥鉺」等字，在《五方元音》中仍歸於日母底下，石俊浩研究認爲《五方元音》零聲母與現代漢語之間所存在的不同在於：「而兒耳爾二貳」等字在《五方元音》仍讀「日母」，尚未變爲零聲母，及尚未產生韻母 ɚ〔註34〕。但是李清桓則以爲，《五方元音》是爲沿襲《韻略易通》的架構，或者是受到存古觀念之影響，才將止攝開口日母字歸於日母，而非真正反映當時方音的歸類，當時的止攝開口日母字應已經脫落聲母。《五方元音》中止攝開口日母字的歸類例字，請見下表：

〔表 33〕《五方元音》日母例字對照表〔註35〕

例字	《五方元音》韻、聲、調	《廣韻》聲、韻、開合、調、攝
而	地日下平	日之開三平止
兒	地日下平	日之開三平止
耳	地日上	日止開三平止
爾	地日上	日紙開三上止
二	地日去	日至開三上止
貳	地日去	日至開三去止

（二）《五聲反切正韻》

《五聲反切正韻》一書特地強調正韻二字，書中亦強調「一本天籟」的

〔註34〕參考石俊浩：《五方元音研究》（台北：文化大學中國文學研究所碩士論文，1992年），頁 68～71。

〔註35〕轉引自李清桓：《五方元音》音系研究（武漢：武漢大學出版社，2008年），頁 49。

精神。作者吳烺將三十六字母歸併成十九母，並且捨棄了「字母」的觀念，改用「縱音」的觀念來取代字母。《五聲反切正韻》中的縱音第二十位，來源爲中古的日母字，從其韻圖歸字來看包括止攝開口三等的日母字「而耳二」，以及其他的日母字「瑞如仁讓」。這表示代表在《五聲反切正韻》之時，止開三日母字「而耳二」尚未失落成零聲母，而是和其他日母字「瑞如仁讓」等字的聲母相同。張淑萍認爲依照「而耳二」三字所歸放的韻圖來看，他們的韻母是 i，若將聲母擬作捲舌濁擦音 z，則「而耳二」三字變讀作 zi，這是不符合音理及發展規律的，因此就以上條件認爲捲舌濁擦音 z 在當時尚未產生，而《五聲反切正韻》縱音第二十的聲母應該擬作舌尖面濁擦音 $ʒ$〔註36〕。

　　但是，我們必須注意，此時期的止攝開口日母字大多應該失去聲母，併入零聲母的行列，但《五聲反切正韻》卻沒有反映此類現象，是否有受到存古觀念的影響，實際止攝開口日母已讀爲 ø，還需要進一步地確認。

三、日母止開三併入零聲母的語料

（一）《黃鍾通韻》

　　《黃鍾通韻》所列聲母共二十二類，歌、柯、呵、喔、得、搦、特、勒、勒、知、痴、詩、日、白、拍、默、佛、倭、皆、O、思、日。在討論《黃鍾通韻》的日母應擬作何種音值？又日母在此時期語音演變情形爲何之前，必須先注意到《黃鍾通韻》中日母重出的問題，《黃鍾通韻》中設有牙屬日母和齒屬日母，然而歷代大多數學者皆認爲牙屬日母的設立乃是一「虛位」，因此我們可就齒屬日母爲主，來討論日母的音值問題。陳雪竹（2002）〔註37〕以爲齒屬日母統領了中古日母和喻母字，其中開、合口呼是中古日母字，齊、撮口呼是中古喻母字和部分影母字，又《黃鍾通韻》反映了今東北官話，而今東北官話一般將北京話中的 z 聲母讀爲 ø 聲母，因此將齒屬日母的音值擬爲略帶摩擦成分的半元音 j。王松木（2003）〔註38〕從韻圖的排列上來看，將齒屬

〔註36〕參看張淑萍：《五聲反切正韻研究》（嘉義：國立中正大學中國文學系碩士論文，2003 年），頁 93。

〔註37〕陳雪竹：〈《黃鍾通韻》聲母簡析〉，收於《內蒙古大學學報》（人文社會科學版）第 34 卷第 5 期，頁 56。

〔註38〕王松木〈等韻研究的認知取向──以都四德「黃鍾通韻」爲例〉，收於《漢學研究》

日母依上等和下等的分別，和城南漢人話的 ʐ、ø 對應，而下等字對應 ø 的原因，則和滿人學習的語言──遼東漢語有關。因此，可參照清代滿語與遼東漢語的聲母系統，將日母擬爲具摩擦色彩的半元音 j，一則 j 的摩擦性不如濁擦音 ʐ 強，二則 j 也比較容易失落而讀爲 ø。

另外，關於中古止攝開口三等字在《黃鍾通韻》的音值，從觀察《黃鍾通韻》的零聲母「哦」母所收例字可以得知，「哦」母包含了中古喻、影、疑、微、日六母字，而其中正好收有中古日母止攝開口三等字：「而爾二」三字〔註 39〕。因此，我們知道《黃鍾通韻》時期止攝開口三等日母字已經零聲母化，音值讀作 ø。

（二）《等韻精要》

《等韻精要》韻圖將聲母分爲二十一母：餀、黑、搣、刻、牙豈、勒、得、忒、嬲、日、式、汁、尺、思、咨、雌、勿、夫、不、普、木，其中喉音爲：餀、黑、搣、刻、豟。《等韻精要》〔註 40〕鄂音包括日母、式母、汁母、尺母，其中的日母中古來源皆爲日母字，只有一個「吶」字屬例外，「吶」字《廣韻》「女劣切」屬娘母。若觀察《等韻精要》中日母與韻母的相配狀況，日母應該還沒捲舌化，仍然留在舌葉音 ʒ 的階段，因爲《等韻精要》中的日母專與細音相配。今音讀作開口音的字幾乎在齊齒呼中，如「柔揉饒繞仍扔然染人忍任」等字都是。今音讀作合口音的字幾乎在撮口呼裡，如「如孺犉閏摑阮」等字。然而賈氏卻把日母歸於齶音，表示以爲日母與其他齶音聲母發音部位相同，應該已經變成捲舌音 ʐ。這可能是作者兼顧古今音而有的編排方式，日母在《五方元音》裡已經變成捲舌音，而《等韻精要》成書年代還要再晚一百年，日母應該已經捲舌化。因此宋民映將「式、汁、尺、日」四母的音值，擬訂爲 tʂ、tʂʻ、ʂ、ʐ〔註 41〕。

第 21 卷第 2 期，頁 358。

〔註 39〕 參考郭繼文：《黃鍾通韻音系研究》（雲林：雲林科技大學漢學資料整理研究所碩士論文，2009 年），頁 57。

〔註 40〕 宋民映《等韻精要音系研究》（台南：國立成功大學歷史語言研究所碩士論文，1993 年），頁聲母 7。

〔註 41〕 宋民映《等韻精要音系研究》（台南：國立成功大學歷史語言研究所碩士論文，1993 年），頁聲母 29～30。

另外，關於《等韻精要》止攝開口三等的日母字，唯有一「呢」字（《廣韻》「汝移切」，屬於止攝開口三等字）歸入餘母之中。但是，「呢」字《集韻》作爲「塢皆切」，屬影母字，賈氏也可能是根據《集韻》而定。因此只憑「呢」字一例，不能斷定該書反映止開三日母字已變爲零聲母，而且「兒而耳」等字仍然歸於日母的齊齒呼中。不過，賈氏曾於〈總論〉中云：

> 愚嘗疑而耳等音四海如一，而從來韻法中皆無其位，殊不可解。後乃知之，蓋即餘韻舌音第一位也。生平疑義，一朝釋然，決不可言。第推之他韻皆不去，又不之此理如而耳。此書於舌音第一位仍借喉音以此

從賈氏所言可知，他已經察覺到「兒耳」等字的讀音變化，切推測是餘韻舌音第一位，所謂舌音第一位是有音無字的虛位，賈氏借喉音第一位來代替。因此令人懷疑，「兒耳」等字當時可能已經有今音 ər（ɚ）的讀法〔註42〕。

（三）《音韻逢源》

《音韻逢源》共分爲二十一聲母，以下討論參、氏兩母所收的例字情形。「參」母所收的字，全部來自中古的日母，如：「壤軟然冗扨閏若」等。其他有少數例外字，如：「瑞」來自中古禪母、「睿、銳、叡」來自中古喻母。從「參」母內所收的中古日母字，皆不與介音 i、y 相併的現象來看，可以推知「參」母已變讀爲捲舌音。鄭永玉的研究中將「參」母的音值擬作 ʐ〔註43〕。

另一部分，關於止攝開口三等的日母字，如「兒而耳二」等字，在《音韻逢源》中已經皆歸入未部開口氏母之下，表示其音值與非止開三的日母已經不同。然而《音韻逢源》不將中古止攝開口日母字歸入胃母（影母）之下，而歸於氏母（疑母）之下，這是應該是作者刻意的安排。未部開口氏母元是沒有韻字的空格，只有收日母字，而氏母讀音與影母相同，皆讀爲零聲母，因此中古止攝開口日母字在《音韻逢源》之時已經讀爲零聲母 ∅〔註44〕。

〔註42〕宋民映《等韻精要音系研究》（台南：國立成功大學歷史語言研究所碩士論文，1993年），頁聲母32。

〔註43〕鄭永玉《音韻逢源音系字研究》（台北：東吳大學中國文學系碩士論文，1996年），頁79。

〔註44〕鄭永玉《音韻逢源音系字研究》（台北：東吳大學中國文學系碩士論文，1996年），

（四）《等韻學》

《等韻學》聲母系統共有 38 聲母，因爲考量到介音的區別，因此聲母數量較多。《等韻學》第三十八商音母，其中例字的中古來源爲日母開口字，王麗雅將第三十八商音母的音值擬爲[ʑ] [註45]。另外，我們必須注意到止攝開口三等日母字的音變發展，然而王麗雅的研究並未提及止開三的日母字情形，而就其研究所整理的表格中，不論是第二十二宮音母[ø]、第三十角音母[øi]、第三十四羽音母[øy]、第三十六羽音母[øu]的中古來源皆未包含中古日母止攝三等開口字。

孫宜志在《安徽江淮官話語音研究》（2006：152～155）提及《等韻學》的韻母特點之一爲「止攝開口三等日母字的韻母與果攝一等相同。」另外孫宜志（2006：148～151）亦提及《等韻學》的聲母特點包括「影母、疑母合口三四等字、日母合口字和喻母合口字的聲母合併（讀 ø），疑母開口三四等字和泥母的生母合併，日母開口三等字獨立（讀 ʐ）」。孫宜志研究中表示《等韻學》中的兒化韻（止攝開口三等日母字）是與果攝合流，可知當時已經有兒化韻的產生，因此止開三日母字應與非止開三日母字分流。又，對照現代的樅陽方言，發現樅陽的聲母特點與《等韻學》符合，聲母特色爲：「影母、疑母合口三四等韻母與喻母合口、日母合口合併，讀零聲母」、「止攝三等開口日母字老讀零聲母，新讀 ŋ 聲母，逢其餘開口呼韻母今讀 z 聲母」。我們可從此知道，止攝三等開口日母字老讀零聲母的現象，應該也與《等韻學》日母互相呼應。因此《等韻學》當時的止攝三等開口日母字應該不再讀爲日母 ʐ，而有可能已經讀爲零聲母。

（五）《韻籟》

《韻籟》的聲類總共分爲五十母，數量如此之多是因四呼分立的緣故。中古日母字演變到《韻籟》的時期，可分爲兩個部分來看，一爲止攝開口三等的日母字，一爲非止開三的日母字。《韻籟》中古來源爲日母字的聲類包括「日」、「弱」二聲，「日」聲與「弱」聲接收中古日母字，不同在於「弱」聲

頁 91。

[註45] 參考王麗雅：《許惠等韻學研究》（嘉義：國立嘉義大學中國文學系研究所碩士論文，2007 年），頁 91。

字帶合口 u 介音，而日聲字不帶合口 u 介音。「日」聲收有 72 字，其中僅「糅」字屬娘母、「撓」字屬泥母、「嬈」字屬曉母，其餘皆屬日母，與開口呼相配，如「繞仍穰任」等。「弱」聲共收 121 字，收日母 70 字，喻母 29 字，影母 13 字，疑母 4 字，禪母仄聲、禪母平聲、娘母各 1 字〔註46〕。竺家寧師在〈《韻籟》中的幾個次濁聲母〉（2004:336）中指出：

> 從《韻籟》的整個聲母系統來看，日母是配洪音的，所已擬定爲捲舌濁擦音，並無不妥。「日、弱」二母的差別並不再介音「齊齒」和「合口」，而是「開口」和「合口」的差別。也就是說，「日母」在《韻籟》的整個聲母系統中，表捲舌濁擦音的「開口」字。「弱」母字在《韻籟》的」整個聲母系統中，表捲舌濁擦音的「合口」字。

承上所述，黃凱筠也將「日」、「弱」二母擬爲 ʐ。

關於中古止攝開口三等的日母字，《韻籟》中「額」聲爲零聲母，韻書中「額」五收 27 字，其中影母 1 字，日母 26 字。《廣韻》止開三日母字「兒、呢、而、栭、胹、鮞、爾、邇、耳、鉺、珥、咡、耗、二、貳」等字，收於額五之中，與現代國語一樣讀爲舌尖元音 ɚ，與讀爲舌面元音的額四不同〔註47〕。而就上述現象，我們可知中古止開三的日母字在《韻籟》中已經零聲母化，讀爲 ø 聲母。

綜上所述，本節觀察了清代七本韻書韻圖，試圖從中找尋日母演變的蹤跡，依日母是否失落音素加入零聲母的行列作爲分辨，將明代語料分爲兩類：日母止開三未併入零聲母的語料、日母止開三已經併入零聲母的語料。我們從清代語料中可知，幾乎所有的清代韻書韻圖中日母止開三等字皆已失落音素，只存《五方元音》、《五聲反切正韻》，筆者將清代七本語料統整一表格，標上時間、所反映的方音、現代方言分區歸屬，以及日母的演變情況，再試圖就時間軸與空間軸的角度探索語料所反映的日母演變情形。

〔註46〕黃凱筠《韻籟的音韻探討》（高雄：國立中山大學中國語文學系研究所碩士論文，2004 年），頁 55、57。

〔註47〕黃凱筠《韻籟的音韻探討》（高雄：國立中山大學中國語文學系研究所碩士論文，2004 年），頁 53。

〔表34〕清代語料所反映的方音及日母的音變

成書年代	書　　名	反映方言	隸屬方言區	日母情形
西元 1654～1673	《五方元音》	北方音系	北方音系	存在
西元 1744	《黃鍾通韻》	吉林、黑龍江省	北京官話 黑吉、哈肇片	止開三日母失落
西元 1763	《五聲反切正韻》	安徽省全椒	江淮官話 洪巢片	存在
西元 1775	《等韻精要》	江西省浮山	中原官話 汾河片	止開三日母失落
西元 1840	《音韻逢源》	河北天津	冀魯官話 保堂片	止開三日母失落
西元 1878	《等韻學》	北京話	北京官話 幽燕片	止開三日母失落
西元 1889	《韻籟》	安徽桐城與樅陽	江淮官話 黃孝片	止開三日母失落

　　以時間軸而言，十七世紀中葉以後的清代語料，幾乎表現了日母止攝開口字的零聲母化情形，從西元 1744 年《黃鍾通韻》、《等韻精要》（1775 年）、《音韻逢源》（1840 年）、《等韻學》（1878 年）、一直到西元 1889 年的《韻籟》，日母止攝開口字皆歸入零聲母之下。只有《五方元音》和《五聲反切正韻》兩本語料，日母還未部分零聲母化，但有研究顯示《五方元音》是受到存古思想的影響，否則按照時間來說，反映北方音系的《五方元音》止開三日母字應該也已經失落聲母了。

　　而以空間軸來說，反映東北方言的《黃鍾通韻》，屬於現代方言北京官話區的黑吉片與哈肇片，反映江西浮山的《等韻精要》，屬於現代方言中原官話區的汾河片，反映河北天津的《音韻逢源》，屬於現代方言冀魯官話區的保堂片，反映北京話的《等韻學》，屬於現代方言北京官話區的幽燕片，反映安徽桐城、樅陽的《韻籟》，屬於現代方言江淮官話區的黃孝片，皆出現了日母止開三等字併入零聲母的現象。表示不論在北京官話區、冀魯官話區、中原官話區、江淮官話區都有止攝開口日母字零聲母化的現象。從明代《重訂司馬溫公等韻圖經》開始，止開三日母字的零聲母化已經擴展到各個方言區，而非只是單一方言區的零聲母現象了。

第三節　現代官話方言中日母的發展

　　根據《漢語方音字彙》、《漢語官話方言研究》、《普通話基礎方言基本詞彙集・語音卷》，我們總共考察了八大官話區中的 67 個方言點，其中可非為兩類來談，日母止攝開口字已全數讀為零聲母；而日母非止攝開口字方面，共有 22 個方言點中日母已經失落讀為零聲母，而其他 45 個方言點日母轉變為其他音讀 ʐ、z、l、n 等。另外，今日母音讀還包括讀為唇齒濁擦音 v 的類型。

　　中古日母演變到現代官話中的類型可大致分為三種：一、零聲母型。二、承日母而音變之類型。第二類型可再細分為 ʐ 舌尖捲舌擦音、z 舌尖齒齦擦音、l 舌尖齒齦邊音、n 舌尖齒齦鼻音各類音讀。ʐ、z 皆為擦音，同發音方法；l、n 皆為齒齦發音，同發音部位。三、唇齒濁擦音 v 母型。第三類的音變現象，並非承日母而來，而是受到高元音 u 的影響而出現的讀音。

一、日母演變類型在現代官話中的分佈

　　中古日母演變到現代官話，今聲母類型可分為三種不同的大類：一、零聲母型。二、承日母而音變之類型。三、唇齒濁擦音 v 母型。以下將八大官話區中的 67 個方言點，分為此三種類型，從地理層面來了解日母現今讀音類型的概況：

（一）零聲母型（以日母非止攝開口三等字為主）

北京官話：瀋陽（遼瀋片）

晉語：長治（上黨片）

〔圖 13〕中古日母今聲母「零聲母型」的方言分佈圖

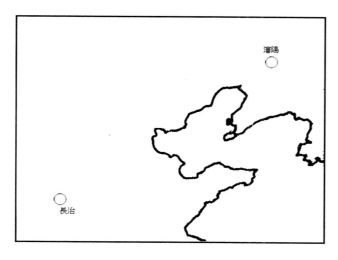

日母止攝開口三等字，在北京官話區、膠遼官話區、中原官話區、蘭銀官話區、西南官話區、江淮官話區、晉語區七大方言區地方言點中，全部讀做零聲母，沒有例外。只有冀魯官話區有讀作ø、l兩種讀音，保唐片唐山、保唐片天津、滄惠片河間、滄惠片滄州、石濟片濟南、石濟片石家莊，日母讀作ø。章利片利津，日母讀l。保唐片高陽，部分日母讀l，部分日母讀ø。

（二）承日母而音變之類型（以日母非止攝開口三等字爲主）

北京官話：北京（幽燕片）、興城（錦興片）、哈爾濱、巴彥（哈肇片）、齊齊哈爾、黑河、長春、白城（黑吉片）

膠遼官話：（登連片）牟平、（營通片）丹東、青島、諸城（青萊片）

冀魯官話：唐山、天津、高陽（保唐片）、河間、滄州（滄惠片）、石家莊、濟南（石濟片）、利津（章利片）

中原官話：敦煌、寶雞、西寧（秦隴片）、徐州（洛徐片）、鄭州、商丘、阜陽（鄭曹片）、信陽（信蚌片）、曲阜（蔡魯片）、天水（隴中片）、西安（關中片）、吐魯番（南疆片）、運城（汾河片）

蘭銀官話：靈武、銀川（銀吳片）、吉木薩爾、烏魯木齊（塔密片）、永登、蘭州（金城片）、張掖（河西片）

西南官話：大方、成都（川黔片）、昆明、大理、蒙自（雲南片）、荔浦（桂柳片）、武漢（湖廣片）、喜德（川西片）、都江堰（西蜀片）

江淮官話：南京、合肥、揚州（洪巢片）、紅安、安慶（黃孝片）、秦州、南通（秦如片）

晉　　語：大同（大包片）、呼和浩特（張呼片）、離石、嵐縣（呂梁片）、邯鄲、獲嘉（邯新片）、太原（並州片）、忻州（五台片）、志丹（志延片）

〔圖14〕中古日母今聲母「承日母而音變之類型」的方言分佈圖

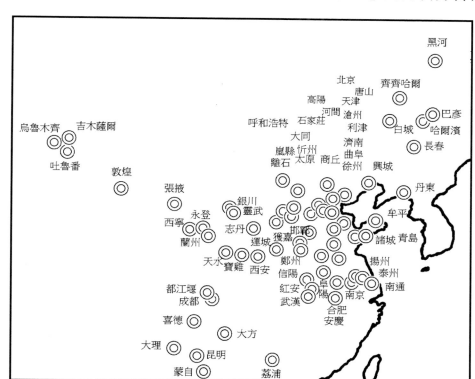

（三）唇齒濁擦音 v 母型（以日母非止攝開口三等字為主）

中原官話：西安（關中片）、吐魯番（南疆片）、運城（汾河片）

蘭銀官話：永登、蘭州（金城片）、張掖（河西片）、吉木薩爾（塔密片）

以上都是部分聲母讀 z_i，部分聲母讀 v

〔圖15〕中古日母今聲母「唇齒濁擦音 v 母型」的方言分佈圖

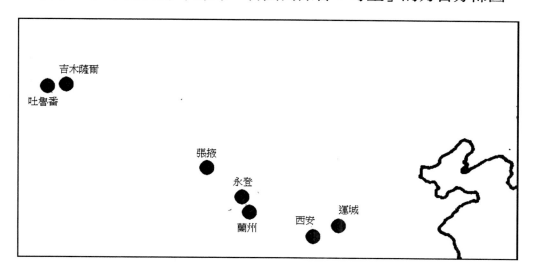

（四）日母三類今聲母的分佈對照（以日母非止攝開口三等字爲主）

中古來源爲日母的零聲母字，今聲母的音讀類型可以分爲三類：零聲母型、承日母而音變之類型、唇齒濁擦音 v 母型。我們將此三類的方言分佈，統合之後在地圖上標上地標，如此一來可以觀察中古來源爲日母的零聲母字，在八大官話方言區中的分佈情形爲何。地圖上的地標皆以顏色表示，其代表的今聲母讀音說明如下：

○ 零聲母型
◎ 承日母而音變型
◐ 唇齒著擦音v母型+承日母而音變型

若以地理分佈而言，日母非止攝開口三等字中，今聲母類型爲「零聲母型」單點分佈在北京官話的瀋陽、晉語的長治。而日母讀作「唇齒濁擦音 v 母型」，大多分佈在中原官話、蘭銀官話兩區。日母今聲母爲「承日母而音變型」的分佈點則十分廣泛，現代官話的八大區中都有所分佈。整體來說，日母今聲母爲「承日母而音變型」的音讀，比起其他兩類，還是十分強勢的。

〔圖 16〕中古日母今聲母三大類型的方言分佈圖

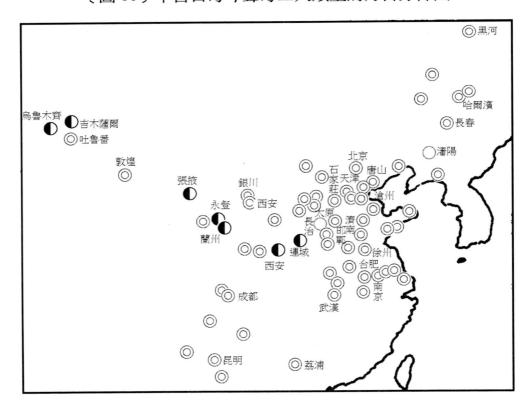

二、日母演變類型在現代官話各區的情形

　　我們在中古的日母字中，依《漢語官話方言研究》中所提供的「惹、如、乳、兒、二、耳、饒、擾、柔、染、任~務、然、軟、認、閏、讓、扔、仍、絨、冗、入、熱、日、弱、肉、辱」26 字為準，考察共 67 個方言點，以下按照現代官話的分區，逐一將各方言區、片、點列出，並附上例字的音讀。同時，我們也試圖在現代各方言區中，分析各官話區中日母的音變類型。

（一）北京官話區

　　北京官話區中古日母的例字，我們可先依條件分為：止攝開口字、非止攝開口字兩大類來觀察，再分析北京官話區日母的音變類型。

方言片、點 例字		幽燕 北京	錦興 興城	遼沈 瀋陽	哈肇		黑吉			
					巴彥	哈爾濱	長春	白城	齊齊 哈爾	黑河
兒	止開三 支平日	ɚ	ɚ	ɚ	ɚ	ər	ɚ	ər	ər	ər
二	止開三 至去日	ɚ	ɚ	ɚ	ɚ	ər	ɚ	ər	ər	ər
耳	止開三 止上日	ɚ	ɚ	ɚ	ɚ	ər	ɚ	ər	ər	ər
惹	假開三 馬上日	ʐɤ	ʐɤ	ie	ʐɤ		ʐɤ			
如	遇合三 魚平日	ʐu	ʐu	iu / y	ʐu		y / ʐu	y	ʐu	
乳	遇合三 麌上日	ʐu	ʐu	iu / y	ʐu	ʐu	lu		ʐu	ʐu
饒	效開三 宵平日	ʐau	ʐau	iau	iau	ʐau	iau	iau	ʐau	ʐau
擾	效開三 小上日	ʐau	ʐau	iau	iau	ʐau	iau	iau	ʐau	ʐau
柔	流開三 尤平日	ʐou	ʐou	iəu	ʐəu	ʐəu	iəu	iəu	ʐəu	ʐəu
染	咸開三 琰上日	ʐan	ʐan	ian	ʐan	ʐan	ian		ʐan	ʐan
任~務	深開三 沁去日	ʐən	ʐən	in	in	ʐən	in	in	ʐən	ʐən

然	山開三 仙平日	ʐan	ʐan	ian	ian	ʐan	ian		ʐan	ʐan
軟	山合三 獮上日	ʐuan	ʐuan	yan	yan	ʐuan	yan	yan		
認	臻開三 震去日	ʐən	ʐən	in	in	ʐən	in	in	ʐən	ʐən
閏	臻合三 稕去日	ʐuen	ʐuen	in	in		in	yn	ʐuen	ʐuen
讓	宕開三 漾去日	ʐaŋ	ʐaŋ	iaŋ	ʐaŋ	ʐaŋ	iaŋ	iaŋ		ʐaŋ
扔	曾開三 蒸平日	ʐəŋ	ləŋ	ləŋ	ləŋ		ləŋ	ləŋ	ʐəŋ	ʐəŋ
仍	曾開三 蒸平日	ʐəŋ	ʐəŋ	iŋ	ʐəŋ	ʐəŋ	ʐəŋ	ləŋ、iŋ	ʐəŋ	ʐəŋ
絨	通合三 東平日	ʐuŋ	ʐuŋ	yŋ	iuŋ	ʐuŋ	yŋ	yŋ	ʐuŋ	
冗	通合三 腫上日	ʐuŋ	ʐuŋ	yŋ	iuŋ	ʐuŋ	yŋ	yŋ	ʐuŋ	
入	深開三 緝入日	ʐu	ʐu	iu	ʐu	ʐu	y / ʐu	y	ʐu	ʐu
熱	山開三 薛入日	ʐɤ	ʐɤ	ie	ʐɤ	ʐɤ	ɛi		ʐɤ	ʐɤ
日	臻開三 質入日	ʐʅ	ʐʅ	i	ʐʅ	ʐʅ	ʐʅ		ʐʅ	ʐʅ
弱	宕開三 藥入日	ʐuo	ʐuo	iau	ʐau		iau	iau		
肉	通合三 屋入日	ʐou	ʐou	iəu	iəu	ʐəu	ʐəu	iəu	ʐəu	
辱	通合三 燭入日	ʐu	ʐu	iu	ʐu	ʐu	ʐu	lu	ʐu	ʐu

　　分析上述表格中的方言例字之後，我們可以得出北京官話日母今聲母的讀音共有幾種類型：

1　止攝開口字：日母讀 ∅

　　幽燕片北京、錦興片興城、遼沈片潘陽、哈肇片巴彦、哈肇片哈爾濱、黑吉片黑河、黑吉片長春、黑吉片白城、黑吉片齊齊哈爾。沒有例外，止攝開口三等字都讀 ∅ 聲母。

2 非止攝開口字

（1）日母幾乎讀 ø

遼沈片瀋陽，唯「扔」字讀聲母讀做 l。

（2）日母幾乎讀 ʐ̩

幽燕片北京、錦興片興城、哈肇片哈爾濱、黑吉片齊齊哈爾、黑吉片黑河。錦興片的方言點「興城」中，唯「扔」字讀聲母讀做 l。

（3）部分日母讀 ʐ̩，部分日母讀 ø

哈肇片巴彥、黑吉片長春。哈肇片巴彥，唯「扔」字讀聲母讀作 l。黑吉片長春，「乳、扔」兩字讀作 l。

（4）大部分日母讀 ø，少數日母讀 l

黑吉片白城

北京官話日母字的讀音包括 ʐ̩、零聲母、l 三種，主要以 ʐ̩、零聲母為主，而日母字讀 l 的字數比例上則很少。有的方言全讀零聲母，有的方言全讀 ʐ̩，有的方言日母字同時有讀 ʐ̩ 和零聲母。

（二）膠遼官話區

膠遼官話區中古日母的例字，我們可先依條件分為：止攝開口字、非止攝開口字兩大類來觀察，再分析膠遼官話區日母的音變類型。

方言片、點 例字		登連	青萊		營通
		牟平	諸城	青島	丹東
兒	止開三 支平日	ər			ər
二	止開三 至去日	ər			ər
耳	止開三 止上日	ər			ər
惹	假開三 馬上日	iə	iə		iə
如	遇合三 魚平日	y	y	y	y
乳	遇合三 麌上日	y	y	y	y
饒	效開三 宵平日	iɑo	io	no	iɑo

擾	效開三 小上日	iɑo	iɔ		iɑo
柔	流開三 尤平日	iou	iou		iou
染	咸開三 琰上日	ian	iã	iã	ian
任~務	深開三 沁去日	in	i□	iẽ	in
然	山開三 仙平日	ian	iã		ian
軟	山合三 獮上日	yan	yã	yã	yan
認	臻開三 震去日	in	iə̃	iẽ	in
閏	臻合三 稕去日	yn	yə̃		yn
讓	宕開三 漾去日	iɑŋ	iɑŋ		iɑŋ
扔	曾開三 蒸平日	ləŋ	ləŋ	loŋ	ləŋ
仍	曾開三 蒸平日	ləŋ	ləŋ	loŋ	ləŋ
絨	通合三 東平日	ioŋ	iŋ	ioŋ	ioŋ
冗	通合三 腫上日	ioŋ	iŋ		ioŋ
入	深開三 緝入日	y	y		y
熱	山開三 薛入日	iə	iə	iə	iə
日	臻開三 質入日	i	i		i
弱	宕開三 藥入日	yuo	yuo		yə
肉	通合三 屋入日	iou	iou		iou
辱	通合三 燭入日	lu	lu		lu

分析上述表格中的方言例字之後，我們可以得出膠遼官話日母今聲母的讀音共有幾種類型：

1　止攝開口字：日母讀 ø

　　登連牟平、營通片丹東、青萊片青島、青萊片諸城。沒有例外，止攝開口三等字都讀 ø 聲母。

2　非止攝開口字：部分日母讀 l，部分日母讀 ø

　　登連牟平、營通片丹東、青萊片青島、青萊片諸城。青萊片青島，唯「饒」字讀作 n。

止攝開口字，止攝開口的日母字讀音是 ər，跟北京話相同。止攝開口以外的字，多數日母字讀零聲母，韻母是齊齒呼或撮口呼；少數字如「扔仍辱」讀同來母，韻母是開口呼。

（三）冀魯官話區

冀魯官話區中古日母的例字，我們可先依條件分為：止攝開口字、非止攝開口字兩大類來觀察，再分析冀魯官話區日母的音變類型。

例字 / 方言片、點		保唐			滄惠		石濟		章利
		高陽	唐山	天津	河間	滄州	濟南	石家莊	利津
兒	止開三 支平日	ər	ər	ər	ər	ər	ər	ər	lə
二	止開三 至去日	lə	ər	ər	ər	ər	ər	ər	lə
耳	止開三 止上日	ər	ər	ər	ər	ər	ər	ər	lə
惹	假開三 馬上日	z̩ɤ	z̩ɤ	z̩ɤ	z̩ɤ		z̩ə	z̩ɤ	z̩ə
如	遇合三 魚平日	z̩u	z̩u	z̩u	z̩u	lu	lu	z̩u	z̩u
乳	遇合三 麌上日	z̩u	z̩u	z̩u	z̩u	lu	lu	z̩u	z̩u
饒	效開三 宵平日	z̩ɑu	z̩ɑu		z̩ɑu		z̩ɔ	z̩ɑu	z̩ɔ
擾	效開三 小上日	z̩ɑu	z̩ɑu		z̩ɑu		z̩ɔ	z̩ɑu	z̩ɔ
柔	流開三 尤平日	z̩ou	z̩ou		z̩ou	z̩ou	z̩ou	z̩ou	z̩ou

染	咸開三琰上日	zan	zan	zou	zan	zan		zan	zã
任~務	深開三沁去日	zən	zən	zən	zən	zən	zẽ	zən	zẽ
然	山開三仙平日	zan	zan		zan	zan	zã		z̩
軟	山合三獮上日	zuan	zuan	zuan	zuan	zuan	luã	zuan	zu
認	臻開三震去日	zən	zən	zən	zən	zən	zẽ	zən	zẽ
閏	臻合三稕去日	luən		zuən	yn	yn	yẽ		ye
讓	宕開三漾去日	zaŋ	zaŋ	zaŋ	zaŋ	zaŋ	zaŋ	zaŋ	zɑŋ
扔	曾開三蒸平日	zəŋ	zəŋ	zəŋ	zəŋ	zəŋ	zəŋ	zəŋ	ləŋ / zəŋ
仍	曾開三蒸平日	zəŋ	zəŋ	zəŋ	zəŋ	zəŋ	zəŋ	zəŋ	zəŋ
絨	通合三東平日	zuŋ	zuŋ	zuŋ	zuŋ		luŋ	zuŋ	zuŋ
冗	通合三腫上日	zuŋ	zuŋ	zuŋ	zuŋ	yŋ	yŋ	zuŋ	zuŋ
入	深開三緝入日	zu	zu		zu	lu	lu	zu	zu
熱	山開三薛入日	zɤ	zɤ	zɤ	zɤ		zə	zɤ	zə
日	臻開三質入日	zɭ	zɭ		zɭ	zɭ	zɭ	zɭ	zɭ
弱	宕開三藥入日	zɑu / zuo	zuo		zɑu / zuo	zau	luə		zɔ / zuə
肉	通合三屋入日	zou	zou	zou	zou	zou	zou	zou	zou
辱	通合三燭入日	zu	zu	zu	zu	lu	lu	zu	zu

　　分析上述表格中的方言例字之後，我們可以得出冀魯官話日母今聲母的讀音共有幾種類型：

1　止攝開口字

（1）日母讀 ø

　　保唐片唐山、保唐片天津、滄惠片河間、滄惠片滄州、石濟片濟南、
　　石濟片石家莊

（2）日母讀 l

　　章利片利津

（3）部分日母讀 l，部分日母讀 ø

　　保唐片高陽

2　非止攝開口字

（1）日母讀 ʐ̩

　　保唐片唐山、保唐片天津、滄惠片河間、石濟片石家莊、章利片利津。
　　章利片利津，唯「扔」字讀作 l 聲母。滄惠片河間、章利片利津，唯
　　「閏」字讀作零聲母 ø。

（2）部分日母讀 ʐ̩，部分日母讀 l

　　保唐片高陽、滄惠片滄州、石濟片濟南。滄惠片滄州、石濟片濟南，
　　唯「閏」字讀作零聲母 ø。

　　《漢語官話方言研究》中對冀魯官話中古日母字今讀的類型分作兩部分
討論，一為「人類字」，如：人然如軟等非止攝開口的例字；一為「兒類字」，
如：兒而耳二等，屬於止攝開口的例字。研究中指出「人類字」在冀魯官話
中有 ʐ̩、l、z 和零聲母四種讀法。另外，「兒類字」的讀音大半地區與北京相
同，讀作零聲母的捲舌韻母 ɚ，但冀南以及其他山東的一些地區，兒類字讀成
自成音節的 l 或是 l＋元音的結構（見表）〔註48〕。

　　根據本文所採取冀魯官話的方言例字來看，「人類字」只歸納出 ʐ̩、l、零
聲母三種讀法，而「兒類字」則有 l、零聲母兩種讀法，與《漢語官話方言研
究》雖大致相符，但稍有出入。其中「天津」此方言點值得注意，本文「天
津」一點是根據《普通話基礎方言基本詞彙集・語音卷》中的音讀現象所錄，
因為《漢語官話方言研究》並未提供「天津」一點的方言例字。《漢語官話方
言研究》中所歸結的研究結果，與本文「天津」一點的音讀現象卻有所出入，
本文的例字顯示出「天津」的「人類字」今讀聲母類型讀 ʐ̩，而《漢語官話方

〔註48〕錢曾怡主編：《漢語官話方言研究》（濟南：齊魯書社，2010 年），頁 149。

言研究》的研究則顯示今讀爲 ∅。

「人類字」冀魯官話的今讀類型

韻母 ＼ 類型	石家莊	淄博	濟南	天津	淶源
開口呼（人）	ʐ	l	ʐ	∅（i-）	z
合口呼（如）	ʐ	l	l	∅（y-）	z

「兒類字」冀魯官話的今讀類型

韻母 ＼ 類型	濟南	棗強	淄博	巨鹿
兒耳二	ɚ	ʅ	lə	əl

（四）中原官話區

中原官話區中古日母的例字，我們可先依條件分爲：止攝開口字、非止攝開口字兩大類來觀察，再分析中原官話區日母的音變類型。

1.1　中原官話區中古日母母字的今讀

例字 ＼ 方言片、點		洛徐	鄭曹			秦隴		蔡魯
		徐州	鄭州	商丘	阜陽	寶雞	西寧	曲阜
兒	止開三支平日	ər		ər	ʅ	ər	ɛ	ər
二	止開三至去日	ər		ər	ʅ	ər	ɛ	ər
耳	止開三止上日	ər		ər	ʅ	ər	ɛ	ər
惹	假開三馬上日	ʐə	ʐiʅ	ʐɤ	ʐiʅ	ʐə	ʐʅ	ʐɤ
如	遇合三魚平日	ʐu	zu	ʐu	ʐu	ʐʅ	ɣ	zu
乳	遇合三麌上日	lu	zu	ʐu	ʐu	ʐʅ	ɣ	zu
饒	效開三宵平日	ʐɔ	zau	ʐau	ʐɔ、nɔ		ʐɔ	zɔ
擾	效開三小上日	ʐɔ	zau	ʐau	ʐɔ		ʐɔ	zɔ
柔	流開三尤平日	ʐou	zou	ʐou	ʐou	ʐou	ʐʅu	zou

例字	韻						
染	咸開三琰上日	ʐ̩	zan	zan	zæ̃	zæ̃		zã
任~務	深開三沁去日	zə̃	zən	zən	zẽ	zəŋ	zə̃	zə̃
然	山開三仙平日	ʐ̩	zan	zan	zæ̃	zæ̃	zã	ʐ̩
軟	山合三獮上日	zu	zuan	zuan	zuæ̃	zæ̃	uã	zu
認	臻開三震去日	zə̃	zən	zən	zẽ	zəŋ	zə̃	zə̃
閏	臻合三稕去日	yə̃	yən		yẽ	zəŋ	uə̃	yə̃
讓	宕開三漾去日	zɑŋ	zɑŋ	zɑŋ	zã	zã	zə̃	zɑŋ
扔	曾開三蒸平日	zəŋ	zəŋ	zəŋ	zəŋ	zəŋ	zə̃	zəŋ
仍	曾開三蒸平日	zəŋ	zəŋ	zəŋ	zəŋ	zəŋ	zə̃	zəŋ
絨	通合三東平日	zuŋ	zuŋ	yŋ	zuŋ	zəŋ	uə̃	zuŋ
冗	通合三腫上日	zuŋ	zuŋ	zuŋ	zuŋ			zuŋ
入	深開三緝入日	zu	zu	zu	zu	ʐɿ	ɣ	zu
熱	山開三薛入日	zə	ʐɿʐ	zɣ	zɣ	zə	ʐɿʐ	zɣ
日	臻開三質入日	ʐɿ	ʐɿ	ʐɿ	ʐɿ	ɹe	ʐɿ	ʐɿ
弱	宕開三藥入日	zuə	zuo	zuo	zuo	zuo	u	zuə
肉	通合三屋入日	zou	zou	zou	zou		zu	zou
辱	通合三蠋入日	zu	zu		zu	ʐɿ	ɣ	zu

1.2　中原官話區中古日母母字的今讀

方言片、點 例字	關中 西安	秦隴 敦煌	隴中 天水	南疆 吐魯番	汾河 運城	信蚌 信陽
兒　止開三支平日	ɚ	ɚ		ɚ	ɚ	ɚ

二	止開三 至去日	ɚ	ɚ	ɚ	ɚ	ɚ	ɚ
耳	止開三 止上日	ɚ	ɚ	ɚ	ɚ	ɚ	ɚ
如	遇合三 魚平日	vu	ʐʯ	ʯ	vu	ʐu	y
乳	遇合三 麌上日	vu	ʐʯ	ʯ	vu	vu	zou
軟	山合三 獮上日	vã	ʐuã	ʐuan	van	v	ʐuan
閏	臻合三 稕去日	ve	ʐun	zuen	vɤŋ	vei	yn
絨	通合三 東平日	vəŋ	ʐuŋ	zuen	vɤŋ	vəŋ	zəŋ
冗	通合三 腫上日			zuen		vəŋ	
肉	通合三 屋入日	ʐou	ʐʯ	ʐʯ/zou	ʐɤu	ʐou	zou
辱	通合三 燭入日	ʐou	ʐʯ	ʐʯ	vu	ʐou	
惹	假開三 馬上日	ʐɤ	ʐə	ʐə	ʐɤ	ʐæ	zɛ
饒	效開三 宵平日	ʐɔ	ʐɔ	ʐɑo	ʐɑu	ʐɑu	zɑu
擾	效開三 小上日	ʐɔ	ʐɔ	ʐɑo	ʐɑu	ʐɑu	zɑu
柔	流開三 尤平日	ʐou	ʐou	ʐou	ʐɤu	ʐou	zou
染	咸開三 琰上日	ʐã	ʐã	ʐan	ʐan	ʐ	zan
任~務	深開三 沁去日	ʐẽ	ʐəŋ	ʐen	ʐɤŋ	ʐeĩ	zən
然	山開三 仙平日	ʐã	ʐã	ʐan	ʐan	ʐ	zan
認	臻開三 震去日	ʐẽ	ʐəŋ	ʐen	ʐɤŋ	ʐeĩ	zən
讓	宕開三 漾去日	ʐãɤ	ʐɔŋ	ʐaŋ	ʐaŋ	ʐaŋ	zaŋ

扔	曾開三 蒸平日	ʨ̃eŋ/zən	ŋẽ	zəŋ	ʐɤ̃ŋ	zeŋ	neʑ
仍	曾開三 蒸平日	ʨ̃eŋ/zən		zəŋ		vəŋ	neʑ
入	深開三 緝入日	vu	ʐu	z̩/ʐu	vu	vu	y
熱	山開三 薛入日	z̩ə	z̩ə	z̩ə	ʐɣ	ʐɛ	ʐɛ
日	臻開三 質入日	ɚ	z̩	z̩	z̩	z̩	z̩
弱	宕開三 藥入日	vo	z̩uə	zuo	vɣ	zuo	zuo

分析上述表格中的方言例字之後，我們可以得出中原官話日母今聲母的讀音共有幾種類型：

1 止攝開口字：日母讀 ø

洛徐片徐州、鄭曹片鄭州、鄭曹片商丘、鄭曹片阜陽、秦隴片寶雞、秦隴片西寧、秦隴片敦煌、關中片西安、隴中片天水、南疆片吐魯番、汾河片運城、信蚌片信陽、蔡魯片曲阜。沒有例外，止攝開口三等字都讀 ø 聲母。

2 非止攝開口字：

（1）日母讀 z̩

秦隴片敦煌

（2）部分日母讀 z̩，部分日母讀 ø

洛徐片徐州、鄭曹片鄭州、鄭曹片商丘、鄭曹片阜陽、秦隴片寶雞、秦隴片西寧。洛徐片徐州，唯「乳」字讀作聲母 l。

（3）部分日母讀 ʐ，部分日母讀 ø

信蚌片信陽

（4）部分日母讀 z̩，部分日母讀 z

蔡魯片曲阜，唯「閏」字讀作聲母 ø。

（5）部分日母讀 z̩，部分日母讀 z̩，部分日母讀 ø

隴中片天水

（6）部分日母讀 z̩，部分日母讀 v

關中片西安、南疆片吐魯番、汾河片運城。關中片西安，唯「日」

字讀作聲母 ø。汾河片運城，唯「扔」字讀作聲母 z。

中原官話中非止攝開口的古日母字，今讀類型大致有四種：零聲母、ʐ、z 以及 v。《漢語官話方言研究》的中所做研究認為，非止攝開口日母字中，除了今讀零聲母的字以外，其餘日母字都循比較規律的演變方式，隨著開口知組三等、章組和合口的知莊章組而變化，與知互補為一套完整的塞擦音聲母。例如：西安的日母字與開口知組三等、章組互補為 tʂ、tʂʿ、ʂ、ʐ，與合口字互補為 pf、pfʿ、f、v 等〔註49〕。

（五）蘭銀官話區

蘭銀官話區中古日母的例字，我們可先依條件分為：止攝開口字、非止攝開口字兩大類來觀察，再分析蘭銀官話區日母的音變類型。

方言片、點　例字		銀吳		金城		河西	塔密	
		靈武	銀川	永登	蘭州	張掖	吉木薩爾	烏魯木齊
兒	止開三 支平日		ər	ər	ɯ		ər	ər
二	止開三 至去日		ər	ər	ɯ		ər	ər
耳	止開三 止上日	a	ər	ər	ɯ		ər	ər
如	遇合三 魚平日	ʐu	ʐu	vu	vu	vu	ʐu	ʐu
乳	遇合三 麌上日	ʐu	ʐu	vu	vu	vu	ʐu / vu	ʐu
軟	山合三 獮上日	ʐuã	ʐuæ̃	v		v	ʐuan / v	ʐuan
閏	臻合三 稕去日	ʐuŋ	ʐuŋ	ven	vẽ	vəɣ	ʐuŋ / vəŋ	ʐuŋ
絨	通合三 東平日	ʐuŋ	ʐuŋ	vən	vẽ	vəɣ̃	ʐuŋ / vəŋ	ʐuŋ
冗	通合三 腫上日	ʐuŋ	ʐuŋ	vən	yẽ	vəɣ̃	ʐuŋ / vəŋ	ʐuŋ
肉	通合三 屋入日	ʐou	ʐou	ʐou / vu	ʐəu	ʐou	ʐəu	ʐou

〔註49〕錢曾怡主編：《漢語官話方言研究》（濟南：齊魯書社，2010年），頁174。

辱	通合三 燭入日		ʐu		vu			ʐu
惹	假開三 馬上日	ʐɤ	ʐə	ʐɤ	ʐɤ	ʐɤ	ʐɤ	ʐə
饒	效開三 宵平日	ʐɔ	ʐɔ	ʐɔ	ʐɔ	ʐɔ	ʐɔ	ʐau
擾	效開三 小上日	ʐɔ	ʐɔ	ʐɔ	ʐɔ	ʐɔ	ʐɔ	ʐau
柔	流開三 尤平日	ʐou	ʐou	ʐou	ʐəu	ʐou	ʐəu	ʐou
染	咸開三 琰上日	ʐã	ʐæ̃	ʐ̩	ʐɛ̃	ʐ̩	ʐan	ʐan
任~務	深開三 沁去日	ʐəŋ	ʐəŋ	ʐən	ʐə̃	ʐə	ʐəŋ	ʐəŋ
然	山開三 仙平日	ʐã	ʐæ̃	ʐ̩	ʐɛ̃	ʐə	ʐan	ʐan
認	臻開三 震去日	ʐəŋ	ʐəŋ	ʐən	ʐə̃	ʐə	ʐəŋ	ʐəŋ
讓	宕開三 漾去日	ʐaŋ	ʐaŋ	ʐɒ̃	ʐã	ʐæ̃	ʐaŋ	ʐaŋ
扔	曾開三 蒸平日	ʐəŋ	ʐəŋ	ʐəŋ	ʐə̃	ʐəɣ̃	ʐəŋ	
仍	曾開三 蒸平日	ʐəŋ		ʐəŋ		ʐəɣ̃	ʐəŋ	ʐəŋ
入	深開三 緝入日	ʐu	ʐu	vu	vu	vu	ʐu	ʐu
熱	山開三 薛入日	ʐɤ	ʐə	ʐɤ	ʐɤ	ʐɤ	ʐɤ	ʐə
日	臻開三 質入日	ʐɭ		ʐɭ	ʐɭ	ʐɭ	ʐɭ	ʐɭ
弱	宕開三 藥入日	ʐuə	ʐuə	və		və	vɤ / ʐuɤ	ʐuə

分析上述表格中的方言例字之後，我們可以得出蘭銀官話日母今聲母的讀音共有幾種類型：

1　止攝開口字：日母讀 ∅

銀吳片靈武、銀吳片銀川、金城片永登、金城片蘭州、河西片張掖、塔密片烏魯木齊、塔密片吉木薩爾。沒有例外，止攝開口三等字都讀 ∅ 聲母。

2 非止攝開口字

（1）日母讀ẓ

　　銀吳片靈武、銀吳片銀川、塔密片烏魯木齊

（2）部分日母讀ẓ，部分日母讀 v

　　金城片永登、金城片蘭州、河西片張掖、塔密片吉木薩爾

　　本文所觀察的蘭銀官話日母字今讀類型，與《漢語官話方言研究》大致符合，蘭銀官話日母字今讀類型分爲兩類：止開三以外日母字、止攝開口三等字。止開三以外日母字的讀音與知莊章組字的讀音具有一致性，主要依據韻母開合口的條件讀ẓ或 v 聲母〔註50〕，有些方言點的日母字，若爲開口呼時聲母多讀ẓ，若爲合口呼時聲母則讀 v，且些許開口字在某些方言點中亦會隨合口字變化，而不讀ẓ讀爲 v，如：入、弱。止開三以外日母字的今讀類型，如下表所示：

	銀川、靈武、烏魯木齊	蘭州、永登、張掖、吉木薩爾
開口呼（人）	ẓ	ẓ
合口呼（如）		v

（六）西南官話區

　　西南官話區中古日母的例字，我們可先依條件分爲：止攝開口字、非止攝開口字兩大類來觀察，再分析西南官話區日母的音變類型。

方言片、點 例字		川黔	西蜀	川西	雲南	湖廣	桂柳	雲南	
		大方	成都	都江堰	喜德	昆明	武漢	荔浦	大理	蒙自
兒	止開三 支平日	ɚ	ər	ɚ	ɚ				ʅ	ʅ
二	止開三 至去日	ɚ	ər	ɚ	ɚ		ɚ		ʅ	ʅ
耳	止開三 止上日	ɚ	ər	ɚ	ɚ			ə	ʅ	ʅ
惹	假開三 馬上日	ze	ze	ze	zɛ	ʐɛ	iɤ	ŋe	ze	ɔze
如	遇合三 魚平日	zu	zu	zu	z̩u	z̩u	y	y		zu

〔註50〕錢曾怡主編：《漢語官話方言研究》（濟南：齊魯書社，2010年），頁215。

乳	遇合三 麌上日	zu	zu	zu	ʐu̩	ʐu̩	y	y		zu
饒	效開三 宵平日	zao	zau	zao	ʐɑo	ʐɔ	nau	無	zɑɯ	zɑɯ
擾	效開三 小上日	zao	zau	zao	ʐɑo	ʐɔ	nau	iau	zɑɯ	zɑɯ
柔	流開三 尤平日	zəu	zəu	zəu	ʐʌu	ʐəu	nou	無	zəu	zəu
染	咸開三 琰上日	zan	zan	zã	nan	zã	nan	en	zã	
任~務	深開三 沁去日	zen	zən	zən	ʐen	zə̃	nən	in	zə̃	zə̃
然	山開三 仙平日	zan	zan	zã	ʐ̩	zã	zan	en	zã	
軟	山合三 獮上日	zuan	zuan	zuã	zun	ʐuã	yn	ŋyen	zuã	zuã
認	臻開三 震去日	zen	zən	zən	ʐen	zə̃	nən	in	zə̃	zə̃
閏	臻合三 稕去日	zuen	zuən	zuen	ʐuen	ʐuə̃	yn	yn	zuə̃	zuə̃
讓	宕開三 漾去日	zaŋ	zaŋ	zaŋ	ʐɑŋ	zã	naŋ	iaŋ	zã	zã
扔	曾開三 蒸平日									zə̃
仍	曾開三 蒸平日	zen	zən	zən	ʐen	zə̃	nən		zə̃	zə̃
絨	通合三 東平日	ioŋ	zoŋ	ioŋ	ʐoŋ	ʐoŋ	ioŋ	ioŋ	zoŋ	zoŋ
冗	通合三 腫上日	ioŋ		ioŋ	ʐoŋ	ʐoŋ	ioŋ	ioŋ		zoŋ
入	深開三 緝入日	zu	zu	zu	ʐu̩	ʐu̩	y	y	zu	zu
熱	山開三 薛入日	ze	ze	ze	ʐe	ʐə	nɤ	e	ze	zɔ
日	臻開三 質入日	ʐ̩	ʐ̩	ʐ̩	ʐ̩	ʐ̩	m	i	ʐ̩	ʐ̩
弱	宕開三 藥入日	zo	zo	zo	ʐo	ʐo	io	ŋio	zo	

| 肉 | 通合三屋入日 | zu | zəu | zo | zɣu | zu | nou | iu | zəu | zəu |
| 辱 | 通合三燭入日 | zu | zu | zo | zʅu | zʅu | nou | iu | zu | zu |

分析上述表格中的方言例字之後，我們可以得出西南官話日母今聲母的讀音共有幾種類型：

1　止攝開口字：日母讀 ø

川黔片成都、雲南片大理、雲南片蒙自、湖廣片武漢、川西片喜德、川黔片大方、西蜀片都江堰。止攝開口三等字都讀 ø 聲母。

2　非止攝開口字

（1）日母讀 z

川黔片成都、雲南片大理、雲南片蒙自

（2）部分日母讀 ø，部分日母讀 ŋ

桂柳片荔浦

（3）部分日母讀 ø，部分日母讀 n

湖廣片武漢，唯「然」字讀作聲母 z。

（4）大部分日母讀 ʐ，部分日母讀 z

川西片喜德、雲南片昆明。川西片喜德，唯「染」字讀作聲母 n。

（5）大部分日母讀 ʐ，部分日母讀 ø 或 z

川黔片大方、西蜀片都江堰

（七）江淮官話區

江淮官話區中古日母的例字，我們可先依條件分為：止攝開口字、非止攝開口字兩大類來觀察，再分析江淮官話區日母的音變類型。

| 方言片、點 例字 | | 洪巢 | | | 黃孝 | | 秦如 | |
		南京	揚州	合肥	紅安	安慶	南通	秦州
兒	止開三支平日		a	a	ɤɛ	ɔɻ	ɚ	ɚ
二	止開三至去日	ɚ	a	a	ɤɛ	ɔɻ	ɚ	ɚ
耳	止開三止上日	ɚ	a	a	ɤɛ	ɔɻ	ɚ	er

惹	假開三馬上日	ʐe̩		zi	ɥe	ʐe̩		za
如	遇合三魚平日	ʐu	lu	zu	ɥæ / ɻ	ʐu	lu	zu
乳	遇合三麌上日	ʐu	lu	zu	ɻ		lu	zu
饒	效開三宵平日	ʐɔo	lɔ	zɔ	zau	lɔ、zɔ	iɤ	zɔ
擾	效開三小上日	ʐɔo	lɔ	zɔ	zau	lɔ、zɔ	iɤ	zɔ
柔	流開三尤平日	mʐɯ	lɵ	zɵ	zəu	zeu	iɤ	zɤɯ
染	咸開三琰上日	ʐaŋ	ĩ	zæ̃	ɥan	zan	ĩ	i
任~務	深開三沁去日	ʐən	lən	zən	zən	zən	iɛ	zəŋ
然	山開三仙平日	ʐaŋ	ĩ	zæ̃	ɥan	zan	ĩ	i
軟	山合三獮上日	ʐuaŋ	lõ	zõ	ɥan	zuon	yõ	z
認	臻開三震去日	ʐən	lən	zən	zən	zən	iɛ	zəŋ
閏	臻合三稕去日	ʐun	lən	zuən	ɥən	yn	yɛ̃	zuəŋ
讓	宕開三漾去日	ʐaŋ	laŋ	zã	zaŋ	zan	yõ	zaŋ
扔	曾開三蒸平日	ʐən	lən	zən	zən	zən	iɛ	
仍	曾開三蒸平日	ʐən	lən	zən	zən	zən	iɛ	zəŋ
絨	通合三東平日	ʐoŋ	loŋ	zəŋ	zoŋ	ioŋ	iʌŋ	zoŋ
宂	通合三腫上日	ʐoŋ			zoŋ	ioŋ	iʌŋ	zoŋ
入	深開三緝入日	ʐuʔ	ləʔ		ɻ	zeu	yɤʔ	zuəʔ
熱	山開三薛入日	ʐəʔ	iʔ	zæʔ	ɥæ	ze	iʔ	iiʔ

日	臻開三質入日	zʅʔ	ləʔ	zəʔ	er	zʅ	白 iɛʔ、 又，白 yɛʔ	iɪʔ / zəʔ
弱	宕開三藥入日	ioʔ / zoʔ	laʔ	zuaʔ	n̥io	zo	yoʔ	zaʔ
肉	通合三屋入日	zəɯ / zuʔ	lə	zə	zəu	zeu	yoʔ	zɤʔ / mɤɯ
辱	通合三蠋入日	zuʔ	loʔ	zu	zəu	zeu	yoʔ	

　　分析上述表格中的方言例字之後，我們可以得出江淮官話日母今聲母的讀音共有幾種類型：

1　止攝開口字：日母讀 ∅

　　洪巢片南京、洪巢片揚州、洪巢片合肥、黃孝片紅安、黃孝片安慶、秦如片南通、秦如片泰州。沒有例外，止攝開口三等字都讀 ∅ 聲母。

2　非止攝開口字：

（1）日母讀 zʅ

　　洪巢片南京、洪巢片合肥。洪巢片南京，唯「弱」字也可讀作聲母 ∅。

（2）部分日母讀 zʅ，部分日母讀 ∅

　　黃孝片紅安、黃孝片安慶。黃孝片紅安，唯「弱」字讀作聲母 n̥。黃孝片安慶，「饒、擾」二字也可讀作聲母 l。

（3）部分日母讀 ∅，部分日母讀 zʅ，部分日母讀 z

　　秦如片泰州

（4）部分日母讀 l，部分日母讀 ∅

　　洪巢片揚州、秦如片南通

　　本文觀察江淮官話日母今聲母音讀後，所得類型結果與《漢語官話方言研究》大致相同，止攝開口普通話讀零聲母的日母字，江淮官話今讀也是零聲母。而非止攝開口的日母字江淮官話今讀音可分作三類：一、讀零聲母；二、讀同來母；三、讀為濁擦音聲母 zʅ 或 z。第三種類型大多與知章組字塞擦音聲母密切相關，知莊章組與精組洪音字聲母不混的方言，日母字今讀多數為捲舌擦音 zʅ；知莊章組與精組洪音字聲母相混的方言，即不分 ts、tʂ 的方言則日母字今讀往往讀 z[註51]。

〔註51〕錢曾怡主編：《漢語官話方言研究》（濟南：齊魯書社，2010年），頁302。

（八）晉　語

晉語區中古日母的例字，我們可先依條件分爲：止攝開口字、非止攝開口字兩大類來觀察，再分析晉語區日母的音變類型。

1.1　晉語區中古日母母字的今讀

例字	方言片、點	並州 太原	五台 忻州	大包 大同	張呼 呼和浩特	志延 志丹
兒	止開三 支平日	əɻ	əɻ	əɻ		əɻ
二	止開三 至去日	əɻ	əɻ	əɻ		əɻ
耳	止開三 止上日	əɻ	əɻ	əɻ		əɻ
如	遇合三 魚平日	zu	zu	zʮ	zʮ	zʮ
乳	遇合三 麌上日	zu	zu	zʮ	zʮ	zʮ
軟	山合三 獮上日	zu	zu	zʮ	zʮ	zʮ
閏	臻合三 稕去日	zuəŋ	zuəŋ	ʑẽŋ	zũŋ	zũɣ̃
絨	通合三 東平日	zuəŋ	zuəŋ	zuəŋ	zũŋ	zũɣ
冗	通合三 腫上日	zuəŋ		ʑẽŋ	zũŋ	
肉	通合三 屋入日	zuəˀ/ʑẽˀ	zəuˀ	zəuˀ	zəuˀ	zəuˀ
辱	通合三 燭入日	zuəʔ	zuəʔ	zʮuəʔ	zuəʔ	zʮuəʔ
惹	假開三 馬上日	zɣ	ʑɣ	zɣ	zɣ	zɣ
饒	效開三 宵平日	zau	zɔ̃	zɑɤ	zɔ̃	ʮɔ
擾	效開三 小上日	zau	zɔ̃	zɑɤ	zɔ̃	ʮɔ
柔	流開三 尤平日	zəu	zə̃u	zəu	zəu	zəu

染	咸開三 琰上日	z̩	zu̩	z̩	ʐ̩	ʐ̩
任~務	深開三 沁去日	zəŋ	zəŋ	zə	zə̃ŋ	zɤ̃
然	山開三 仙平日	z̩	zu̩	ʐ̩	ʐ̩	ʐ̩
認	臻開三 震去日	zəŋ	zəŋ	zə	zə̃ŋ	zɤ̃
讓	宕開三 漾去日	zɒ̃	zɤ/zɑ	zɒ	zɑ̃	zɑ̃
扔	曾開三 蒸平日	zəŋ	zəŋ	ʐəɣ	zə̃ŋ	zɤ̃
仍	曾開三 蒸平日	zəŋ	zəŋ	ʐəɣ	zə̃ŋ	zɤ̃
入	深開三 緝入日	zəʔ/zuəʔ	zəʔ/zuəʔ	zəʔ/zuəʔ	zəʔ/zuəʔ	zuəʔ
熱	山開三 薛入日	zəʔ	zɒʔ	zaʔ	zaʔ	zaʔ
日	臻開三 質入日	zəʔ	zɤʔ	zəʔ	zəʔ	zəʔ
弱	宕開三 藥入日	zuəʔ	zɒʔ	zuaʔ	zuaʔ	zuəʔ

1.2 晉語區中古日母母字的今讀

方言片、點 例字		呂梁		上黨	邯新	
		嵐縣	離石	長治	獲嘉	邯鄲
兒	止開三 支平日	ər	文 ər、白 ʅ	ər		文,又 ʅ
二	止開三 至去日	ər	文 ər、白 ʅ			文,又 ʅ
耳	止開三 止上日	ər	文 ər、白 ʅ		ar	文,又 ʅ
如	遇合三 魚平日	zu̩	uz	y	zu̩	
乳	遇合三 麌上日	zu̩	uz	y	zu̩	新 zu̩
軟	山合三 獮上日	zu̩	文 uæ、白 yɪ、白 zuan	yɑŋ	zuan	luã

閏	臻合三稕去日	ʐuəŋ	ʐuaŋ、又ʐuaŋ	yŋ	ʐuŋ	yən
絨	通合三東平日	ʐuəŋ	ʐuaŋ	yŋ	ʐuŋ	luəŋ
冗	通合三腫上日		ʐuaŋ	yŋ		
肉	通合三屋入日	ʐəu/ʐuaʔ	ʐau	iəu	ʐuʔ/ʐou	ʐəu
辱	通合三燭入日	ʐuəʔ	ʐuaʔ、又ʐuaʔ	yəʔ	ʐuʔ	
惹	假開三馬上日	ʐɿE	ie	iE	ʐɤ	ʐɤ
饒	效開三宵平日	ʐɤu	zou	iɔ	ʐau	ʐau、nau
擾	效開三小上日	ʐɤu	zou	iɔ	ʐau	ʐau
柔	流開三尤平日	ʐəu	ʐəu	iəu	ʐou	ʐəu
染	咸開三琰上日	ʐ̩	ʐæ	iai	ʐan	ʐã
任~務	深開三沁去日	ʐəŋ	ʐəŋ	iŋ	ʐəŋ	ʐən
然	山開三仙平日	ʐ̩	ʐæ	iai	ʐan	ʐã
認	臻開三震去日	ʐəŋ	ʐəŋ	iŋ	ʐəŋ	ʐən
讓	宕開三漾去日	ʐuə	zɔ	iai	ʐaŋ	ʐaŋ
扔	曾開三蒸平日	ɹe	ʐəŋ	iŋ	ʐəŋ	ʐəŋ
仍	曾開三蒸平日	ʐəŋ	ʐəŋ	iŋ	ʐəŋ	ʐəŋ
入	深開三緝入日	ʐəʔ/ʐuəʔ	zuəʔ	iəʔ/yəʔ	ʐəʔ/ʐuʔ	luəʔ
熱	山開三薛入日	ʐɿeʔ	ʐəʔ、又ʐəʔ	iəʔ	ʐəʔ	新ʐɤ、ʐʌʔ
日	臻開三質入日	ʐəʔ	ʐəʔ、又ʐəʔ	ər	ʐəʔ	文ʐʅ、文又ʅ、白ʐʌʔ
弱	宕開三藥入日	ʐEʔ	ʐəʔ、又ʐəʔ	iəʔ	ʐuaʔ	ʐʌʔ

分析上述表格中的方言例字之後，我們可以得出晉語日母今聲母的讀音共有幾種類型：

1　止攝開口字：日母讀 ∅

　　大包片大同、張呼片呼和浩特、呂梁片嵐縣、邯新片獲嘉、上黨片長治、並州片太原、五台片忻州、呂梁片離石、志延片志丹、邯新片邯鄲。沒有例外，止攝開口三等字都讀 ∅ 聲母。

《晉方言語音史研究》中指出，晉方言的「兒類字」字已不讀〔ȵi〕，有讀作〔ʐ̩〕，如：運城、萬榮，有讀作〔z̩〕，如離石、吉縣，有讀爲〔ɚ〕，如忻州、五台、大同、太原。「兒類字」讀作〔ʐ̩〕或〔z̩〕，變化速度比「人類字」還要快，讀音應該是從中古音 nʑ 演變而來，保留了《中原音韻》支思韻的讀音。而「兒類字」讀爲〔ɚ〕的讀音，則可能不是本方言演變的結果，而是 17、18 世紀由官話「侵入」所造成的讀音。〔註52〕

2　非止攝開口字

（1）日母讀 ∅

　　上黨片長治

（2）日母讀 z̩

　　大包片大同、張呼片呼和浩特、呂梁片嵐縣、邯新片獲嘉。大包片大同，唯「染」字讀作聲母 z。張呼片呼和浩特，唯「辱」字讀作聲母 z。呂梁片嵐縣，唯「惹」字讀作聲母 z、「扔」字讀作聲母 ∅。

（3）部分日母讀 z̩，部分日母讀 z

　　並州片太原、五台片忻州。五台片忻州雖是部分聲母讀 z̩，部分聲母讀 z，但觀察後可見有其條件性，日母字在古開口韻前讀 z̩，在古合口韻前讀 z。

（4）部分日母讀 z̩，部分日母讀 z，少部分日母讀 ∅

　　呂梁片離石

（5）大部分日母讀 z̩，其他夾雜讀 n、z

　　志延片志丹

（6）大部分日母讀 z̩，其他夾雜讀 n、l、∅

　　邯新片邯鄲

〔註52〕喬全生：《晉方言語音史研究》（北京：中華書局，2008 年），頁 99。

第四節　小結——歷時與共時下的日母演變

一、日母的歷時演變

　　王力曾言，現今國語 ʐ 聲母的基本來源是 nʑ（日母）。nʑ 是一個破裂摩擦音，當破裂成分佔優勢的時候，摩擦成分消失，就成爲今天客家方言和吳方言（白話）的 ȵ，如人字讀 ȵin；而當摩擦成分佔優勢的時候，破裂成分消失，就剩一個 ʑ，後來變爲 z，成爲今天吳方言文言的 z，如人字讀 zən。但是，假定這個 nʑ 跟著 tɕ、tɕʻ、dʑʻ、ɕ、ʑ → tʃ、tʃʻ、dʒʻ、ʃ、ʒ 的演變而變爲 nʒ 之時，後來又因爲摩擦成分佔優勢，使得破裂成分消失，那麼 nʒ 就會變爲 ʒ，接著捲舌化而最終變成 ʐ 的音讀（tʃ、tʃʻ、dʒʻ、ʃ、ʒ→tʂ、tʂʻ、tʂ、ʂ、ʐ）〔註53〕。這便是由日母 nʑ 一路音變，而至今日讀爲 ʐ 的過程。

　　又，王力認爲日母在元代的時候，分化爲 r、ɻ 兩母，r 後來轉變爲爲 ɻ，同時 ɻ（耳母）轉變爲捲舌音 ər，二母仍不相混。因此，止開三和非止開三的日母字已經有了語音區別〔註54〕。接著到了明代時期，西元 1602 反映北京官話的《重訂司馬溫公等韻圖經》首次產生了日母止攝開口字的零聲母化情形。而反映江淮官話區洪巢片的《西儒耳目資》（1626 年），也出現了日母止開三等字併入零聲母的現象。明代之時，非止開三日母字則仍大部分讀爲 ʐ 聲母。進入清朝之後，在本文所觀察的七本語料中，止攝開口三等日母字幾乎已經失落音素，全面零聲母化了；非止開三日母字則可能讀作 ʐ、ɻ、j 或 ʒ。而再觀察現代官話漢語方言，各方言區中止攝開口三等日母字幾乎全數失落，讀爲零聲母；非止攝開口三等日母字，讀音演變的情況則複雜許多，可能讀作 ø、ʐ、z、n、ŋ、l、v 七種情形。

　　以下，我們將本章所觀察的十五本明清韻書，作一整理表格，標示出成書年代、反映方言區、日母零聲母化的現象及當時的擬音，方便觀察明清兩代中日母零聲母化的現象。

〔註53〕王力：《漢語史稿上冊》（北京：中華書局，1982 年），頁 128。

〔註54〕王力：《漢語語音史》（中國社會科學出版社，1985 年），頁 316。

〔表 35〕明清語料中日母的演化

	成書年代	書　　　名	反映方言區	日母	
				存在與否	擬音
1	西元 1442	《韻略易通》	北方音系	存在	ʐ
2	西元 1543〜1581	《青郊雜著》	中原官話鄭曹片	存在	ʐ
3	西元 1587	《書文音義便考私編》	江淮官話洪巢片	存在	ʐ
4	西元 1602	《重訂司馬溫公等韻圖經》	北京官話幽燕片	止開三日母失落	ʐ、ø
5	西元 1603	《交泰韻》	中原官話鄭曹片	存在	ʐ
6	西元 1611	《元韻譜》	冀魯官話石濟片	存在	ʐ
7	西元 1626	《西儒耳目資》	江淮官話洪巢片	止開三日母失落	ʐ、ø
8	西元 1642	《韻略匯通》	北方音系	存在	ʐ
9	西元 1654〜1673	《五方元音》	北方音系	存在	ʐ 或 ɻ
10	西元 1744	《黃鍾通韻》	北京官話黑吉、哈肇片	止開三日母失落	j、ø
11	西元 1763	《五聲反切正韻》	江淮官話洪巢片	存在	ʒ
12	西元 1775	《等韻精要》	中原官話汾河片	止開三日母失落	ʐ、ø
13	西元 1840	《音韻逢源》	冀魯官話保堂片	止開三日母失落	ʐ、ø
14	西元 1878	《等韻學》	北京官話幽燕片	止開三日母失落	ʐ、ø
15	西元 1889	《韻籟》	江淮官話黃孝片	止開三日母失落	ʐ、ø

二、日母的共時分佈

經過本文對中古日母字在現代官話方言今讀的觀察，我們製做了一份簡易的整理表格，表中先依分化條件而非爲止攝開口字、非止攝開口字兩類，再將

各地方言出現地金聲母類型羅列於橫排，縱排則依各官話分言區分立如下：

〔表36〕各官話方言區日母的今讀類型

日母字＼官話區	止攝開口字		非止攝開口字						
	∅	l	∅	ʐ	z	n	ŋ	l	v
北京官話	■		■					■	
膠遼官話	■		■					■	
冀魯官話	■	■		■				■	
中原官話	■		■		■				■
蘭銀官話	■			■					■
西南官話	■		■	■			■		
江淮官話	■		■	■				■	
晉　　語	■		■						

中古日母字受到條件分化，止攝開口三等字先失落音素，零聲母化而與非止開三的字分道揚鑣，因此在清代之前止攝開口三等字已經讀作零聲母：

（一）止攝開口三等字

止攝開口三等的一群字發聲音素的失落，而歸併至零聲母的行列。直到今天各官話區的方言，止攝開口日母字幾乎都讀作零聲母，可說是全面性的聲母失落現象。本文所觀察的方言例字中，只有冀魯官話的止攝開口日母字有讀作聲母 l 的情形，冀魯官話中的章利片利津「而、二、耳」三字、保唐片高陽「二」字皆讀作聲母 l。聲母 r 與 l 本來就是同發音部位，r、l 皆為「流音」，若說「而、二、耳」讀作聲母 l，不是沒有道理。

（二）非止攝開口三等字

中古非止攝開口三等的日母字，相較於止攝開口日母字失落了聲母，在現代官話方言的今聲母類型中，有更多變的樣貌，今聲母的讀音包括：∅、ʐ、z、n、ŋ、l、v 七種。若論非止攝開口字讀為零聲母的演化條件，筆者觀察了北京官話瀋陽、晉語長治兩個方言點，發現並沒有特別的演化條件，但是在這兩個方言點中，非止開三讀零聲母的現象是十分統一的，若讀作零聲母，則沒有一字例外。這代表了這些方言點已經失落日母 ʐ 的音素，而全部改讀為零聲母了。

　　若以音讀常見的程度來說，日母字今聲母讀作 z 最爲常見，其次讀零聲母、z 及 l 的類型也佔多數。雖然非止攝開口三等的日母字音素失落的現象，不若止攝開口字那般規則劃一，但是也有部分日母字在今天的方言讀音中讀成了零聲母，只有冀魯官話、蘭銀官話讀的非止三日母字沒有讀作零聲母的類型，其他從北京官話、膠遼官話、中原官話、西南官話、江淮官話，直到晉語區都有些許非止攝開口日母字讀作 ø 的情況。另外，讀作 l 聲母的地區包含從北京官話、膠遼官話、冀魯官話、江淮官話、晉語區。而日母今聲母的類型 n、ŋ、v 三類則較少地區有此三種讀法，只有中原官話、蘭銀官話的日母字，有讀作聲母 v 的類型；西南官話有讀作 n、ŋ 的類型；晉語有讀作 n 的類型。

　　北京官話、膠遼官話、冀魯官話、蘭銀官話四個地區，非止攝開口三等日母字的讀音類型比較單純，不超過三種類型。如：北京官話非止開三日母字讀：ø、z、l，膠遼官話讀：ø、l，冀魯官話讀：z、l，蘭銀官話讀：z、v。而中原官話、西南官話、江淮官話、晉語四區的讀音類型則比較複雜一些。如：中原官話非止開三日母字讀：ø、z、z、v，西南官話讀：ø、z、z、n、ŋ，江淮官話讀：ø、z、z、l，晉語讀：ø、z、z、n、l。

第六章　現代官話方言中非系統性零聲母的演變

　　本文章第二章至第五章分別討論了現代零聲母的主要來源，即「影、云、以、疑、微、日」六母。不過，在這六母之外，還有一些現今零聲母字並非從以上六母而來，這些零聲母字不像「影、云、以、疑、微、日」六母一樣，具有系統性地演變爲零聲母，而是呈現零散的分佈狀態，在此筆者將這群零聲母字稱爲「非系統性的零聲母」，他們的中古來源包含「明、匣、曉、禪」四母。因此，除了「影、云、以、疑、微、日」六母之外，本章要繼續探討「非系統性零聲母」字的中古來源。

　　首先，前人已經對「影、云、以、疑、微、日」之外的零聲母異常演變做了相關的研究，但大致上是針對現代國語的零聲母爲主，未涉及到其它方言的語料，在此，我們會先稍爲了解現代國語中零聲母異常演變的現象，之後再對現代漢語官話區的進行其他零聲母演變的探討。根據楊徵祥〈現代國語異常演變的零聲母之研究〉[註1]，《國音標準彙編》一書中的零聲母共有 1288 個字，中古來源幾乎爲「影、云、以、疑、微、日」六母，其中有 33 個零聲母字則爲例外，他們來自中古的「明、見、溪、邪、禪、精、澄、曉、匣」等聲母，此33 個零聲母字分別爲：完、莞、浣、皖、熒、螢、榮、呱、闋、踦、諉、咦、

〔註1〕楊徵祥：〈現代國語異常演變的零聲母之研究〉，《雲漢學刊》第五期，1998 年，頁1～14。

徵、嶼、詃、慵、頁、嘆、媧、疴、爻、肴、涍、嶠、骰、丸、汍、芄、紈、
巑、戊、她。巑。我們可以此爲對照,看看其他現代漢語官話方言區中零聲母
字異常演變是否有所異同。

　　在進入正題之前,必須先針對本節所引用的語料做一說明,由於材料上
的不足,筆者稍微更動了所引用的資料,因此本節所採用的方言點將與第二
章到第五章有所差異。本文所引用的語料主要來自《漢語官話方言研究》中
所考察的 67 個方言點,然而經仔細翻查過後,發現《漢語官話方言研究》中
所收集的字例無法涵蓋全面的零聲母狀況,除了中古來源爲「影、云、以、
疑、微、日」而今讀爲零聲母的字例之外,只有收錄一個零聲母字「螢」,中
古來源是以上六母之外的「曉」母。因此,爲補足語料之不足,我們參考了
《普通話基礎方言基本詞彙集‧語音卷》的方言點,將兩書所調查的方言點
互相比對之後,在每一官話區中挑選二至四個方言點,共 20 個方言點,來觀
察除了中古來源「影、云、以、疑、微、日」六母以外,現代官話方言的零
聲母是否還有其他不成系統性的中古聲母來源。

第一節　現代官話方言中非系統性零聲母的分佈

　　我們總共考察了八大官話區中的 20 個方言點,語料來自於《普通話基礎
方言基本詞彙集‧語音卷》,以下按照現代官話的分區,逐一將各方言區、片、
點列出,並附上例字的音讀、反切、中古聲韻調攝、開合、四等的各項說明。

一、北京官話區

　　北京官話區中現代零聲母字的來源除了「影、云、以、疑、微、日」之外,
還有來自中古「明、匣、曉、禪」等聲母,我們將代表方言點「北京、長春」
中零聲母字的音讀以及中古來源的攝、開合、四等、韻母、聲調、聲母,按表
格依序列出,請見下表:

官話區	方言片	方言點	例字 / 反切	讀　音	中古來源
北京官話區	幽燕	北京	戊 / 莫侯	u	流開一侯去明
			頁 / 胡結	iɛ	山開四屑入匣
			螢 / 戶扃	iŋ	梗合四青平匣
			慵 / 蜀庸	yŋ	通合三鍾平禪

		黑吉	長春	戊／莫侯	u	流開一侯去明

上表延續，黑吉長春列：

官話區	方言片	方言點	零聲母例字	讀音	中古來源
			戊／莫侯	u	流開一侯去明
			完／胡官	uan	山合一桓平匣
黑吉		長春	丸／胡官	uan	山合一桓平匣
			紈／胡官	uan	山合一桓平匣
			螢／戶扃	iŋ	梗合四青平匣
			肴／胡茅	iau	效開二肴平匣

北京方言點中其他零聲母字包含：戊明、頁匣、螢匣、慵禪

長春方言點中其他零聲母字包含：戊明、完匣、丸匣、紈匣、螢匣、肴匣

二、膠遼官話區

膠遼官話區中現代零聲母字的來源除了「影、云、以、疑、微、日」之外，還有來自中古「明、匣、曉、禪」等聲母，我們將代表方言點「諸城、丹東」中零聲母字的音讀以及中古來源的攝、開合、四等、韻母、聲調、聲母，按表格依序列出，請見下表：

官話區	方言片	方言點	零聲母例字	讀音	中古來源
			戊／莫侯	u	流開一侯去明
	青萊	諸城	肴／胡茅	ɔi	效開二肴平匣
			淆／胡茅	ɔi	效開二肴平匣
			螢／戶扃	iŋ	梗合四青平匣
			戊／莫侯	u	流開一侯去明
			完／胡官	uan	山合一桓平匣
			丸／胡官	uan	山合一桓平匣
			紈／胡官	uan	山合一桓平匣
膠遼官話區			螢／戶扃	iŋ	梗合四青平匣
	營通	丹東	熒／戶扃	iŋ	梗合四青平匣
			肴／胡茅	iau	效開二肴平匣
			淆／胡茅	iau	效開二肴平匣
			慵／蜀庸	yŋ	通合三鍾平禪
			頁／胡結	ie	山開四屑入匣

諸城方言點中其他零聲母字包含：戊明、肴匣、淆匣、螢匣

丹東方言點中其他零聲母字包含：戊明、完匣、丸匣、紈匣、螢匣、熒匣、肴匣、淆匣、慵禪、頁匣

三、冀魯官話區

冀魯官話區中現代零聲母字的來源除了「影、云、以、疑、微、日」之外，還有來自中古「明、匣、曉、禪」等聲母，我們將代表方言點「濟南、利津」中零聲母字的音讀以及中古來源的攝、開合、四等、韻母、聲調、聲母，按表格依序列出，請見下表：

官話區	方言片	方言點	零聲母例字	讀音	中古來源
冀魯官話區	石濟	濟南	肴／胡茅	ɔ	效開二肴平匣
			淆／胡茅	ɔ	效開二肴平匣
			頁／胡結	iɛ	山開四屑入匣
			完／胡官	uæ̃	山合一桓平匣
			丸／胡官	uæ̃	山合一桓平匣
			螢／戶扃	iŋ	梗合四青平匣
	章利	利津	肴／胡茅	iɔ	效開二肴平匣
			頁／胡結	ɚ	山開四屑入匣
			螢／戶扃	iŋ	梗合四青平匣
			熒／戶扃	iŋ	梗合四青平匣

濟南方言點中其他零聲母字包含：肴匣、淆匣、完匣、丸匣、頁匣、肴匣、淆匣、螢匣

利津方言點中其他零聲母字包含：肴匣、頁匣、螢匣、熒匣

四、中原官話區

中原官話區中現代零聲母字的來源除了「影、云、以、疑、微、日」之外，還有來自中古「明、匣、曉」等聲母，我們將代表方言點「西安、敦煌、徐州、信陽」中零聲母字的音讀以及中古來源的攝、開合、四等、韻母、聲調、聲母，按表格依序列出，請見下表：

官話區	方言片	方言點	零聲母例字	讀音	中古來源
中原官話區	關中	西安	戊／莫侯	u	流開一侯去明
			肴／胡茅	iɔ	效開二肴平匣
			頁／胡結	ie	山開四屑入匣
			螢／戶扃	iŋ	梗合四青平匣
			完／胡官	uã	山合一桓平匣
			丸／胡官	uã	山合一桓平匣

秦隴	敦煌	戊／莫侯	ɣ	流開一侯去明
		肴／胡茅	ɔi	效開二肴平匣
		頁／胡結	ie	山開四屑入匣
洛徐	徐州	戊／莫侯	u	流開一侯去明
		肴／胡茅	ɔi	效開二肴平匣
		螢／戶扃	iŋ	梗合四青平匣
		完／胡官	uæ̃	山合一桓平匣
		丸／胡官	uæ̃	山合一桓平匣
		紈／胡官	uæ̃	山合一桓平匣
信蚌	信陽	肴／胡茅	iau	效開二肴平匣
		淆／胡茅	iau	效開二肴平匣
		螢／戶扃	in	梗合四青平匣

西安方言點中其他零聲母字包含：戊明、肴匣、頁匣、螢匣、完匣、丸匣

敦煌方言點中其他零聲母字包含：戊明、肴匣、頁匣

徐州方言點中其他零聲母字包含：戊明、肴匣、螢匣、完匣、丸匣、紈匣

信陽方言點中其他零聲母字包含：肴匣、淆匣、螢匣

五、蘭銀官話區

　　蘭銀官話區中現代零聲母字的來源除了「影、云、以、疑、微、日」之外，還有來自中古「匣」母，我們將代表方言點「銀川、蘭州」中零聲母字的音讀以及中古來源的攝、開合、四等、韻母、聲調、聲母，按表格依序列出，請見下表：

官話區	方言片	方言點	零聲母例字	讀音	中古來源
蘭銀官話區	銀吳	銀川	肴／胡茅	ɔi	效開二肴平匣
			淆／胡茅	ɔi	效開二肴平匣
			頁／胡結	əi	山開四屑入匣
			螢／戶扃	iŋ	梗合四青平匣
			熒／戶扃	iŋ	梗合四青平匣
	金城	蘭州	肴／胡茅	ɔi	效開二肴平匣
			淆／胡茅	ɔi	效開二肴平匣
			頁／胡結	ie	山開四屑入匣
			螢／戶扃	iəi	梗合四青平匣
			熒／戶扃	iə	梗合四青平匣
			滎／戶扃	əi	梗合四青平匣

濟南方言點中其他零聲母字包含：肴匣、淆匣、頁匣、螢匣、熒匣

利津方言點中其他零聲母字包含：肴匣、淆匣、頁匣、螢匣、熒匣、榮匣

六、西南官話區

西南官話區中現代零聲母字的來源除了「影、云、以、疑、微、日」之外，還有來自中古「曉、匣、禪」等聲母，我們將代表方言點「昆明、武漢」中零聲母字的音讀以及中古來源的攝、開合、四等、韻母、聲調、聲母，按表格依序列出，請見下表：

官話區	方言片	方言點	零聲母例字	讀音	中古來源
西南官話區	雲南	昆明	螢／戶扃	in	梗合四青平匣
			完／胡官	ua	山合一桓平匣
			丸／胡官	ua	山合一桓平匣
			慵／蜀庸	ioŋ	通合三鍾平禪
	湖廣	武漢	戊／莫侯	u	流開一侯去明
			螢／戶扃	iə̃	梗合四青平匣
			完／胡官	uan	山合一桓平匣
			丸／胡官	uan	山合一桓平匣
			紈／胡官	uan	山合一桓平匣

昆明方言點中其他零聲母字包含：螢匣、完匣、丸匣、慵禪

武漢方言點中其他零聲母字包含：戊明、螢匣、完匣、丸匣、紈匣

七、江淮官話區

江淮官話區中現代零聲母字的來源除了「影、云、以、疑、微、日」之外，還有來自中古「曉、匣」兩個聲母，我們將代表方言點「南京、紅安」中零聲母字的音讀以及中古來源的攝、開合、四等、韻母、聲調、聲母，按表格依序列出，請見下表：

官話區	方言片	方言點	零聲母例字	讀音	中古來源
江淮官話區	洪巢	南京	螢／戶扃	iŋ	梗合四青平匣
			完／胡官	uã	山合一桓平匣
			丸／胡官	uã	山合一桓平匣

		戊 / 莫侯	u	流開一侯去明
		螢 / 戶扃	ʮən	梗合四青平匣
黃孝	紅安	完 / 胡官	uan	山合一桓平匣
		丸 / 胡官	uan	山合一桓平匣
		紈 / 胡官	uan	山合一桓平匣

南京方言點中其他零聲母字包含：螢匣、完匣、丸匣

紅安方言點中其他零聲母字包含：戊明、螢匣、完匣、丸匣、紈匣

八、晉　語

晉語區中現代零聲母字的來源除了「影、云、以、疑、微、日」之外，還有來自中古「曉、匣」兩個聲母，我們將代表方言點「太原、長治、忻州、呼和浩特」中零聲母字的音讀以及中古來源的攝、開合、四等、韻母、聲調、聲母，按表格依序列出，請見下表：

官話區	方言片	方言點	零聲母例字	讀音	中古來源
晉語區	並州	太原	螢 / 戶扃	iŋ	梗合四青平匣
	上黨	長治	肴 / 胡茅	cɔ	效開二肴平匣
			淆 / 胡茅	cɔ	效開二肴平匣
			頁 / 胡結	iəʔ	山開四屑入匣
			螢 / 戶扃	yŋ	梗合四青平匣
			黑 / 呼北	aʔ	曾開一德入曉
	五台	忻州	戊 / 莫侯	u	流開一侯去明
			肴 / 胡茅	cɔ	效開二肴平匣
			淆 / 胡茅	cɔ	效開二肴平匣
			頁 / 胡結	iɛʔ	山開四屑入匣
			螢 / 戶扃	iəŋ	梗合四青平匣
	張呼	呼和浩特	肴 / 胡茅	cɔ	效開二肴平匣
			淆 / 胡茅	cɔ	效開二肴平匣
			頁 / 胡結	iaʔ	山開四屑入匣
			螢 / 戶扃	iŋ	梗合四青平匣
			熒 / 戶扃	iŋ	梗合四青平匣

太原方言點中其他零聲母字包含：螢匣

長治方言點中其他零聲母字包含：肴匣、淆匣、頁匣、螢匣、黑曉

忻州方言點中其他零聲母字包含：戉明、肴匣、淆匣、頁匣、螢匣

呼和浩特方言點中其他零聲母字包含：肴匣、淆匣、頁匣、螢匣、滎匣

第二節　試論非系統性零聲母異常演變的原因

綜合上述現代官話方言中零聲母的異常演變現象，我們知道除了來自中古「影、云、以、疑、微、日」六母之外，還有其他的零聲母來源，而這些零聲母字零散存在，不呈系統性的演變。根據我們所收集的語料，這類字例共包含 12 個零聲母字：戉明、完匣、丸匣、紈匣、螢匣、熒匣、滎匣、肴匣、淆匣、慵禪、頁匣、黑曉。以下筆者參考前人論述，楊徵祥〈現代國語異常演變的零聲母之研究〉及宋雨娟：《現代國語零聲母字研究》的研究，試著討論這 12 個零聲母字之所以零聲母化的原因，是否是受到字形的類化，或者是自然音變中音素失落，又或者還有其他的原因，造成的異常演變的現象。

一、零聲母化的因素：受聲符影響

這類非系統性演變的零聲母字，應該是因爲受到得聲偏旁類化的影響，或是受到得聲偏旁所衍生出之形聲字的影響，而與原本就讀做零聲母的得聲偏旁發生讀音一致的情形，遂便讀爲零聲母。

（一）完

「完」中古屬洪音匣母字，今讀做零聲母。之所以聲母讀爲 ø，應該與其得聲偏旁「元」字有若干關係，「元」字《廣韻》「愚袁切」，聲符屬疑母，而今讀做零聲母，其它從「元」得聲的字有「玩、頑、刓、岏」等字，中古聲母來源皆爲疑母，今讀則皆爲零聲母字。因此，我們可以推知本屬匣母的「完」字，因受到聲符讀音的影響，而類化使得現在讀爲零聲母。

（二）螢、熒、滎

「螢、熒、滎」三字《廣韻》皆作「戶扃切」，中古屬匣母字，三字讀作同音，今讀亦皆爲零聲母，應該是受到「瑩（不含玉）」偏旁類化所導致的結果。偏旁同樣從「瑩（不含玉）」的字有「瑩、縈、營、鶯」等字，「瑩」字中古聲母爲影母、「縈」字中古聲母爲影母、「營」字中古聲母爲喻母、「鶯」字中古聲母爲影母，而且今讀皆爲零聲母。因此，我們可以推知本屬匣母的「螢、熒、

榮」三字，因受到聲符的影響，而類化使得現在讀爲零聲母。

（三）慵

「慵」字《廣韻》作「蜀庸切」，中古聲母來源爲禪母，今讀作零聲母。此現象應該是受到得聲偏旁「庸」的影響。「庸」字《廣韻》作「餘封切」，中古聲母屬喻母，而同樣是从「庸」得聲的字有：「傭、墉、鏞」等，「傭」字中古聲母屬以母、「墉」字中古聲母屬以母、「鏞」字中古聲母屬以母，今讀皆爲零聲母。「慵」字應是受到聲符「庸」的影響，類化而讀作零聲母。

二、零聲母化的因素：演變中音素產生失落

此類未系統性地演變的零聲母字，應該是語音演變時，自然產生了音素失落的現象，與上述第一種受到聲符類化而變讀爲零聲母不同。音素之所以容易失落，並非沒有原因，本文所發現官話方言中非系統性讀作零聲母的字，如「頁、肴、淆、丸、紈、」皆是源自中古的匣母字。我們知道匣母爲一濁聲母，而在語音演變之中濁聲母比較容易失落，像是閩語的匣母字也有許多音素失落的現象，如：「學」字漳州音和潮州音皆可讀作〔oʔ〕或〔hak〕、「獲」字漳州音讀作〔hɔk〕；潮州音則讀〔uak〕、「穴」字漳州音讀作〔hiat〕；潮州音則讀作〔uek〕，這些都是中古匣母字至現代方言聲母失落的例證。

（一）頁

「頁」字在《廣韻》中作「胡結切」，爲開口細音三等入聲匣母字，今讀爲 i 類零聲母字。《廣韻》中所列的同音字如：「頡、擷、絜」等字，現代國語中讀作 ɕ 聲母，「頁」字按演化規律應讀爲 ɕ，然而過程中由於音素失落，而今讀爲零聲母字。

（二）肴、淆

「肴、淆」在《廣韻》中作「胡茅切」，中古聲母屬匣母字，兩字中古讀同音。若按匣母字的音變規律，匣母 ɣ 濁音清化後變成相應讀音 x，其後洪音演化時不變，細音則顎化讀作舌面前擦音 ɕ。然而「肴、淆」演變至現代今讀卻有零聲母化的情形，這可能是由於音素失落所造成的。

（三）丸、紈

「丸、紈」在《廣韻》中作「胡官切」，中古屬洪音匣母字，兩字中古讀

爲同音。若按匣母的音變規律，「丸、紈」不應該讀作零聲母，而應讀爲舌根音 x，因此可能是在演變中產生了音素失落的現象，而使得「丸、紈」今讀出現零聲母化的情形。

（四）黑

「黑」字在《廣韻》中作「呼北切」，中古屬曉母字。在現代官話方言區中幾乎仍讀作聲母 x，只有在晉語區上黨片的方言點「長治」今讀作零聲母。因此，「黑」字讀爲零聲母並非普遍的現象。若從方言音系的內部結構來看，我們考察「長治」方言的「曉」母字之後，發現「曉」母字幾乎讀作聲母 x 或 ç，找不到其他如「黑」字般聲母失落，讀作零聲母的字例。因此，我們推測「黑」字讀作零聲母，只是單獨的特例，可能是失落音素所造成的緣故。

三、零聲母化的因素：避諱

「戊」字，《廣韻》中作「莫侯切」，中古屬明母字。宋雨娟《現代國語零聲母字研究》〔註 2〕曾提出，「戊」字今讀作零聲母是受到五代的避諱事件影響，所導致的結果。五代梁太祖之曾祖名字中有「茂」字，爲了避諱梁太祖將「戊」字改爲「武」字。後「武」字由於微母的零聲母化，而失落音素讀作 ø，「戊」字隨「武」字讀音，故也一併讀成了零聲母。

〔註 2〕參考宋雨娟：《現代國語零聲母字研究》（高雄：國立中山大學中國文學系碩士論文，2007 年），頁 148。

第七章 結 論

　　本文對漢語零聲母擴大現象的探討，就語音史方面而言，探就從近代明清兩代到現代漢語官話方言的實際音讀；就地理共時層面來說，以俯視的角度觀察八大官話方言區中零聲母的音變情況，試圖以兩種不同的角度，來看待十五世紀直至現代這將近六百年來零聲母字的演化與發展。因此，我們將先對本文各章的零聲母研究成果作一總結。接著，除了個別針對零聲母的討論之外，在研究的過程中，筆者也有以下幾點思考的成果，分別是關於從明清以來至現代官話方言之間連結重要性、唇齒濁擦音在零聲母字中的活躍性，以及對於本研究的不足之所和未來展望，試述如下：

一、零聲母從明清至現代官話的語流音變

（一）中古影、云、以母於現代官話展露多元面貌

　　關於近代零聲母的形成，云母（喻三）、以母（喻四）早在第十世紀就已經合併爲零聲母，而影母也已經在宋代《九經直音》之時，併入了零聲母的行列。往後元、明、清時期的韻書、語料中的零聲母也皆包含了中古來源的云母（喻三）、以母（喻四）、影母，與零聲母的演變情形完全符合。在明清語料中，影、云、以母看起來似乎因爲聲母失落，而缺少活力。然而，對照於現代官話區中中古來源爲影、云、以母的韻字，卻因爲不同聲母的影響，隱含了相當多元層

次的音讀。

中古影、云、以母演變到現代官話中的類型可大致分爲四種：一、零聲母型。二、承影、云母而音變之類型，可再細分爲 ŋ、n（ȵ）、ʐ、ɣ 各類音讀。三、受日母影響而音變之 ʐ 母型。四、唇齒濁擦音 v 母型，受到微母的音讀或是高元音 u 的影響而出現的音變，應該是比影喻疑合流爲零聲母後更晚的時間層。

按影云以母的現代方言分佈來說，今聲母四大類型的交疊性很高也很多元，「零聲母型」和「唇齒濁擦音 v 母型」的分佈皆是在永登、寶雞一帶止步，不再向西方擴展。今聲母類型中的「受日母影響而音變之 ʐ 母型」，除了大多分佈於東岸，向北也止步於天津，東北沒有產生此類的音讀類型。「承影ʔ、云 ɣj 母而音變之類型」則分佈最爲廣泛，八大官話方言區中都有此類的音讀存在。

再進一步就影、云、以母字討論，可分爲三類：一、影云以開口一二等字的今聲母的類型是三類中最複雜的，包含：ø、n、ŋ、ȵ、ɣ、ʐ 六類聲母。二、影云以開口三四等字，幾乎全數失落音素而成爲零聲母，比較整齊地歸入了零聲母的行列。三、影云以母合口字（含四等）今聲母類型皆讀作 ø、v 兩種聲母，少數字讀作 ʐ 聲母。除了音素自然失落爲零聲母外，其他兩項演變比較特別：一、中古影、云、以母合口字讀作 v，大致上是依照介音來分化，即讀作合口呼時，聲母受到 u 的影響而演化爲 v 聲母；讀撮口呼時，聲母則維持失落的零聲母讀音。二、中古影、云、以母合口字中，有一群字的讀音發生與日母字讀音交纏的狀況，源於古影、云、以三個聲母的「榮、銳、融、容、蓉、熔」等，同樣讀作 ʐ 聲母的讀音。

（二）中古疑母從明清到現代官話的音變

疑母轉變爲零聲母爲零聲母擴大階段中的第二階段，大約是十四世紀《中原音韻》之時，此時疑影母開始合流，而成爲零聲母。又，竺家寧師運用宋代《九經直音》進一步考證影疑母的合流情況，認爲影疑母合流的時間點可再推前至宋代。明代時期，從本文所觀察的語料中，我們發現八本語料中有五本皆顯示了疑母和影母已經合流，歸併於零聲母的行列之下。其中只有《書文音義便考私編》、《元韻譜》、《西儒耳目資》還未顯示出疑母零聲母化的情

形。進入清朝之後，除了《等韻精要》中疑母仍獨爲一類之外，其他本文所觀察的語料皆顯示了疑母零聲母化的概況，表示此時的疑母已經幾乎失落其音素。

縱使清代疑母字已經多數零聲母化，演變至現代官話方言存留古音的比例仍不低，從現代官話方言我們能夠窺見古音的豐富性，古疑母今聲母類型可分爲三種不同的大類：一、零聲母型。二、承疑母而音變之類型。三、唇齒濁擦音 v 母型。其中又以第二類的情況最爲複雜，包含了中古疑母存留的 ŋ 聲母，還有承疑母而音變的各式音讀，如：ŋ、n（ȵ）、ʑ、ɣ、ʐ。

按影云以母的現代方言分佈來說，今聲母三大類型的「零聲母型」主要分佈於東岸，向西止步於永登一帶。「唇齒濁擦音 v 母型」於南最遠到南通一帶，北至黑河、西至烏魯木齊都有其分佈。而今聲母類型中的「承疑母而音變之類型」則分佈最爲廣泛，八大官話方言區中都有此類的音讀存在。

最後，就影、云、以母字來討論，可分爲二類：一、疑母合口字在現今各官話區中幾乎讀作零聲母，可說是全面性的聲母失落現象。而在一些方言區中，也有疑母合口字讀作 v 聲母的現象，應是受到元音 u 的影響，合口乎零聲母字前容易產生唇齒濁擦音 v，如北京官話、蘭銀官話、江淮官話、晉語。另外，蘭銀官話的疑母合口字也有讀爲 ʐ 聲母的字例，河西片的張掖疑母合口三四等字的聲母讀作 ʐ，而合口一二等字則沒有 ʐ 聲母的讀法。

二、疑母開口字相較於合口字來說，在現代官話方言的今聲母類型更爲豐富，今聲母的讀音包括：ø、n、ŋ、ȵ、ʑ、ɣ、l 七種。疑母開口字讀作 ø、ŋ、n、ɣ、ʐ 四種聲母類型的讀音，應該是明清時代影疑母合流以後，經過共同演變所產生出來的類型。而疑母開口字讀作 ȵ、ʑ 的今讀音，和泥娘母字的讀音相同，可能是疑母在齊齒呼和撮口呼前沒有併入影母，而變成和泥娘母相同的 ȵ 聲母，ŋ 聲母與 i、y 相拼時，協同發音的作用使 ŋ 變成 ȵ，並吸引少數影母字也讀 ȵ 聲母。

（三）中古微母今聲母讀爲 v 母的類型仍十分普遍

唇音字在晚唐、五代的時候產生分化，從唐代末期到宋代這一段時間，形成清唇音「非、敷、奉、微」在「三等合口」的條件下產生。明代時期，西元 1602 反映北京官話的《重訂司馬溫公等韻圖經》首次記錄了微母字的零

聲母化。接著，反映江淮官話區洪巢片的《西儒耳目資》（1626 年），也顯示微母正處於音值讀作 v 與 ∅ 之間的音變過程。不過當時，微母字仍大部分讀爲 v 聲母。進入清朝之後，在本文所觀察的七本語料中，微母字幾乎已經失落音素，而全面零聲母化了。

現代官話方言區中，中古微母字今聲母類型可分爲兩大類：一、零聲母型。二、唇齒濁擦音 v 母型。按地理分佈而言，中古微母字今聲母類型爲「唇齒濁擦音 v 母型」，而且不與「零聲母型」相混的分佈，大多在黃河流域與長江流域之間的地帶，並延伸到西部的烏魯木齊，並且 v 聲母在蘭銀官話區、中原官話區、晉語區十分強勢。而靠近大陸東部，從北至南則大多音讀類型爲「零聲母型」或者 ∅、v 兩類型相混，推測可能是受到普通話的影響，東部微母字讀作零聲母的比例大過西部地方言地區。

中古微母現今讀爲「唇齒濁擦音 v 母」的現象仍十分普遍，在北京官話、中原官話、蘭銀官話、晉語區中今聲母讀 v 母的比例各方言區皆佔有 50% 以上。中古微母字讀音爲唇齒濁擦音 v，在漢語官話方言區中的微母字仍然讀作 v 聲母，原因有二：包括承襲古音而保存微母，或者先發生零聲母化之後再發生逆向音變。第二種音變是因爲合口乎零聲母字前容易產生唇齒濁擦音 v，此時若微母合口字讀作零聲母時，存在 u 元音；當疑母合口字讀作 v 聲母時，則 u 元音不存，v 聲母與元音 u 之間，就像是替代音讀的關係。

若與明清語料所顯示的現象來看，到清代時微母字幾乎已經失落爲零聲母，只有反應「中原官話汾河片」的《等韻精要》（1775）中微母仍存在唇齒濁擦音 v 的音讀。上述現象表示，清代時微母字已經幾乎全面零聲母化，因此現代官話方言中許多微母字今聲母讀作 v 聲母的情形，極有可能是逆向音變，從零聲母再度音變讀爲 v 聲母的情況。

（四）中古日母從明清到現代官話的音變

現今國語 ʐ 聲母的基本來源是日母 nʑ，nʑ 是一個破裂摩擦音，今天現代方言中的聲母 ȵ、ʑ 皆從 nʑ 而來，ʑ 後來再變爲 ʐ。而若 nʑ 跟著 tɕ、tɕʻ、dʑʻ、ɕ、ʑ → tʃ、tʃʻ、dʒʻ、ʃ、ʒ 的演變而變爲 nʒ 之時，有可能又因爲摩擦成分佔優勢，破裂成分消失而變爲 ʒ，接著捲舌化最終音變爲 ʐ 聲母（tʃ、tʃʻ、dʒʻ、ʃ、ʒ → tʂ、tʂʻ、tʂ、ʂ、ʐ）。

日母在元代的時候，分化爲 r、ʐ 兩母，後來 r → ʐ 與 ʐ → ɚ（捲舌音）同時轉變，二母仍不相混。因此，止開三和非止開三的日母字已經有了語音區別。明代時期，西元 1602 反映北京官話的《重訂司馬溫公等韻圖經》首次產生了日母止攝開口字的零聲母化情形。而反映江淮官話區洪巢片的《西儒耳目資》（1626 年），也出現了日母止開三等字併入零聲母的現象。除此之外，明代大部分非止開三日母字仍讀爲 ʐ 聲母。進入清朝之後，在本文所觀察的七本語料中，止攝開口三等日母字幾乎已經失落音素，全面零聲母化了；非止開三日母字則可能讀作 ʐ、ʐ、j 或 ʒ。

中古日母演變到現代官話，今聲母類型可分爲三種不同的大類：一、零聲母型。二、承日母而音變之類型。三、唇齒濁擦音 v 母型。若以地理分佈而言，日母非止攝開口三等字中，今聲母類型爲「零聲母型」單點分佈在北京官話的瀋陽、晉語的長治。而日母讀作「唇齒濁擦音 v 母型」，大多分佈在中原官話、蘭銀官話。日母今聲母爲「承日母而音變型」的分佈點則十分廣泛，現代官話的八大區中都有所分佈，此類型是三類中最普遍且強勢的。

中古日母字受到條件分化，止攝開口三等字先失落音素，零聲母化而與非止開三的字分道揚鑣，因此在清代之前止攝開口三等字已經讀作零聲母。日母止攝開口三等字在現代各官話區的方言中，幾乎讀作零聲母，可說是全面性的聲母失落現象。只有少數日母字讀作聲母 l，如：冀魯官話中的章利片利津「而、二、耳」三字、保唐片高陽「二」字。

日母非止攝開口三等字，在現代官話方言的今聲母類型中，有更爲多變的樣貌，今聲母的讀音包括：ø、ʐ、z、n、ŋ、l、v 七種。非止攝開口字讀爲零聲母只在瀋陽、長治兩方言點，沒有特別的演化條件，但是我們發現非止開三讀零聲母的現象是十分統一的，瀋陽、長治的非止開三日母字皆讀零聲母沒有例外。這代表了這些方言點已經失落日母 ʐ 的音素，而全部改讀爲零聲母了。

二、明清至現代方言間連結的必要性

明、清兩代韻書韻圖的藏書量十分豐富，若能窮盡所有仔細研究，每本語料都代表了一段時間和一塊地理範圍之中的語音現象，當我們同時觀察現代官話方言區內各片各點的語料，則無形的線將會交織兩端，最終構成捕捉語音流

變的一張大網。現代方言的今讀類型是承襲古音而來，而非憑空演變而成，因此我們可以將現代方言的今讀視爲古代音讀的一種投射，藉由現今讀音的豐富性，更進一步了解古音的面貌。

（一）構築語音流變史的重要通道

關於微母零聲母化的時辰推演，透過明清三本語料（反映江淮官話洪巢片）直至現代江淮官話洪巢片的今讀可說是一覽無遺。明《書文音義便考私編》（西元 1587）在當時微母仍然獨立爲一聲類，且保有唇齒濁擦音「v」，而到了西元 1626 明末的《西儒耳目資》則眞實呈現了微母當時已面臨音素逐漸失落的階段，「微」字在書中同時存有「vi」與「ui」兩種拼音，又可以同時歸爲物「v」、自鳴「ø」兩類，表示當時人們已經出現混用的情形。最終，微母在清朝時期全面零聲母化，西元 1763《五聲反切正韻》作爲帶有洪巢片方音色彩的語料，便是反映微母全面零聲母化的證據。而對照到現今時空的江淮官話，不論是洪巢片南京、洪巢片揚州、洪巢片合肥，以上三個方言點微母今聲母類型無一不讀零聲母。透過連結明清語料和現代官話方言，便可形塑出語音流變史各式大小寬窄的通道，雖然並非所有的古代語料和現今方言都能夠完全吻合，我們也不能過度於今臆測古時，但不可否認通道確實存在，並且需要盡力保持暢通。

（二）判斷語音演變的基準線

北京官話區中，當時反映北京音的明代語料《重訂司馬溫公圖經》，對比明代當時的其他語料，可說展露了微母從北方方言開始失落的痕跡，直到清代同樣反映北京音的《等韻學》，宣告微母已經正式零聲母化。在本文所引用的現代北京方言點的語料中，微母字仍然讀作零聲母。然而不可忽略的是，微母字應該已經失落了聲母，但是陳保亞（1999：470）研究顯示現今北京話中重新出現了合口呼零聲母的變異現象，大約是從 20 世紀的 80 年代開始，北京話合口呼零聲母的 v 聲母化逐漸開始劇烈起來，甚至將此種讀音擴散到不是微母的範圍之外，這是因爲語音的發展和口腔發音構造有著密切的關係，v 和 u 具有可替換性，使得〔uo〕、〔o〕韻母的字讀〔w〕聲母；非〔uo〕、〔o〕韻母的字讀〔v〕聲母。

這種逆向音變的語言現象，必須經由與前朝時期的韻書韻圖比較之後，即

可以確切認定中古微母字從 v＞w＞u＞ø，再由ø逆向出現聲母 v 的音變史。

（三）由現代方言更接近古音的全貌

在進行研究之前，我們對中古「影云以、疑、日」等字的音值擬構已有既定的印象，而現代國語由於零聲母化的緣故，音素失落而聲母愈趨整齊，因此若缺乏方言的薰陶與訓練，我們對於古音的樣貌總是難以想像。若是能夠透過中國境內各地方言的語料，進行比較分析，則所得出的結果必定有助於我們認識更多元豐富的語音類型，近而更加靠近古音的樣貌。

本文研究之中，針對「影云以母」、「疑母」、「日母」進行現代官話方言區的比較分析，得出：中古「影云以母」的今聲母類型包含：ø、n、ŋ、ȵ、ɣ、ʑ、ʐ、v 八類聲母。中古疑母開口字，在現代官話方言的今聲母類型中，今聲母的讀音包括：ø、n、ŋ、ȵ、ȵ、ʑ、ɣ、l、v 九種。而中古非止攝開口三等的日母字，在現代官話方言的今聲母類型中，包含：ø、ʐ、ʑ、n、ŋ、l、v 七種音讀。相較於從明、清韻書所觀察到「影云以母」、「疑母」、「日母」當時的讀音狀態，則更為豐富多元，「影云以母」在明清時已經是零聲母 ø，「疑母」在明清兩代經歷音素失落 ŋ＞ø，並且有部分疑母字與泥娘合併讀作 n，「日母」止攝開口三等與非止攝開口字，一讀為 ø，一讀為 ʑ（洪音前為 ʐ，細音前為 ʑ），又王力、龍庄偉認為日母應該擬作捲舌閃音 ɽ，又或者張玉來根據現代山東方言認為《韻略匯通》的日母音值還不能斷定，或許能擬作 lʐ。經過現代方言的映證，使得明清語料中的擬音不再平面，或許明清語料中的零聲母來源最終多失去了原有音素，成為統一的零聲母 ø，但是不論是保存古音或是逆向音變，方言將豐富的語音訊息留存在現今的時代，讓我們得以一窺古音的奧秘。

根據「影云以母」、「疑母」、「日母」的今讀類型，我們發現三母間有互相重疊交錯的音讀現象，如「影云以母」、「疑母」兩者今聲母的類型極為相似，皆有 ø、n、ŋ、ɣ、ʐ、v 六類聲母，這應該是發生音素失落之後，「影云以母」、「疑母」合流成一群零聲母字，而又於內部發生語音演化，互相影響所形成的結果。從現代方言的今聲母類型，我們可以對古音的演變過程行使想像進而推測，這是現代方言所帶給我們的豐富的靈感。

三、唇齒濁擦音在零聲母合口字的普及性

中古微母字讀音為唇齒濁擦音 v，在漢語官話方言區中的微母字仍然存留

讀音 v，包含了承襲古音而保存，以及先零聲母化後發生逆向音變的兩種音素。然而唇齒濁擦音 v 母，在本文所觀察的八大官話區中的零聲母合口字普及程度很高，不僅微母零聲母字存有唇齒濁擦音 v 的今讀，另外影、云、以、疑、日母也皆有方言區的零聲母合口字讀作唇齒濁擦音 v 母。唇齒濁擦音 v 母著實展現了活躍的生命力和影響力，在各個官話方言區中發揮積極的作用。

〔v〕是一個輔音，是唇齒音，由上齒接觸下唇，氣流衝出，突破唇齒的阻礙，伴隨聲帶振動的濁音。〔u〕是一個元音，發音時氣流不受阻礙，發音部位爲舌面後元音，口形是一個最圓的圓唇元音。而今天的官話方言中，零聲母合口呼字聲母讀作〔v〕，與〔u〕元音有絕大的關係。

（一）微母合口字

在本文所觀察的「武、尾、味、晚、萬、文、問、忘、袜、物」10 字之中，都曾有今聲母讀作 v 聲母的類型。微母合口字今聲母讀爲 v 母，發生在以下地區：北京官話黑吉片、遼沈片、哈肇片；膠遼官話青萊片、冀魯官話石濟片、章利片；中原官話秦隴片、關中片、隴中片、南疆片、汾河片、信蚌片；蘭銀官話銀吳片、金城片、河西片、塔密片；西南官話雲南片；江淮官話秦如片；晉語邯新片、並州片、五台片、大包片、張呼片、志延片。

根據本研究「微母」章節中所提過的〔表 26〕所示，現代官話方言區今聲母爲唇齒濁擦音 v 母的現象仍十分普遍，北京官話、中原官話、蘭銀官話、晉語區中今聲母讀 v 母的比例占有 50％以上，這顯示了唇齒濁擦音 v 母仍十分活躍，不曾失去它的生命力。

（二）疑母合口字

中古疑母字演變至今現代官話方言，出現了聲母讀爲 v 的音變現象，此聲母音讀不可能是從微母所存留下來的讀音，而應該是與合口音 u 有緊密的關連性，造成 v 聲母後起的現象。v 聲母應是受到元音 u 的影響，合口乎零聲母字前容易產生唇齒濁擦音 v。並且在觀察過各方言區的疑母合口字之後，發現當疑母合口字讀作零聲母時，存在 u 元音；當疑母合口字讀作 v 聲母時，則 u 元音不存，這樣的似乎像 v 聲母是元音 u 的替代音讀。我們將現代官話方言中，古疑母字今讀作聲母 v 的方言點整理如下：

1. 北京官話中的遼沈片瀋陽、哈肇片巴彥、哈肇片哈爾濱、黑吉片齊齊哈

爾、黑吉片黑河，疑母合口「外、瓦、危」三字今讀爲 v 聲母。

2. 蘭銀官話中的銀吳片靈武、銀吳片銀川、金城片永登、金城片蘭州、塔密片吉木薩爾、塔密片烏魯木齊，皆包含了聲母讀 v 的情況，如：「外、瓦」二字在上述的方言點中聲母皆讀作 v；「危」字則是在銀吳片靈武、金城片永登、金城片蘭州、塔密片吉木薩爾讀爲 v 聲母。

3. 江淮官話中的秦如片南通，「外、危」二字聲母讀作 v。

4. 晉語的疑母合口字，「外、瓦、危」在邯新片邯鄲、並州片太原、五台片忻州、張呼片呼和浩特、大包片大同、志延片志丹讀作 v 聲母。

（三）日母非止攝開口字

中古日母字演變至今現代官話方言，出現了聲母讀爲 v 的音變現象，聲母 v 不只出現在合口字，還擴及到「如、乳、軟、閏、絨、冗、辱」等開口字，中古日母字在現代官話方言中讀作 v 聲母的方言點如下：

1. 中原官話的關中片西安、南疆片吐魯番、汾河片運城，以下「如、乳、軟、閏、絨、冗、辱、扔、仍、入、弱」等字有讀作 v 聲母的情況。「如、乳、軟、閏、絨、冗、辱」是開口字，而「扔、仍、入、弱」則是合口字。

2. 蘭銀官話區中，金城片永登、金城片蘭州、河西片張掖、塔密片吉木薩爾「如、乳、軟、閏、絨、冗、辱、入、弱」等字，今聲母有讀作 v 聲母的現象。日母中今讀類型爲唇齒濁擦音 v 母的範圍，不僅止於日母合口字，還擴及到日母開口字如「扔、仍、入、弱」等。

（四）影云以母合口字

中古影、云、以母字在現代官話方言中，今聲母讀作 v 聲母的方言點如下：

1. 北京官話中遼瀋片瀋陽、哈肇片巴彥、哈肇片哈爾濱，以下「碗、穩、翁、屋、蛙、蛙、彎、挖、威」等字，讀作 v 聲母。

2. 膠遼官話中青萊片諸城的「蛙、威、碗、穩、挖」五字，讀作 v 聲母

3. 冀魯官話中石濟片濟南、石濟片石家莊、章利片利津，「烏、碗、穩、屋、蛙、蛙、彎、挖、威」讀作 v 聲母。

4. 中原官話中鄭曹片商丘、鄭曹片阜陽、秦隴片西寧、秦隴片敦煌、隴中片天水、南疆片吐魯番，今讀有讀作 v 聲母的現象，如「烏、碗、穩、翁、屋、蛙、蛙、彎、挖、威、容」等字。

5. 蘭銀官話中銀吳片靈武、銀吳片銀川、金城片永登、金城片蘭州、塔密片吉木薩爾、塔密片烏魯木齊、河西片張掖，今讀類型中有讀作 v 聲母的現象，如「烏、碗、穩、翁、屋、蛙、蛙、彎、挖、威、容」等字。

6. 西南官話中，川黔片成都、雲南片大理、雲南片蒙自，「烏、穩、屋」三字讀作v聲母。

7. 江淮官話中，秦如片秦州「穩、挖、威」三字讀作v聲母。

8. 晉語中的並州片太原、五台片忻州、大包片大同、張呼片呼和浩特、志延片志丹、邯新片邯鄲，今讀類型中有讀作 v 聲母的現象，如「烏、碗、穩、翁、屋、蛙、蛙、彎、挖、威」等字。

中古影云以母字演變至今現代官話方言，受到微母的影響，出現了聲母讀為 v 的音變現象，此現象應是與合口音 u 有緊密的關連性，造成 v 聲母後起的現象。v 聲母應是受到元音 u 的影響，合口乎零聲母字前容易產生唇齒濁擦音 v。各方言區的影云以母合口字，與疑母合口字的演變規律相似，當影云以母合口字讀作零聲母時，存在 u 元音；當影云以母合口字讀作 v 聲母時，則 u 元音不存，這樣的似乎像 v 聲母是元音 u 的替代音讀。

綜上所述，唇齒濁擦音 v 母普遍來說，在零聲母合口字時出現替換零聲母的機率最大，並且音變範圍不僅只中古來源為「微」母的零聲母字，還包括了中古來源為「影、云、以、疑、日」的零聲母字。除了是因為語音內部結構所引發的改變，也可能是零聲母「影、云、以、疑、微、日」合流之後，互相影響交涉，再一同轉變所引發的效應。總之，在現代官話方言中零聲母合口字的今讀類型裡，唇齒濁擦音 v 母極具份量，且不可忽視其所隱含的影響力。

四、研究未盡之處與未來展望

語言的流變持續發生在任何世界的角落，對於蒐集方言材料的學者來說，方言點的範圍與位置為首要之務，如何能夠將語料蒐集至最為全面實為一艱辛的工作，接著語音的紀錄與準則，更是確保真實呈現語言的重要手段，耗時費力的方言調查結束之後，由於社會因素的複雜及人口變遷的快速，語言也會隨之逐漸變化，因此，田調的功夫必須不斷地進行以掌握最新最寫實的語言現象。不論是明、清時期的韻書韻圖，亦或是現代的方言調查報告，

都為人類留下語言的紀錄，也是我們為了追逐未知不可聞的古音的途徑之一。因此，在如此龐雜的語料資訊的背後，更重要的是如何解讀古人所存留的線索，如何找出龐大語料背後的語音規律。語音演變的音素十分複雜，包含外來人口遷移所造成的語言輸入、強勢語言對弱勢語言的影響、還有語音因應本身內部結構所發生的變化等，想要找出語音的規律，就必須要更多更完整的資料做為後盾。

在撰寫本文的同時，筆者發現方言調查之後所記錄的音讀往往音調查者的判斷不同而有落差，即使同時間同地點的調查工作，也可能因為受訪者的不同而產生相異的結果，何況方言調查通常需要長時間的投入，因此在時間本身就存在差異的條件之下，無法掌握百分之百的實際語言情形。再者，由於筆力有限與資料蒐備的困難，只能以官話方言區中代表的方言點為主，做為本文的研究對象，無法窮盡所有各地的方言報告，以完成所有方言點的零聲母分佈的情況。另外，對於語音演變的探討，也仍然有許多不完備之處，需要更進一步的深入研究與蒐證，才能更準確地詮釋語音流變的規律與因素。

若想從明、清的韻書韻圖之中得到古人語音的真實面貌，實有其困難之處，光就韻書韻圖的線索，以及透過擬音我們無法掌握全部的語音面貌，因此需要現代方言的輔助，才能夠一窺古音的奧秘。如何從現代方言建構古音的世界，則必須步步為營，即使影響語言的成分十分複雜，但是這份研究仍然值得我們投入更多的心力。零聲母化的演變及發展從中古前即開始發生，況且音素的失落是世界上任何語言都存在的普遍的現象，本文只取明、清兩代來作論述，未能推及至中古甚至上古的語音史，若有機會將零聲母的語音演變從上古寫至現代，再加以與世界其他語言比較對照，找尋語言之間的共性與殊性，則是語音史上很重要的工作之一，亦是建築中國語音演變史很重要的成分。

參考文獻

一、古　籍

1. 〔宋〕丁度等：《集韻》影上海圖書館藏述古堂影宋鈔本（上海：上海古籍出版社，1984 年）。

2. 〔宋〕陳彭年等修：《新校宋本廣韻》影澤存堂翻刻宋本廣韻（臺北：洪葉文化，2001 年）。

3. 〔宋〕《等韻五種》（臺北：藝文印書館，2005 年）。

4. 〔元〕周德清：《中原音韻》收於《景印文淵閣四庫全書》（臺北：臺灣商務印書館，1986 年）1496 冊。

5. 〔元〕周德清撰，許世瑛校訂：《音注中原音韻》（臺北：廣文書局，1986 年 9 月再版）。

6. 〔明〕呂坤：《交泰韻》收於《四庫全書存目叢書》影福建省圖書館藏明萬曆刻本（臺南：莊嚴文化，1997 年）210 冊，頁 1～35。

7. 〔明〕李登：《書文音義便考私編》收於《續修四庫全書》影故宮博物院圖書館藏明萬曆十五年陳邦泰刻本（上海：上海古籍出版社，1995 年）251 冊。

8. （明）金尼閣：《西儒耳目資》收於《四庫全書存目叢書》影明天啓六年刻本（臺南縣柳營鄉：莊嚴文化， 1997 年）。

9. 〔明〕徐孝：《合併字學篇韻便覽》收於《四庫全書存目叢書》影西北師範大學圖書館藏明萬曆三十四年張元善刻本（臺南：莊嚴文化，1997 年）193 冊，頁 313～649。

10. 〔明〕桑紹良：《青郊雜著》收於《四庫全書存目叢書》影北京大學圖書館藏明萬曆桑學夔刻本（臺南：莊嚴文化，1997 年）216 冊，頁 474～642。

11. 〔明〕畢拱辰：《韻略匯通》收於《韻略易通、韻略匯通合訂本》 影明崇禎壬午年初刻本（臺北：廣文書局，1972 年）。

12. 〔明〕喬中和：《元韻譜》收於《四庫全書存目叢書》影北京圖書館分館藏清康熙三十年梅墅石渠閣刻本（臺南：莊嚴文化，1997 年）214 冊，頁 1〜607。

13. 〔明〕藍茂：《韻略易通》收於《韻略易通、韻略匯通合訂本》影清康熙癸卯年李棠馥本（臺北：廣文書局 1972 年）。

14. 〔清〕吳烺：《杉亭集‧五聲反切正韻》收於《續修四庫全書》（上海：古籍出版社，1995 年）258 冊，頁 523〜543。

15. 〔清〕都四德：《黃鍾通韻》收於《四庫全書存目叢書》影北京圖書館藏清乾隆刻本（台南縣柳營鄉：莊嚴文化事業公司，1997 年）185 冊。

16. 〔清〕許惠：《等韻學》收於《續修四庫全書》影北京圖書館分館藏清光緒八年刻擇雅堂初集本（上海：上海古籍出版社，1995 年）258 冊。

17. 〔清〕華長忠：《韻籟》收於《續修四庫全書》影上海圖書館藏清光緒十五年華氏松竹齋刻本（上海：古集出版社，1995 影印版 ）258 冊。

18. 〔清〕裕恩：《音韻逢源》收於《續修四庫全書》影北京大學圖書館藏清道光聚珍堂刻本（上海：上海古籍出版社， 2002 年）。

19. 〔清〕賈存仁：《等韻精要》收於《續修四庫全書》影北京圖書館分館藏清乾隆四十年河東賈氏家塾刻本（上海：上海古籍出版社， 2002 年）。

20. 〔清〕趙紹箕：《拙菴韻悟》收錄於《續修四庫全書》影北京圖書館分館藏清康熙五十五年楊作棟抄本（上海：上海古籍出版社，2002 年）。

21. 〔清〕樊騰鳳：《五方母音》收於《續修四庫全書》影清文秀堂刻本（上海：上海古籍出版社，2002 年）。

二、專　書

1. 丁邦新主編：《歷史層次與方言研究》（上海：上海教育出版社，2007 年）。

2. 王力：《漢語語音史》（北京：商務印書館，2008 年）。

3. 王力：《漢語史稿》（北京：中華書局，1980 年）。

4. 中國社會科學院語言研究所：《方言調查字表》（修訂本）（北京：商務印書館，1988 年）。

5. 中國社會科學院、澳大利亞人文科學院合編：《中國語言地圖集》（香港：朗文出版社，1987 年）。

6. 北京大學中文系語言文學系語言學教研室編：《漢語方音字匯》（第二版）（北京：語文出版社，2003 年）。

7. 何大安：《聲韻學中的觀念和方法》（臺北：大安出版社，1987 年）。

8. 何大安：《規律與方向：變遷中的音韻結構》（臺北：中研院史語所，1988 年）。

9. 沈兼士：《廣韻聲系》（北京：中華書局，2004 年）。

10. 李如龍：《漢語方言學》（北京：高等教育出版社，2005 年）。

11. 李清桓：《五方母音》音系研究（武漢：武漢大學出版社，2008 年）。

12. 李榮主編：《現代漢語方言大詞典》（南京市：江蘇教育出版社，1995 年）。

13. 李新魁：《漢語等韻學》（北京：中華書局，1983 年）。

14. 李新魁：《漢語音韻學》（北京：北京出版社，1986 年）。

15. 李思敬：《漢語「兒」〔ɚ〕音史研究》（北京：商務印書館，1986 年）。

16. 竺家寧：《古音之旅》（臺北：萬卷樓圖書有限公司，2002 年）。

17. 竺家寧：《音韻探索》（臺北：學生書局，1995 年）。

18. 竺家寧：《聲韻學》（臺北：五南圖書出版有限公司，1991 年）。

19. 竺家寧：《近代音論集》（臺北：學生書局，1994 年）。

20. 林慶勳、竺家寧：《古音學入門》（臺北：學生書局，1993 年）。

21. 段亞廣：《中原官話音韻研究》（北京：中國社會科學出版社，2012 年）。

22. 高本漢著，趙元任等譯：《中國音韻學研究》（北京：商務印書館，1994 年）。

23. 袁家驊：《漢語方言概要》（北京：文字改革出版社，1989 年）。

24. 袁家驊等：《漢語方言概要（第二版）》（北京：語文出版社 2001 年）。

25. 徐通鏘：《歷史語言學》（北京：商務印書館，1991 年）。

26. 耿振生：《明清等韻學通論》（北京：語文出版社，1998 年）。

27. 耿振生主編：《近代官話語音研究》（北京：語文出版社，2007 年）。

28. 孫宜志：《安徽江淮官話語音研究》（合肥：黃山書社，2006 年）。

29. 張世方：《北京官話語音研究》（北京：北京語言大學出版社，2010 年）。

30. 曹志耘主編：《漢語方言地圖集·語音卷》（北京：商務印書館，2008 年）。

31. 陳章太，李行健主編：《普通話基礎方言基本詞彙集·語音卷》（北京：語文出版社，1996 年）。

32. 馬學恭等著：《銀川方言應用研究》（銀川：寧夏人民教育出版社，2012 年）。

33. 陳新雄：《聲韻學》（臺北：文史哲出版社 2007 年）。

34. 喬全生：《晉方言語音史研究》（北京：中華書局，2008 年）。

35. 曾曉渝：《語音歷史探索——曾曉渝自選集》（天津：南開大學出版社，2004 年）。

36. 董同龢：《漢語音韻學》（臺北：文史哲經銷，1981 年）。

37. 寧忌浮：《漢語韻書史·明代卷》（上海：上海人民出版社 2009 年）。

38. 葉寶奎：《明清官話音系》（廈門：廈門大學出版社，2002 年）。

39. 趙元任：《語言問題》（臺北：商務印書館，1992 年）。

40. 趙蔭堂：《等韻源流》（臺北市：文史哲，1985 年）。

41. 夢萬春：《商洛方言語音研究》（北京：中國社會科學出版社，2010 年）。

42. 錢曾怡主編：《山東方言研究》（濟南：齊魯書社，2001 年）。

43. 錢曾怡主編：《漢語官話方言研究》（濟南：齊魯書社，2010 年）。

44. 應裕康：《清代韻圖之研究》（臺北：弘道文化，1972 年）。

三、期刊論文

1. 丁邦新：〈十七世紀以來北方官話之演變〉，《近代中國區域史研討會論文集》，，1986 年，頁 5～14。

2. 丁邦新：〈論官話方言研究中的幾個問題〉，《歷史語言研究所集刊》，第五十八本第四分，1987 年，頁 809～841。

3. 丁邦新：〈漢語方言區分的條件〉，《清華學報》，14：1，2 合刊，1982 年，頁 257～273。

4. 丁邦新：〈從閩語論上古音中的*g-〉，《漢學研究》第一卷第一期，1983 年，頁 1～8。

5. 丁鋒：〈《西儒耳目資》重出小韻反映的明末語音狀況〉，《歷史語言學研究》第三輯，2010 年，頁 233～241。

6. 王松木：〈《西儒耳目資》的聲母系統——兼論明末官話的語音性質〉，《第三屆國際暨第十二屆全國聲韻學學術研討會論文集》，1994 年，頁 75～94。

7. 王松木：〈等韻研究的認知取向——以都四德《黃鍾通韻》為例〉，《漢學研究》第 21 卷第 2 期，2003 年，頁 337～365。

8. 林慶勳：〈從編排特點論《五方元音》的音韻現象〉，《聲韻論叢》第二輯，1990 年，頁 237～266。

9. 林慶勳：〈論《五方元音》年氏本與樊氏原本的語音差異〉，《高雄師大學報》第二期，1991 年，頁 105～119。

10. 林慶勳：〈試論《日本館譯語》的聲母對音〉，《高雄師大學報》第四期，1991 年，頁 67～88。

11. 李方桂原著，李壬癸譯：〈零聲母與零韻母〉，《大陸雜誌》第 77 卷第 1 期，1988 年，頁 47～48。

12. 李兆同：〈關於普通話零聲母的分析問題〉，《語文研究》第四期，1985 年，頁 25～29。

13. 李如龍：〈關於漢語方言的分區〉，《語言暨語言學》專刊外編之六《山高水長：丁邦新先生七秩壽慶論文集》（上），2006 年，頁 57～74

14. 李存智：〈從漢語歷史音韻與現代漢語方言論日母〉，第十四屆全國暨第五屆國際聲韻學學術研討會，新竹市，1996 年。

15. 李存智：〈四縣客家話通霄方言的濁聲母「g」〉，《中國文學研究》第八期，1994 年，頁 23～38。

16. 李存智：〈漳平方言的〔g〕聲母字研究——兼論匣群喻三的古音構擬〉，《國際人文年刊》第五期，1996 年，頁 65～80。

17. 宋韻珊：〈試論《五方元音》與《別弊增廣分韻五方元音》的編排體例〉，《聲韻論叢》第七輯，1998 年，頁 137～154。

18. 宋韻珊：〈古日母字在冀、魯、豫的類型初探〉,《興大中文學報》第十七期,2005年,頁231～240。

19. 吳傑儒：〈有關蘭茂「韻略易通」的幾個問題〉,《大仁學報》,1994年,第12期,頁35～42。

20. 吳傑儒：〈蘭茂「韻略易通」之聲母系統〉,《國立屏東商專學報》,1995年,第3期,頁147～181。

21. 竺家寧：〈漢語音變的特殊類型〉,《學粹》第16卷第1期,1974年,頁21～24。

22. 竺家寧：〈近代漢語零聲母的形成〉,《中語中文學》第四輯,1982年,頁194～209。

23. 竺家寧：〈宋代語音的類化現象〉,《淡江學報》第22期,1985年,頁57～65。

24. 竺家寧：〈《韻籟》聲母演變的類化現象〉,《音韻論叢》,2004年,頁480～498。

25. 竺家寧：〈《韻籟》的零聲母和顎化現象〉,《語言文字學研究》,2005年,頁194～209。

26. 竺家寧：〈《九經直音》的聲母問題〉,《木鐸》第9期,1980年,頁345～356。

27. 耿振生：〈明代學術思想變遷與明代音韻學的發展〉,《聲韻論叢》第九輯,2000年,頁85～98。

28. 孫建元：〈中古影、喻、疑、微諸紐在北京音系裡全面合流的年代〉,《廣西師範大學學報》第三期,1990年,頁6～14。

29. 高龍奎：〈《青郊雜著》的聲母〉,《漢語的歷史探討——慶祝楊耐思先生八十壽誕學術論文集》,2011年,頁287～288。

30. 張世方：〈北京話古微母字聲母的逆向音變〉,《語文研究》第二期,2008年,頁42～46。

31. 張琨：〈現代方言的分類〉,《中國境內語言暨語言學》第一期,1992年,頁1～21。

32. 張淑萍：〈國語中零聲母的演變與例外〉,《聲韻論叢》第十七輯,2012年,頁133～150。

33. 黃俊泰：〈滿文對音規則及其所反映的清初北音音系〉,《圓文學報》16期,1987年,頁83～118。

34. 湯幼梅：〈現代漢語「零聲母」的本質特性及理論定位〉,《華南師範大學學報》第二期,2003年,頁142～144。

35. 楊秀芳：〈論交泰韻所反映的一種明代方音〉,《漢學研究》第5卷第2期,1987年,頁329～373。

36. 楊徵祥：〈現代國語異常演變的零聲母之研究〉,《雲漢學刊》第五期,1998年,頁1～14。

37. 羅勤正：〈環境染色、輸出對應理論,以及國語的零聲母〉,《華語文教學研究》第五卷第一期,2008年,頁113～132。

38. 楊劍橋：〈再論近代漢語唇音字的 u 介音〉,《聲韻論叢》第十一輯,2001年,頁

109～122。

39. 楊憶慈：〈現代國語中零聲母的異常演變〉，《南榮學報》第五期，2001 年，頁 245。

40. 黃笑山：〈《交泰韻》的零聲母和聲母〔V〕〉，《廈門大學學報》（哲學社會科學版）第三期，1990 年，頁 120～126。

41. 趙學玲：〈漢語方言影疑母字聲母的分合類型〉，《語言研究》第 27 卷第 4 期，2007 年，頁 73～78。

42. 董嚴：〈大連話日母字聲母讀音變異及原因探析〉，《大連民族學院學報》第四期，2007 年，頁 47～49。

43. 應裕康：〈清代第一本滿人的等韻圖《黃鍾通韻》〉，第一屆國際暨第三屆全國清代學術研討會論文，高雄市，1993 年。

44. 儂斐：〈論四川武勝方言中的「年」類零聲母〉，《語文學刊》第八期，2010 年。

45. 鍾榮富：〈論客家話的〔v〕聲母〉，《聲韻論叢》第三輯，1990 年，頁 435～456。

46. 龍莊偉：〈《五方元音》與元韻譜〉，《第三屆國際暨第十二屆全國聲韻學學術研討會論文集》，1994 年，頁 136～141。

47. 譚志滿：〈鶴峰方言舌根音聲母／ŋ／及其丟失原因〉，《湖北民族學院學報》（哲學社會科學版）第六期，2005 年，頁 6～8。

四、學位論文

1. 王松木：《西儒耳目資所反映的明末官話音系》，嘉義：國立中正大學中國文學研究所碩士論文，1994。

2. 王松木：《明代等韻之類型及其開展》，嘉義：國立中正大學中國文學系博士論文，1999。

3. 王麗雅：《許惠等韻學研究》，嘉義：國立嘉義大學中國文學系研究所碩士論文，2007。

4. 石俊浩：《五方母音研究》，臺北：文化大學中國文學研究所碩士論文，1992。

5. 李秀珍：《青郊雜著》，臺北：文化大學中國文學研究所碩士論文，1996。

6. 宋民映《等韻精要音系研究》，台南：國立成功大學歷史語言研究所碩士論文，1993。

7. 宋雨娟：《現代國語零聲母字研究》，高雄：國立中山大學中國文學系碩士論文，2007。

8. 林協成：《元韻譜音論研究》，臺北：中國文化大學中國文學研究所碩士論文，2002。

9. 周美慧：《韻略易通》與《韻略匯通》音系比較——兼論明代官話的演變與傳承》，嘉義：國立中正大學中國文學系碩士論文，1998。

10. 英亞娟：《零聲母音節演變成輔音聲母音節研究》，河北：河北師範大學碩士論文，2007。

11. 郭繼文：《黃鍾通韻音系研究》，雲林：雲林科技大學漢學資料整理研究所碩士論

文，2009。

12. 張淑萍：《五聲反切正韻研究》，嘉義：國立中正大學中國文學系碩士論文，2003。

13. 張淑萍：《漢語方言顎化現象研究》，臺北：國立臺灣師範大學中國文學系博士論文，2009。

14. 黃凱筠《韻籟的音韻探討》，高雄：國立中山大學中國語文學系研究所碩士論文，2004。

15. 楊美美：《韻略易通研究》，高雄：國立高雄師範大學中國文學研究所碩士論文，1987。

16. 楊慧君：《漢語方言零聲母問題研究》，北京：北京語言大學碩士學位論文，2009。

17. 廉載雄：《喬中和元韻譜研究》，臺北：國立政治大學中國文學系碩士論文，2000。

18. 趙恩挺：《呂坤交泰韻研究》，臺北：國立臺灣師範大學國文研究所碩士論文，1998。

19. 鄭永玉《音韻逢源音系字研究》，臺北：東吳大學中國文學系碩士論文，1996。

20. 劉英璉：《重訂司馬溫公等韻圖經研究》，高雄：國立高雄師範大學中國文學研究所碩士論文，1987。

21. 劉曉娟：《臨沂方言零聲母研究》，山東：山東師範大學碩士學位論文，2011。

22. 權淑榮：《書文音義便考私編音系研究》，臺北：國立臺灣大學中國文學研究所碩士論文，1998。